KB106704

행복 부메랑

국립중앙도서관 출판시도서목록(CIP)

행복 부메랑 : 조태영 수필집 / 글쓴이: 조태영. --
서울 : 북랜드, 2019
p. 272 ; 15.2 × 22.4cm
ISBN 978-89-7787-828-0 03810 : ₩12000

한국 현대 수필[韓國現代隨筆]

814.7-KDC6
895.745-DDC23 CIP2019001667

행복 부메랑

조태영 수필집

북랜드

책·머·리·에

팔부능선의 고지에서 돌아보는 풍광이 아름다움으로 다가왔다. 물론 가시밭길도 있었고 풍파도 있었다. 추억의 조각들이 둥둥 떠돌았다. 살아온 역정이기에 더욱 애착이 가고 소중한 면면들이다.

주름은 늘고 행동은 아둔해도 마음은 청춘이다. 능력이 문제가 아니라 내 취향이나 소질에 맞는 일을 찾아 뚜벅뚜벅 걸어갈 때 마음은 즐겁다.

살아온 과정이 치열했으니 쉬어야겠다는 생각에 엉거주춤 편항만을 쫓아왔다. 늦게나마 글쓰기에 달려든 것이 다행이었다. 마음에 부담을 느끼지 않으니 이 얼마나 축복인가. 시간을 낚고 마음의 즐거움을 더해주는 노후의 보람을 맛보며 부지런을 떨고 있다.

오늘도 컴퓨터 자판 두드리며 지나온 흔적을 좇는다. 스스로 도취해 미소도 짓고 눈물도 훔치면서 어백 채워가는 기쁨을 누리고 있다. 그래서 노후는 노추老醜가 아니라 온아우미溫雅優美가 어울리는 듯하다고 하는가 보다. 건져 올린 조각들을 모두 두 번째 책을 출간한다. 부끄럽긴 하지만 늙음에 용쓴다는 말처럼 저질러놓고 본다는 만용을 부린다.

더 기다린들 달라지는 게 있으랴. 부지런을 떨 수 있는 시간도 얼마이겠는가. 소재가 넘쳐나도 지진 탓일까. 꾸미고 그리는 재주가 미천해 신변잡기를 벗어나지를 못함이 부끄럽다. 제현의 이해와 질정 있으시기를 바랄 뿐이다. 많은 분의 사랑과 도움 속에 여기까지 왔다. 축복받은 삶, 빚지고 사는 여정, 늘 감사할 뿐이다.

책을 품위 있게 만들어주고 글까지 써주신 한국수필가협회 이사장 장호병 교수님과 편집자 모든 분께 진심으로 감사드린다. 어쭙잖은 글이지만 이해해주며 뒷바라지해준 내자와 가족들에게도 고마움을 전한다.

2018년 12월

축·하·의·말·씀

삶의 내공이 아름답습니다

장 호 병 (사)한국수필가협회 이사장

먼저 조태영 교수님의 제2수필집『행복 부메랑』상재를 이 땅의 수필인들과 함께 축하드립니다.

후문학파란 말이 있습니다.

한때 문학청년 아니었던 사람이 없습니다. 현업에서는 작품 활동을 하지 않았지만 은퇴 후 문학에 열정을 쏟는 분들이 많습니다. 그 결과 젊은 시절부터 문학에 매진해 온 분들과 어깨를 나란히 할 정도의 어르신 작가들이 많이 출현하였습니다. 그 분들을 후문학파라 일컫습니다. 문학은 현실에 발을 딛고 이상을 추구합니다. 삶이 곧 문학의 큰 자산이 되었기에 가능한 일입니다.

일본에서는 아라한アラハン이라는 말이 등장하였습니다. 최근 10여 년 간 박스권 베스트셀러 작가들의 연령대가 주로 100세 전후Around Hundred라는 뜻입니다. 생업 현장에서 열심히 살았던 은퇴

자들이 후세를 위한, 또는 동시대를 살았던 분들을 위한 삶의지혜와 위안을 책 속에 담았습니다.

수필隨筆이란 말은 당나라 백거이의 시작마제수필주詩作馬蹄隨筆走에 처음 등장합니다. 즉 시심이 말의 발굽처럼 붓을 따라 달려야 한다는 시창작을 설명하는 용어였습니다. 저작물로서는 남송시대 홍매의 용재수필에서 비롯됩니다.

우리나라에서도 도제수필, 독사수필, 한거수필, 일신수필 등에서 비추어 볼 때 선비나 문장가들에게는 무한 제재와 자유로운 형식으로 쓸 수 있다는 점에서 수필이 선망의 글쓰기 양식이었습니다.

수필은 작심하고 쓴 글이 아니라는 뜻입니다. 그러나 '붓 가는 대로'를 빌미로 당대의 지식인이자 문장가들이 시대를 꿰뚫는

촌철살인의 뼈있는 제언을 행간에 담아냈습니다.

저의 문학도반인 청곡 조태영 사백은 교육학 학자이자 대학의 주요보직을 두루 소화해낸 경륜을 지닌 분이십니다. 뜻하시는 바를 수필문학으로 후세들에게, 동시대를 살아가는 우리들에게 부드럽게 들려주고 있습니다. 그러나 거기에는 수필이 갖는 본래의 사회 변혁 의지가 행간에 녹아 있습니다. 독자 여러분, 이 책에서 아름다운 보석을 많이 건지시기 바랍니다.

이 책이 널리 읽히고 그 잔잔한 파문이 우리 사회를 아름답게 수놓는 선순환이 많이 일어나기를 기대합니다.

『행복 부메랑』 만세!

차례

1 홍시

2 따듯했던 어느 봄날의 추억

3 시소 타는 인생

4 양심 타령

5 살갑게 대하는 남자

1

홍시

소나무의 수난

소나무는 예로부터 세한삼우歲寒三友라 하여 대나무, 매화와 더불어 흔히 동양화의 화제畵題가 되곤 했다. 엄동설한에도 고고한 자태와 푸름을 자랑하고, 모진 풍파에도 잘 견디어내는 침엽수다. 그래서 선조들은 절조節操를 높이 사 화제에 올리곤 했다. 그러한 소나무가 요즈음 들어 너무도 수난을 당하는 것 같아 마음이 아프다.

청명을 맞아 고향을 찾았다. 울창하고 싱싱하던 소나무들이 군데 군데 붉은 색으로 바뀌어 있었다. 한쪽 산자락은 아예 민둥산이었다. 원인인즉 소나무 재선충병이 돌아 다른 지역 전염을 막기 위해 벌목을 한 것이다. 머지않아 골 안쪽 소나무를 거의 다 베어내야 할 것 같다는 집안 조카의 말을 듣고 깜짝 놀랐다.

소나무가 이 병에 감염되면 100% 말라죽기 때문에 일명 "소나무 에이즈"로 불리기도 한다. 외국에서 들여온 목재에 의해서 전

염된 사실이 1988년 부산에서 발견된 후 피해면적이 점점 북으로 이동하면서 청정지역이던 우리 고향 마을까지 침투한 것이다. 정부에서도 심각성을 인식하고 "소나무 재선충 방제 특별법"을 만들고 최선을 다하고 있지만 워낙 광범위하게 확산되어 많은 애로를 느끼고 있다고 한다.

근래 들어 새로 들어서는 도시개발지역이나 아파트 단지마다 소나무 심는 것이 보편화하고 있다. 내가 사는 단지 중앙에도 10미터는 되어 보이는 소나무가 10여 그루가 심어져 있다. 봄만 되면 몇 그루씩은 새 소나무로 대치되고 있다. 아마도 겨울 추위를 이기지 못하고 고사하는 것 같다. 나무 크기로 보아 산에서 자란 것을 옮겨온 게 틀림없어 보인다. 자연에서 발아되어 자란 나무를 인간 욕심 채우자고 억지 춘향으로 옮기다 보니 새로운 환경에 적응하기가 어려울 것이다.

척박한 토양뿐 아니라 바위 틈새에서도 늘 푸름과 고고한 자태를 뽐내며 수백 년을 산다는 나무가 아니던가. 저 좋은 토양에서 견디지 못하고 고사하는 원인은 뭘까. 돈 버는 수단으로 함부로 파헤치고 자르면서 다루다 보니 나무가 견디어 낼 힘이 없는 것 같다.

유년 시절 한가위가 다가오면 어머니는 송편 빚어 솔잎 깔고 무쇠솥에 쪄내곤 했다. 그러면 향긋한 솔 냄새가 밴 송편이 되는 것이다. 어머니 손잡고 솔잎 따러 간 기억이 난다. 솔잎 딴다고 가지를 꺾으면 안 되고, 여러 가지에서 조금씩만 뽑아야 소나무가 좋아한다고 가르쳐주시기도 했다. 솔잎 뽑을 때 향기가 너무도 좋아 코끝에 대며 따던 기억이 생생하게 다가온다. 요즈음에는 이러한 솔향이 건강에 좋다고 솔잎차를 만들어 즐기는 사람이 많아지면서 어린 소나무가 수모를 당하는 것 같기도 하다.

늘 푸름을 자랑하면서 건강에 좋은 향기나 산소를 듬뿍 공급해주는 소나무 숲이 병충해나 인간의 욕심으로 나날이 황폐화되어가고 있다. 또 혹자는 지구 온난화로 인한 기후변화도 소나무를 시들게 하는 원인이라고도 한다. 자연 그대로의 모습에 더욱 가치를 두고, 자연과 더불어 함께 공생하려는 마음이 절실하게 느껴지는 고향길이었다.

(2017. 10.)

영원한 안식처

한식날을 맞아 선산에 올랐다. 산소를 돌아보면서 영원히 잠들어계신 조상님들의 면면을 뵙는 것 같아 반가움이 밀려들었다. 사람은 누구나 죽음을 피할 수는 없다. 머지않아 나도 조상님들이 묻힌 이곳에 영원한 안식처가 마련될 것이다.

타이완을 여행하면서 마을 근처에 집 모형의 유택 구조물들이 다닥다닥 붙어있는 것을 보았다. 죽어서도 영혼이 살아가려면 집이 필요하다는 논리라니 듣는 모두가 의아해했다. 어떤 집은 정원까지 갖추고 있었다. 크기가 제각각인 것을 보니 이승과 저승이 교차하는 이곳마저 자본의 논리가 아롱거린다니, 씁쓸함이 스쳤다.

유럽이나 미국을 여행하다 보면 마을 근처 잔디밭에 일정 크기의 돌 십자가나 묘비가 서 있고, 그 앞에는 예쁜 꽃이 놓여있는 것을 차창 밖으로 볼 수 있다. 성당이나 교회 지하 및 벽에도 한때 유명했던 성인이나 군주들의 무덤이 있다. 베드로성당 지하 묘지에는 역대 교황들의 무덤이 있어 관광객에게도 개방되어 나도 참배한 적이 있다. 죽어서도 산 사람과 가까이하려는 것이 우리하고는 다른 모습인 듯했다.

인류를 위해 큰 업적을 남긴 사람은 죽어서도 후세 사람들에게 많은 것을 느끼게 하고 가르침을 준다. 그러나 그 반열에 들지 못하는 필부필부야 평생의 소박한 삶처럼 죽어서도 평범한 무덤에 묻히고 세월이 지나면 자연에 동화되어 사라지는 게 순리가 아니겠는가.

설과 추석에 차례가 끝나면 아버지는 가족들과 함께 조상님들 산소를 찾으셨다. 산소에 절을 하시고 영면하시는 분의 살아생전 이야기를 해주셨다. 산 사람의 유택인 양 돌보시는 아버지의 모습이 너무도 진지했다. 그러다 보니 삶과 죽음의 경계가 있는 게 아니라, 저 유택에 잠들어계실 뿐이라고 생각했다. 촉감도 부드러운 잔디도 더없이 포근함을 안겨주었고 봉분은 영면하시는 조상님의 집 같아 더욱 친근감이 들었다. 죽음이 두려움이나 무서움이라기보다는 안온하고 편안함 그 자체로 받아들이는 계기가 된 듯했다. 그러한 느낌이 나의 사생관에 영향을 주는 것은 아닐까.

이제는 세월이 바뀐 탓인지, 나 너 할 것 없이 산소 돌보기를 힘들어하는 것 같다. 한식에도 자손들이 모여 제를 올렸지만, 손에 꼽을 정도로 모였다. 특히 젊은 후손들이 제사나 산소에 대한 인식이 예사롭지를 않다.

나도 장남이며 가장으로 조상님들 제사를 착실하게 지내왔다. 그러다 지난해부터 가장으로서 결단을 내렸다. 기제사는 연미사로 드리고 설과 추석에는 근사하게 차려 조상님을 기쁘게 해 드리자고 했다. 며느리들보다도 아내가 더 반기면서 "조상님들 뵐 면목이 있겠나." 하면서 너스레를 피운다. 멀리 떨어져 생활하는 자식들에게 못 오면 가족 간에 소원함의 불씨가 될 것 같아 결정하고 나니 대환영이었다. 조상님들이야 서운하시겠지만, 세상이 변하면 저승인들 변하지 않겠나 하는 마음으로 자위적 위안을 삼기도 했다.

대지에는 아지랑이가 일렁이고 진달래, 조팝꽃이 어우러져 금수강산이 따로 없다. 연둣빛 새순들이 가지마다 솟아나고 동네 어귀의 복사꽃 산수유꽃이 눈부시다. 산소를 덮고 있는 잔디도 푸른색으로 갈아입는 중이다. 영면하시는 조상님들도 봄나들이를 위해 나오실 것만 같은 느낌이 든다. 죽음도 긴 휴식으로 돌아가는 축복이리라. 죽어 조상님의 곁으로 한 줌의 재로 묻히리라. 이것이 나의 이 세상 끝 날의 소박한 바람이다.

(2016. 4.)

행복했던 숲길 여행

더위가 기승을 부린다. 휴가철을 맞아 아이들도 제 가족과 함께 떠나고 주말에 올 사람도 없어 '홈캉스Home+Vacance' 피서를 즐기기로 했다. 붐비는 사람들 틈에 고생 안 하고 바가지 상혼에 스트레스 받지 않으려는 가벼운 마음에서였다.

느닷없이 친구가 조용한 산사에서 주말을 보내자는 전화를 했다. 아내는 내심 바라던 일처럼 웃음만 짓더니 친구부인과 전화가 길어졌다. 속리산 법주사 숲이 조용하고 산책하기도 최고라며 의견의 합의를 보았는지 1박 2일로 숙소 예약을 서둘렀다.

휴가철의 장거리 운전이라 조금은 긴장이 되는 것도 사실이었다. 친구는 운전대 놓은 지가 몇 년째 되어 안전운전은 내 몫이었다. 다행히도 상행고속도로는 생각보다 덜 복잡했다.

속리산은 우리 부부와 인연이 깊은 곳이다. 중학교 수학여행 코스였으며 신혼여행지이다. 청주예식장에서 고인이 되신 안동

준 국회의원 주례로 예식을 마치고 택시로 비포장도로를 따라 말티재를 굽이굽이 돌아 도착했던 곳이 속리산 관광호텔이었다. 호텔 이름은 바뀌었지만, 그때의 모습 그대로였다. 그때의 기억이 생생하게 다가온다. 호텔에 짐을 풀고 나니 더욱 감회가 새로웠다.

법주사 입구는 예나 다름없이 숲 터널이었다. 아름드리 가문비나무며 적송은 하늘을 찌를 듯하고 경내를 들어서니 중생들을 내려다보고 서 계시는 대불님은 회색에서 금색으로 바뀌었다. 자비스러운 모습으로 나를 내려다보시며 반가운 미소를 보내시는데도 송구스러움이 다가왔다. 팔팔하고 패기만만했던 시절을 뒤로하고 속세에 찌들대로 찌든 주름투성이에 온갖 풍진의 덧칠로 부처님 앞에 섰으니 그럴 만도 했다. 국가 보물인 팔상전이나 쌍사자석등도 그대로 나를 반겨 주었다.

이튿날 새벽 안계가 시야를 가렸지만, 아내와 문장대 오르는 길을 따라 등산을 하기로 하고 나섰다. 정상까지는 왕복 12Km가 넘으니 언감생심이지만, 포장된 세검정 휴게소까지는 왕복 6Km 정도이니, 넉넉잡아 2시간 반이면 가능할 것 같았다. 등산로는 아름드리나무들이 하늘을 가려 으슥한 분위기지만 상쾌한 아침 공기는 몸을 가볍게 했다. 무릎에 늘 부담을 느끼는 아내도 발걸음이 가벼운 것 같아 더욱 기분이 좋았다. 전국청소년 꿈나무 마라토너들이 하계 연수 중이었다. 이른 새벽인데도 조별로 오르막을 날렵하게 달리는 모습을 보면서 장래에 세계를 제패할 선수가 되기를 기원했다.

중학교 수학여행 때였다. 300명의 학생이 조를 편성해 새벽 3시에 일출을 보기 위해 최고봉인 문장대(1,151m)에 오르던 생각이 떠오른다. 정상에 오르면 인천 앞바다도 볼 수 있다는 선생님 말씀에 더욱 기대하며 올랐다. 나는 물론 학생 대부분이 바다 구경을 하지 못했던 시절이었다. 당시에는 오르는 길도 험하고 좁았다. 그래도 가정에서 농사일을 도우며 통학하는 학생들이 대부분이어서 왕복 6시간의 등산인데도 낙오자가 몇 명 없었다. 낙오 학생은 교감 선생님과 함께 중간 휴게소에서 대기하다가 하산할 때에 합류하기도 했다.

안개가 서서히 걷히면서 더욱 짙은 색깔의 각종 나무의 자태가 뚜렷하게 나타났다. 골짜기를 흐르는 수정같이 맑은 물은 아름다운 멜로디를 남기며 바쁨을 주체하지 못하는 듯 바위틈을 돌아 내닫는다. 오르는 길은 덧칠을 해 걷기는 편리하지만, 옛적의 자연 그대로의 흙길이 그리웠다. 깊은 계곡의 이끼 낀 바위며 나무는 그대로인 것이 다행이라고나 할까. '내려갈 때 보았네, 올라갈 때 못 본 그 꽃' 하는 어느 시인의 글이 떠오르기도 했다. 수학여행 때 보이지 않았던 적송들이 하늘을 찌를 듯이 서 있는 자태가 몽환적이었다. 바위의 저 소나무는 무슨 인연이 있어 공존 공생할까. 소나무를 품은 바위가 마치 어머니의 넓고 포근한 가슴 같은 생각이 들기도 했다. 청설모도 잠에서 깬 듯 얼굴을 비비며 인사의 눈을 맞추었다.

숲속을 거닐며 바라보는 대자연의 신비스러운 조화에 감탄과 감사가 절로 나왔다. 뭔가 보일 듯하면서도 멀리 있기도 하고, 잡힐 듯하며 달아나 있는 자연의 조화, 숲의 향기가 폐 속까지 파고들었다. 살기 위해 바둥거리던 굳은 몸이 조금은 부드러워지는 것 같았다. 햇살이 숲속을 비집고 파고들었다. 한적한 등산길, 사람들이 한둘씩 보였다. 송골송골 이마의 땀을 훔치면서도 입은 함지박만 했다. 스치며 나누는 인사에 더욱 행복한 숲속 여행길이었다.

(2016. 8.)

여행과 휴식

직장이라는 삶의 굴레를 벗어나면 더욱 자유롭고 편안할 줄 알았다. 몸과 마음이 따로인가. 몸은 자유인데 마음은 허전하고 뭔가에 쫓기는 듯 불안의 그늘이 다가왔다.

나이 듦의 초조함은 아닌가. 쉬는 자유가 아니라 마음과 몸에 긴장을 주는 활동이 좀 더 필요한 것은 아닐까. 물론 퇴직 후 강의도 계속했지만, 정년이 되었다는 생각이 강하게 다가오면서 별로 도움이 되진 못했다. 이제부터는 자유이니 심신의 여유를 누리며 살라는 울림이 강하게 다가왔다.

고등학교 시절 지리 과목이 있었다. 지도나 교과서 내용만 보고 그리던 외국의 여행이 나에게도 가능할까. 마음에 늘 자리하고 있었다. 대학에 있으면서 공적, 사적으로 몇몇 나라를 여행하며 꿈이 이루어진다고 생각했다. 일 년 동안 뉴욕에서 대학에도 있어 보았다. 그러나 직장인이라는 한계 때문에 행동과 마음이 자유롭지는 못했다.

정년퇴직하던 이듬해 시애틀 가는 비행기에 올랐다. 4월 초순의 꽃바람은 아직도 몸을 움츠리게 했다. 2개월 머무를 방을 얻고 여장을 풀었다. 혼자 떠나온 미안함도 있었지만, 자유롭다는 말이 저절로 나왔다. 고적한 방에 누워 여행계획이며 미지의 체험에 대한 상상이 즐거움으로 다가왔다. 이것이 바로 혼자 하는 배낭여행의 묘미요 휴식이 아니랴.

왜 시애틀이었을까. 시애틀은 물과 숲의 도시다. 주택 대부분은 아름드리나무 숲속에 있다. 버스도 숲 터널을 달린다. 사나운 짐승이 곧 튀어나올 듯한데 별일 없는 것 같다. 곰이 나타나기도 한다지만 특정한 지역의 이야기다. 집과 집 사이를 이어주는 오솔길이 터널을 이루고 있다. 이런 곳을 승용차들이 조심스럽게 지나다닌다. 우선 고요해 좋고 공기가 맑고 온갖 나무와 풀, 꽃이 무성하다. 바람 소리, 새소리 어우러져 자연의 교향곡 선율이 흐른다. 베란다에 내걸린 이름 모르는 꽃이 집주인의 정서를 짐작하게 한다. 성조기를 걸어놓은 집, 선거가 있는지 지지하는 정당이나 후보자 이름을 팻말에 써서 집 앞 도로 가에 세워놓은 것도 이채롭다.

시애틀의 유래에 대한 글을 본 적이 있다. 150여 년 전, 이곳에 정착해있는 원주민에게 땅을 사겠다는 미국 대통령이 보낸 경고성의 글에 대해 추장이 연설한 말 일부분이다.

'그대들은 어떻게 저 하늘이나 땅의 온기를 사고, 팔 수 있는가? 우리로서는 이상한 생각이 든다. 맑은 공기와 물, 미미한 풀, 벌레 하나까지도 우리가 소유하고 있지 않은데 어떻게 그것을 팔 수 있다는 말인가?'

연설 후 자신들의 땅을 강제로 빼앗겼지만, 연설문을 접한 대통령은 시애틀이라는 이름의 추장 정신을 높이 사 그 지역을 시애틀이라고 부르게 했다고 한다.

시애틀은 해안선을 따라 구릉지에 발달해 있는 도시다. 큰 언덕이나 산이 있는 것도 아니다. 평퍼짐한 땅, 숲속에 도시가 들어서 있는 천혜의 도시다. 온화하고 흐린 날이 많지만 이내 갠다. 5월 초인데도 눈이 내리기도 한다. 금방 녹고 만다. 숲은 일년 내내 푸르다. 유명하다는 관광지를 보는 것도 좋지만, 혼자 걷고 때로는 쉬면서 느끼고 생각하는 여행이어야 홀가분하다. 단순한 공간적 이동이 아니라 사고와 영혼의 전환이라야 여행다운 여행이 아닐까. 숲속의 호숫가에 앉아 물오리의 자맥질을 보며 그간 거칠어진 영혼도 달래고 집 앞을 지나다가 화단 손질하는 풍골 좋은 노인과 이야기 한마디씩 건네는 재미도 여행의 묘미이다.

5월 중순 로키 관광을 나섰다. 밴쿠버에서 9시간을 달려 밴프에 도착했다. 밴프 국립공원의 진수는 로키다. 인구 4,000명 정도의 밴프는 앨버타 주의 관광 중심 도시답게 호텔, 상점들이 즐비하다. 도시를 감싸 흐르는 보우강은 마리인 먼로 주연의 "돌아오지 않는 강"이 촬영된 곳답게 주위의 멋진 경치가 눈을 사로잡는다. 유럽 중세풍의 호텔이 성곽을 연상하게 한다. 특히 핫 스프링

스는 설퍼산 근처의 유황천으로 류머티즘에 시달리던 곰들이 발견해 치료용으로 즐겼다고 한다. 이제는 인간에게 내주고 다 어디로 갔는지 팻말만 외롭게 서 있다. 설산을 배경으로 야외온천에 몸을 담그니 장거리 여독이 스르르 녹아든다. 달력 그림에서나 보던 설산을 배경으로 짙은 색의 침엽수림이 물속에 드리워진 환상의 푸른 호수는 여기 공원에 다 있다.

좁은 땅에서 복작대다가 넓은 땅과 신이 만든 최고의 걸작이라는 만년설을 이고 있는 로키의 연봉과 자연의 조화를 대하면서 신비감을 느끼지 않을 수 없었다. 자신이 더욱 왜소해지고 겸허해져야 한다는 생각이 듦은 어인 일인가. 그래서 여행은 기쁨이기보다 새로운 자신의 만남이라 했던가. 나 자신이 신비스럽고 아름다운 자연으로 빨려드는 느낌을 떨칠 수 없는 광활한 캐나다 여행이었다.

아쉬움도 없지 않았다. 이 땅의 원래의 주인인 인디언들은 집단 시설지에 모여 살고 있다. 열악한 환경과 소득 불균형으로 어려운 점이 많다고 한다. 굴러온 돌이 박힌 돌을 밀어내고 주인 노릇을 하는 아메리카. 힘의 논리는 어디에도 예외가 없나 보다. 안타까움이 아닐 수 없다. 내가 약자라서 얄팍한 동정심의 발로인가. 힘은 있고 볼 일이다.

세상에서 가장 보람 있는 여행은 자연 속에 나 자신을 내맡기는 것인지도 모른다. 그냥 휴게소에 앉아만 있어도 포근함이 다가왔다. 휴식이라는 것은 이런 것이 아닐까. (2017. 1.)

봄이 오는 소리

봄이 오는 소리가 여기저기에서 들린다. 개량골 밭머리에 잠들어 계시는 할아버지, 할머니 산소를 오르는 길이다. 도랑물이 졸졸거리며 속삭이는 소리가 찌든 내 마음을 푸근하게 한다. 나뭇가지에도 잎눈이 부풀어 오르는 기색이 완연하다. 복숭아 꽃망울은 연분홍 입술을 살짝 벌리며 따사로운 햇볕을 모은다.

할아버지 돌아가신 지 반세기가 넘고 있다. 할머니가 일찍 돌아가시고 혼자 아들 둘을 데리고 어렵게 사셨다. 아들 장가들여 태어난 손자를 할아버지는 끔찍이도 여기셨다. 손자 제대로 먹이고 공부시키려면 땅을 불려야 한다며 동생이 태어나던 해 43세의 할아버지는 일본 오사카공장 노무자를 자원해 가셨다. 해방되면서 무사히 귀국하셨지만, 그 고통이 얼마였겠나? 그 후유증으로 관절 통증을 극복하지 못하고 환갑을 조금 넘기시던 해 따듯한 봄날 선종하셨다.

기일忌日을 앞두고 울적한 마음을 달래며 찾아뵙는 이 손자는 유년으로 달려가 할아버지와의 추억을 더듬는다. 따듯한 봄날이면 어린 나를 데리고 당신이 잠든 이 뙈기밭을 오르내리며 자연이 신비함을 체험하게 하셨다.

서리태가 흙을 들추고 가냘픈 연노랑의 머리를 내밀면 할아버지는 밭둑에서 흙장난이나 하는 나를 불러 생명이 신비함과 강인함을 보여주시며 이야기를 들려주셨다. 공부를 체계적으로 하신 적은 없으셔도 손수 체험하시며 터득한 자연의 순리를 일깨우는 게 손자에게는 필요하다는 생각을 하셨던 것 같다.

놀란 장끼 한 마리가 푸드덕 날아오르면 까투리가 뒤따르리라는 것도 재미있게 이야기해주셨다. 서리태밭 근처로 다가오는 꿩을 좋게 보시지는 않으셨다. 흰 천을 막대기에 달아 밭 여기저기 세워 놓으시고 봄바람이 살랑거리며 흔들어 주기를 당부하시기도 하셨다.

혹독한 겨울 추위와 눈보라를 잘 이겨내며 산소를 포근하게 감싸주던 잔디도 산뜻한 초록 옷으로 갈아입는 중이다. 할미꽃이 흰 목도리를 두르고 고개를 다소곳이 숙인 채 아직도 찬 기운이 싫은지 두리번거린다. 햇볕이 살포시 웃으며 안심을 시키지만 아직은 찬기가 있는 바람이 달갑지 않은 듯하다. 진달래도 연분홍 입술을 살짝 내밀며 따듯이 다가오는 햇살이 수줍은 듯 배시시 웃는다.

봄의 햇살이 따사로운데도 미동하지 않을 듯이 침묵하던 나목도 가지마다 새순을 틔우려는 기지개를 켜며 봄이 왔음을 알리고 싶은가보다. 곧 날개를 살랑이며 봄의 찬가를 합창할 기세이다.

삼라만상이 약동하는 이른 봄날 할아버지는 짐을 내려놓으시고 먼 나라로 가셨다. 공부 시간 중에 조교의 전보를 받고 버스를 타고 4시간 만에 도착한 고향 집. 손자 오기를 애타게 기다리며 차마 눈을 감지 못하시더니, 갈 길이 바쁘셨던지 내가 도착하기 조금 전에 기어코 먼 길을 가시고 말았다고 한다. 할아버지의 손이 따듯했다. 공부한다고 멀리 가 있으니 잘 뵙지도 못한 죄책감이 밀려들었다. 땅으로 돌아가시던 날 할아버지 보기가 힘겨워 숲속에서 새싹을 뾰족이 내미는 나뭇가지를 만지며 대화를 했다. 너는 봄만 되면 똑같은 잎이나 꽃으로 부활하지 않니? 할아버지는 부활하실 수는 없니? 내 말을 들어주던 나무가 이제는 아름드리 어른 나무가 되어 할아버지 산소를 지키고 있다.

이제는 할아버지보다도 더 오래 사는 이 손자는 따듯한 봄 햇살을 받으며 산소 앞에 엎드려 지난 일을 회상하며 명복을 빈다. 연둣빛 새순들이 얼굴을 내밀기 시작하면 동네 어귀의 산수유꽃, 복숭아꽃이 만발하리라. 자연의 순리 따라 계절의 순환은 어김없이 반복되건만, 할아버지와의 추억은 한낱 희미한 기억 속에 사그라져 가고 있다. 푸른 하늘엔 흰 구름 한 자락, 어디론가 달려가고 있다. 무심한 세월 속에 봄바람만 일렁인다.

(2017. 3.)

진달래꽃이 피면

어찌 저렇게 성급할까. 하긴 꽃부터 피우는 나무가 어디 한둘이던가. 진달래가 소담스러운 자태로 연분홍 색깔을 자랑하며 보아달라는 듯 활짝 웃고 있다. 유아들의 관찰장인 화단에도 어김없이 봄의 종소리가 들린다. 지난 토요일에도 살랑거리는 봄바람이 차다고 뾰족한 붉은 입술만 내밀더니 오늘 아침에 활짝 피운 것이 너무 반갑다.

은퇴 후 고향에 정착한 큰 사돈께서 화단에 심으라며 밭머리에 있는 진달래 몇 포기를 사위를 통해 보내주셨다. 정성 들여 화단 한편에 심었다. 이른 봄이면 선두주자로 소담한 꽃을 보여주며 기쁨을 안겨준다.

진달래꽃을 대할 때마다 천국에 계신 사돈 얼굴이 떠오른다. "측간과 사돈집은 멀수록 좋다"는 속담도 있지만, 딸, 자식의 부모인데 멀리 있어 좋을 리가 있겠나? 후덕한 인품, 넉넉한 웃음과 마음 씀씀이가 사람을 불러 모으는 매력이었다. 일 년에 서너 번씩 만나 삼겹살을 굽고 소주잔 기울이며 시간 가는 줄 모르던 때가 그립다. 진달래꽃 속에 어른거리는 사돈의 환한 미소가 더욱 마음을 짠하게 한다.

난초도 두꺼운 이불을 박차고 연초록으로 단장한 여린 얼굴을 쑥 들어 올리며 존재감을 뽐내고 있다. 반가움에 손으로 어루만지니 야들야들 촉감이 너무 좋다. 둔탁한 내 손이 거칠다며 토라지려 한다. 사랑의 손길이라고 생각하는 내가 되레 멀쑥해진다. 늙어가면서 나이는 생각도 않고 늘 청춘으로 착각하는 꼴이 가관인 듯 비웃는다는 생각이 다가온다.

담을 타고 있는 덩굴장미도 펌프질하는 소리가 들린다. 더욱 싱싱함을 뽐내며 가지마다 잎눈이 뾰족이 고개를 내밀고 주위를 살핀다. 굼뜬 대추나무는 아직은 나설 자리가 아니라며 몸을 사린다. 참새들도 떼를 지어 놀이마당으로 날아든다. 짹짹거리며 봄을 노래한다. 저마다의 색깔로 봄을 맞이하는 모습이 신비롭기만 하다.

강산이 일곱 번을 넘게 변하여도 봄을 그리고 맞는 마음은 여전하다. 호기심도 여전하고 정을 그리기도 팔팔하다. 다만 행동이 굼뜨고 걱정이 늘었을 뿐이다. 자연의 신비에 감동하며 기쁨을 나눌 수 있는 정신이 아직은 팔팔하다고 느끼는 것도 어찌 축복이 아니랴. 그간의 어렵고 어지럽히던 슬픔은 흐르는 세월에 날려버리고 수없이 많았던 기쁨을 활력으로 오늘에 이름을 생각하니 감회가 새롭다. 어김없이 내 가슴에도 봄의 종소리가 다가온다.

위대한 봄의 입김으로 온갖 초목들이 싱그럽고 아름답게 생동하는 소리가 들린다. 외투를 벗고 나서는 발걸음도 가볍다. 염치없이 늘어나는 나이테만을 탓하기에는 너무 싱그러운 봄이다. 어딜 보아도 함박웃음이요, 환영의 미소가 유혹한다. 이래서 시인들은 봄의 향연을 노래했나 보다. 오는 봄 잘 맞으며 향연에 동참하리라. 활짝 핀 진달래꽃처럼 내 가슴도 힘껏 펴리라.

(2017. 3.)

건강 챙기기

놀이터가 모처럼 만에 왁자지껄하니 사람 사는 맛이 난다. 보이지 않던 어린이들이 주말이라 족쇄에서 풀렸는가. 자전거 타는 아이들, 요즈음 유행한다는 힐리스 신발 신고 달리는 어린이들이 뛰고 뮐치면서 신바람이 났다. 화사하게 피어나는 꽃과 어우러져 활기가 넘쳐난다.

나도 저러한 시절이 있었지. 등나무 밑 벤치에 앉아 상념에 젖는다. 땅따먹기, 술래잡기, 자치기 등 물불을 안 가리며 뛰어놀았던 추억이 스친다. 힘이 용솟음치고 하늘을 찌를 듯하던 기백도 있었다. 이제는 한날 추억을 그리는 나이가 되다니 세월의 무상함이여. 마음만은 저 안으로 달려가나 몸이 말리니 어찌하랴.

할머니를 휠체어에 태워 미는 중년쯤의 여인, 유모차에 앉아 싱글벙글거리는 아이에게 꽃구경시키는 젊은 엄마의 환한 얼굴이 행복한 한 폭의 그림이다. 휠체어를 미는 저 여인은 집안에 누워 답답해하는 시어머니에게 봄바람을 쐬어주려고 나온 것이리라. 다정하게 벤치에 앉아 대화하는 노부부의 모습도 꽃이다. 모두가 꽃이 따로 없어 보인다.

헬스장으로 발길을 돌렸다. 생각보다 한산하다. 같은 동에 사는 구십이 넘은 할머니가 러닝머신을 하고 있다. 중년여성 서너 명이 사이클에 달려있다. 할머니 옆으로 다가갔다. 건강 비결이 있는가를 물었다. 백 세 인생이라 하지만, 망백의 나이에 헬스장을 드나들고 하루도 거르지 않고 수영을 한다니 대단하지 않은가.

요가와 수영을 한 지 20년이란다. 치매 예방을 위해 고스톱을 즐기고, 동전은 손자가 조달해준다며 웃는다. 자기 나이 또래는 없고 육칠십대가 어울리는 동료란다. 한때는 고향에서 30마지기 논밭 일구며 힘자랑도 했지만, 세월 앞에 장사 없더라며, 잃어버린 건강을 찾기 위해 농사짓던 인내의 힘으로 한다나.

자식 며느리에게 부담 덜 주는 삶이 효도받는 것이란다. 출근하는 아들과 손자하고 함께 집을 나서면 오후 5시에 들어온다며 한 점 흐트러짐이 없어 보인다. 수영하고 요가 마치면 점심도 며느리 싸준 도시락으로 해결한다지 않는가. 친구들하고 어울려 노는 재미로 아파할 시간도 없다는 할머니다. 부잣집 할머니답지 않은 생활이 얼마나 소박하고 건전한 삶인가. 몸은 굼떠도 정신이 받쳐주어 다행이라며 웃음 속에 건강과 행복함이 배어난다.

할머니 나이에 비하면 나는 한참 아래 아닌가. 어느 노교수의 말마따나 65살부터 75살까지가 황금 같은 시기라는데 나는 그 시절도 지났으니 이제는 몸이나 사리는 노인이란 말인가. 중고등학교 왕복 14km를 뛰며 다져진 다리 힘이 있지 않은가.

나는 오늘도 허리를 곧추세우고 걷는다. 마치 잃었던 건강을 이삭줍기라도 하려는 듯 양팔 휘저으며 걷는 모습이 어떻지는 상관할 일 아니라는 듯이 말이다. 육체야 되돌릴 수는 없어도 정신만은 건전해야 삶에 찌들며 소홀히 했던 책 읽기나 글쓰기를 하지 않으랴. 글쓰기는 일상생활의 편린片鱗들을 이삭줍기하듯 모아 조합하는 능력이라고 누군가 말했다지 않는가. 내가 좋아하는 장영희 교수는 평생 중증 장애를 달고서도 정신이 건전했기에 교수로뿐만 아니라 작가로서도 성공한 삶을 살지 않았는가.

오래된 고목에서도 봄의 훈기가 돌면 새순과 아름다운 꽃을 피워낸다. 물론 기대는 착각일 수도 있다. 나이는 숫자에 불과하다면서도 허리 아파, 다리 아파하며 푸념이나 한다고 애석해하는 사람이 있을까. 생로병사의 진리는 시대가 변해도 어쩔 수 없는 것이 아니랴. 주어진 몸, 운동하면 나아진다는 것쯤은 알고 있으니 움직임이 마땅하지 않으랴. 지식이나 영혼도 건강한 몸 안에 있을 때 가치가 있지 않을까. 몸도 돌보지 않으면 반란을 일으킨다지 않는가. 그래서 오늘도 움직인다.

(2017. 4.)

제사의 추억

할머니 기일은 정월 열사흗날이다. 어머니는 낮부터 큰댁 손아래 동서와 함께 제수 장만에 분주하셨다. 매서운 추위는 살을 에고 마루와 부엌에 걸린 희미한 호롱불은 찬바람을 이겨내느라 힘겨워 보였다. 중천에 뜬 둥근달이 어둠을 삼켜버려 그나마 다행이었다.

큰댁에서 2대 봉사奉祀를 하고 우리 집에서는 일찍 소천하신 할머니 한 분만 제사를 모셨다. 할아버지가 생존해 계셔 제사에 더 정성을 쏟으셨던 것 같았다. 아버지는 제삿날 자시子時가 되면 졸다가 잠든 우리를 깨우셨다. 벌떡 일어나 안마당 우물을 퍼 올려 고양이 세수하듯 해도 잠이 확 달아났다. 문고리를 잡으면 손이 쩍쩍 얼어붙었다.

어머니 일하시는 부엌도 춥기는 마찬가지였다. 문이 있기는 해도 찬바람이 비집고 들어올 구멍은 많았다. 시어머니를 본 적이 없는 어머니의 제수 마련은 정성이었다. 큰댁은 물론 8촌까지 한밤중 제사에 참여하는 것이 당연했다. 굴건제복에 손 호호 불며 오시는 친척들로 좁은 방은 물론 마루까지 한가득하였다. 문은 열어놓고 의식儀式을 해도 사람들의 열기와 달구어진 구들 때문인지 방은 온기가 돌았다.

어머니는 엄동설한에 밖에서 음식 장만하는 것이 힘에 부치셨다. 정성 들여 일은 하셔도 몸이 받쳐주지를 않으니 아버지가 많이 도와주셨다. 어머니는 행사를 마치고 나면 기진맥진해 며칠씩 몸져누우시곤 했다. 일찍 돌아가신 할머니 때문인지 할아버지와 아버지는 더욱 애를 태우셨다. 아버지가 부엌을 드나드시며 어머니 도와드리는 모습을 보면서 우리는 자랐다.

어머니가 시집오고 보니 땅이라곤 사래밭 한 뙈기와 도지賭地 논 몇 마지기로 어려운 살림이었다고 한다. 아버지가 왕성하게 활동하시면서 논도 한두 마지기씩 늘려가고 마루도 놓고 집안에 우물펌프도 마련되었다. 모두가 조상님들의 은덕이라고 생각하시는 듯 제삿날이 돌아오면 정성을 다해 마련하는 큰 행사였다. 아버지로 보면 어머니는 고생만 하시다 돌아가셨기 때문에 그 한이 왜 없으랴. 아버지가 계시지만 자식이 장만하는 제사인데 읍내에 가서 제물은 정성껏 해오셨다. 우리 차지가 되는 고운 막과자며 곶감, 사과 등을 맛볼 수 있는 때가 명절과 기제사였다. 그래서 제사가 돌아오면 신바람이 나고 졸음이 와도 억지로 참으며 참여했다.

제사를 잘 모시지 못하면 집안에 우환이 생기거나 불행한 일이 생기다고 여기던 시절이었다. '점바치'를 찾아 운세를 보고 그 말을 철석같이 믿고 따랐다, 초등학생인 내가 보기에도 너무 이상했다. 미신이라고 우겨본들 모르는 소리라며 무시해 버리기 일쑤였다. 그러다 변화가 온 것은 천주교를 믿고부터였다. 어머니의 우환이 귀신 탓이라고 믿던 시절, 무당이 뻔질나게 드나들었다. 귀신을 달래서 쫓아야 하는 일은 무당 몫이었다. 그게 너무 싫어 내가 먼저 이웃 동네 천주교 믿는 같은 반 친구 집을 방문했다. 교를 믿으면 귀신이 얼씬도 못 한다는 말을 들어서였다. 어머니를 설득해 같이 교리教理를 공부했다. 공소公所 회장님이 전도하는 아주머니를 보내주시어 한 주에 두 번씩 배웠다. 무당 대신 전도사가 드나드는 집으로 바뀌었다.

일요일이면 공소로 가서 주일 예식에 참석했다. 어머니가 가장 우려하신 것은 제사였다. 제사를 지내도 된다는 말을 몇 번씩 듣고서도 못 미더운지 죄는 되지 않는지를 묻곤 하셨다. 어머니는 병이 낫는다고 교를 믿었고 나는 굿이 싫어 교리공부를 했다. 제사는 조상을 숭배하는 미풍양식이라는 말은 교를 믿는 부담을 홀가분하게 했다. 요란하게 차리지 말고 간소하게 하라는 말도 귀에 꽂혔다.

어머니가 제사를 준비하는 모습이 달라짐을 느꼈다. 잘못하면 우상 숭배가 될 수 있다는 말에 신중하게 준비를 하셨다. 아버지를 설득해 제물 수도 줄이며 가족들이 좋아하는 음식으로 변화가 되어갔다. 할아버지도 이해하시고 며느리를 감싸주셨다. 아픈 몸을 이끌며 삼시 세끼 차리는 것만도 다행으로 여기셨다. 할머니를 병환으로 일찍 여위셨으니 어찌 동정이 없으셨으랴.

어느 해 설날이었다. 할아버지는 차례를 마치고 제사에 참여한 모든 분에게 말씀하셨다. 앞으로는 제사를 각자 지내면 어떻겠는가. 의외로 모두가 찬성해 그 후부터는 우리 식구끼리만 제사를 지냈다. 어머니가 제일 좋아하셨다. 제사의 부담은 많은 사람을 위한 음식 장만이며 하나의 체면 행사였다. 소홀하면 정성이 없다 하고 빈정거리며 말이 많았다. 각자 자기 당대만 모시기로 하니 많은 걸림돌이 해결된 기분이었다.

허약한 며느리를 배려하신 것은 신앙을 묵인하신 것이었다. 양반임을 자처하며 못 쓸 종교로 여기던 천주교였다. 손자, 며느리가 믿는 것을 동네 말 많은 입들을 막아주신 할아버지셨다. 끝내 교를 믿지는 않으셨지만, 인정을 해주셨으니 할아버지의 헤아리심이 그 얼마이던가. 이제는 기제사는 성당에서 연미사로 올리고 명절에는 내자內子가 며느리들 앞세워 제수 장만해 차린다.

부모님이 계실 때는 정성으로 제사를 드렸고, 이제는 모든 절차는 생략되고 추도에 방점을 둔다. 어떻게 해야 도리를 다하는 건지는 아직도 헤매는 중이지만, 사는 동안 더 많은 변화를 겪어야 할 것 같다. 세대 간 제사문화의 인식이 천양지차天壤之差인데 우리라고 비켜가지는 않을 것이다. 올 추석에 제물 간소하게 차리고 휴식하며 즐기는 명절을 만들자고 했다. 가족들의 화색이 달라짐을 지켜보는 나는 오만가지 생각에 얼굴이 굳어짐을 어찌 하랴.

(2017. 10./괴산문학 23호)

홍시

택배로 홍시 한 상자를 받았다. 작은 며느리가 보낸 것이다. 지난 주말에 동료 시댁으로 가족들과 함께 감 수확을 하러 갔다고 했다. 아름드리나무에 붉은 구슬을 주렁주렁 걸쳐 놓은 듯 가지가 휠 정도로 감을 달고 있는 사진도 날아들었다.

상자 안에 나란히 정렬해있는 앙증맞은 홍시가 나의 유년 시절로 달려가게 했다. 산자락에 옹기종기 모여있는 우리 동네는 집집마다 감나무나 대추나무가 한두 그루씩은 있었다. 우리 집만 과일 축에도 끼지 못하는 큰 고욤나무 한 그루가 터줏대감처럼 북편 담을 등지고 우뚝 서 있을 뿐이었다. 방문만 열면 초가지붕들이 한눈에 들어왔다. 파란 하늘을 이고 붉은 방울을 주렁주렁 달고 있는 감나무, 병풍처럼 둘러싼 가을 산, 형형색색의 물감이 어우러져 만들어내는 한 폭의 그림이었다. 초가지붕에는 보름달 같은 박들이 가을이 깊어 감을 알려주는 듯 의젓한 자태를 뽐내고 있었다. 한쪽에는 붉은 고추가 따듯한 햇볕에 몸집을 줄이며 졸고 있으면 고추잠자리가 살며시 날아와 입맞춤하곤 했다. 세간의 "가을 풍경화"나 소정 변관식의 "만추"가 이보다 더 아름다울까.

곤줄 할머니는 우리 집에서 한 집 건너에 혼자 사셨다. 할아버지 돌아가시고 몇 마지기 논과 비탈밭 손수 지어가며 힘겨운 생활을 하셨다. 아들 못 낳는다고 괄시도 많이 받으시더니 시어머니 돌아가시고 나서는 허전하다며 새댁인 어머니에게 자주 오셨다고 했다. 내가 태어날 때도 산파역을 해 주실 만큼 어머니하고 가까이 지내셨다. 새댁의 힘겨워하는 딱한 사정이 이심전심 통했으리라. 어머니는 체질이 약해서인지 자주 누우시곤 했다.

할머니 집 뒤뜰에 아름드리 감나무가 있었다. 침시며 홍시를 많이 먹은 것도 할머니네 감이었다. 가을이 다가오면 지게 지고 비탈밭 추수하러 가시며 한 바가지 감을 어머니에게 건네면, 저녁때에는 빈 바가지로 보내는 일이 없었다. 오는 정이 있어야 가는 정이 있다며 심부름은 장남인 내 몫이었다. 할머니 집에 가면 빨래 장대로 홍시 따는 재미에 푹 빠지곤 했다. 할머니는 나만 가면 반가워하시며 무엇이든 챙겨주시려 했다.

감나무는 떨켜 층이 발달해 서리가 내렸다 하면 한꺼번에 잎을 완전히 떨쳐낸다. 그러면 나목에 붉은 감이 옹기종기 가지를 붙들고 정담을 나눈다. 할머니는 땅에 널려있는 감잎을 치우지 않으셨다. 홍시가 빠져 떨어져도 잎이 스펀지 역할을 하는지 깨지지 않았다. 흙도 달라붙지 않았다. 감나무 잎에 미끄러져 엉덩방아를 찧으면 살포시 웃으시던 할머니의 주름진 얼굴 모습이 다가온다.

할머니는 딸 하나만 낳고 더는 출산을 못 하셨다. 그래서 손 끊긴다며 구박받으며 시집살이를 많이 하셨다. 시어머니에게 홍시를 따서 드리면 간혹 씨 없는 감이 나왔다. 재수 없다며 문밖으로 내던지곤 했다. 손자 없는 것이 씨와 무슨 상관인가. 그 설움을 어찌 다 새기며 견디어 냈으랴.

미물인 감 하나에도 후대를 이을 씨를 품고 있는데 무슨 천생의 죄를 지었기에 대를 끊게 하느냐며 감나무 붙들고 많이도 우셨단다. 감나무에 걸린 달님 보고 원망을 털어놓으며 빌기도 많이 했지만, 모든 것이 허사였다며 한숨으로 지샌 날들을 회상하셨다.

튼실한 감 많이 열리라고 퇴비며 음식 찌꺼기를 나무 주위에 묻어주며 대화도 많이 했단다. 그렇다고 수확해 시장에 내다 판 일은 없었다. 곶감 만들어 조부모, 남편 제사상에 올리는 게 고작이었다. 동네 사람들 나누어 주는 재미가 사는 모습이라고도 하셨다. 고등학교 다니면서는 가을만 되면 나무에 올라가 감을 따드리곤 했다. 태어나던 때가 엊그제 같은데 벌써 어른이 다 되어간다며 추어주고 격려해주시던 푸근한 할머니셨다.

어머니가 누워 계시면 조석으로 반찬 해주시면서 어머니 도와주는 착한 사람 되라고 당부도 잊지 않으셨다. 친할머니 같으셨던 부드럽고 달콤한 홍시 할머니셨다. 인정이 많으시고 장부 이상으로 땅과 씨름하시던 할머니도 세월 앞에는 견디시지 못 하셨다. 내가 군 복무를 할 때 한 많은 삶을 마감하셨다. 이제는 고향에 가도 집과 홍시 따먹던 감나무가 있던 곳은 밭으로 바뀌었다. 사람은 간데없고 애증 어린 환경까지도 변한 세상이 되었다. 가을 하늘의 푸름은 여전하고 앞산의 모습은 변함이 없는데 말이다.

(2017. 11.)

푸근한 둥근 달

달은 휘영청 밝고 사위가 조용하다. 아파트 끝자락에 둥근 달이 걸렸다. 모두가 꿈나라에 든 시간이다. 멀리 보이는 가로등도 졸음에 겨워하듯 희미하게 다가온다. 베란다에 앉아 바라보는 둥근 달이 중년 시절 가족들에게 깐깐하던 기억을 불러온다.

불혹의 나이, 사물의 이치를 깨달음에 거리낌이 없을 나이라고 하던 시절, 아이들 문제로 많은 고충을 겪던 때였다. 직장 일로 밤낮없이 뛰고 출장으로 며칠씩 집을 자주 비우기도 했다. 맞벌이 부부 노릇으로 힘들어하던 때, 아이들은 사춘기에 접어들면서 정체성을 만들어가던 시기였다. 달을 정수리에 이고 들어와 아이들 공부 점검하다 보면 마음에 차지 않는다고 화부터 냈다.

아내는 말이 없었다. 마음으로 삭이는 듯했다. 나만 씩씩거리다 대문 밖으로 나와 한숨지으며 현실에 대해 못마땅함을 되씹곤 했다. 내 생각같이 따라주지 않는 자식들이 답답했다. 처지를 비관도 해보았지만 스스로 마음을 추슬러야 했다. 별도 헤아려 보고 나뭇가지에 걸린 둥근 달을 보면서 어릴 때 향수에 빠져들었다.

어머니는 아주 감성적이셨다. 눈물이 많으셨다. 때로는 꽃봉오리 쓰다듬으시면서 눈물을 흘리시고, 초승달 보고도 너무 가냘프다며 눈물을 글썽이셨다. 보름달이 휘영청 밝게 비추면 만사가 행복한 표정을 지으시다가 정화수 받쳐 들고 장독대로 가시곤 했다. 정화수에 둥근 달님이 들어앉아 어머니 소원을 챙기시는 듯 환하게 웃는다며 더욱 달님을 좋아하셨던 기억이 새롭다. 어머니도 자식들 때문에 얼마나 속이 타고 힘드셨겠습니까. 그래도 화를 내기보다는 속으로 삭이면서 달님께 밝게 비추어 착하고 건강하게 자라게 해달라며 비셨다. 둥근 달과 같이 너그럽고 넉넉한 마음으로 고루 세상을 비추는 사람으로 크도록 도와주시라고 빌었다. 어머니의 그러한 모습을 보면서 자란 내가 왜 아이들 교육문제로 화를 내고 가족을 들들 볶았는지 모르겠다.

소위 배웠다는 내 몰골이 참지를 못하고 성질에 못 이겨 나댔을까. 아이를 키우고 살아가는 방법은 예나 다름이 없건만, 어머니는 너그럽게 속으로 삭이며 조용히 풀어가셨는데 하는 생각에 이르면 너무 부끄러웠다. 쫓기는 삶의 한 단면인 듯도 했다. 경쟁에 얽매여 살아가야 하는 현실에 옥죄이기도 했다. 도통 너그러움이라고는 손톱만큼도 없었지 싶다. 여유라고는 한 톨도 없었다. 그저 앞만 보고 달려야 했다. 가족 모두가 그래 주기를 바라며 몰아치는 형국이었다. 달이 가고 둥근 달이 또 떠올랐다. 변한 건 없었다. 늘 그 나무에 달은 걸려있고 나는 그 밑을 서성였다.

그때의 달이나 베란다에 서서 바라보는 달이라고 달라진 것은 없었다. 달라졌다면 세월의 무게가 더했을 뿐이다. 아이들은 제 갈 길 찾아 떠났고 말 없던 아내와 맘 비우며 함께하고 있다. 어머니는 꿈속에서나 가끔 뵙지만, 세월의 무상함만 느낀다. 그래도 둥글고 푸근하게 다가오는 달이 마음을 위로해주는 늦은 밤이다.

(2017. 11. 수필과 지성 11호)

느릅나무의 결기

가벼워야 칼바람을 이겨낼 수 있는가. 창 너머로 다가오는 느릅나무가 분신을 다 떨쳐내고 홀가분하게 몸체를 드러냈다. 매서운 겨울바람과 맞서려면 우선 몸부터 가벼워야 하나 보다. 지난여름 풍성한 자태로 위용을 뽐내며 아파트 단지 공원에 시원한 그늘을 만들어 주던 고마운 나무다.

소나무는 추위가 못마땅한지 시퍼런 얼굴로 어깨를 축 늘어뜨리고 있다. 느릅나무의 홀가분한 나신을 부러운 눈초리로 내려다본다. 달갑지 않은 찬바람이 조금만 스쳐도 일렁일렁 몸 추스름이 버거워 보인다. 느릅나무는 칼바람 동장군에 맞설 패기를 보여주고 있다. 몸체에서 뻗어 나온 가지는 마치 전쟁터에서 병사를 배치해놓은 듯 적절한 안배로 제 위치를 지키고 있다. 그렇다고 가지가 날카롭거나 냉정하기보다는 부드럽고 유연한 모습으로 다가온다.

외출이라도 할라치면 겹겹이 입고 나서는 내가 때로는 거추장스럽고 답답함을 느낀다. 오늘도 모임 장소를 가려고 털모자에 장갑, 목도리까지 단단히 하고 나섰다. 물론 추위의 대비지만, 한여름의 가벼운 옷차림이 아쉽게 다가온다. 늘씬한 몸매, 짧은 바지에 반 노출의 블라우스 걸치고 사뿐사뿐 걸어가는 아가씨를 보는 것은 더없는 기쁨이었는데. 이제는 모두가 두꺼운 옷으로 치장을 하고 나선 모습이 칙칙하고 무거워 보인다. 겨울의 스산한 분위기를 더한다. 너나 할 것 없이 아무리 비싼 모피에 따듯한 옷을 걸쳐도 움츠러들기는 마찬가지요, 하나같이 종종걸음이다. 여유라고는 눈곱만큼도 없어 보인다. 쫓기는 모습들이다. 홀가분한 몸체로 동장군과 맞서는 나무가 더욱 돋보인다.

비단 겉모습만이 거추장스러운 것은 아니다. 나도 어느새 겨울의 끝자락에 와있는 나이가 아닌가. 그런데도 내려놓기는 고사하고 덜어내지도 못하고 있어, 겹겹이 걸치고 있는 옷만큼이나 무겁게 느껴진다. 적지 않은 나이에 잘해보겠다고 끙끙대는 모습이 안쓰럽다는 아내는 남의 일 같지 않다며 안타까움을 나타낸다. 글 쓰는 일만 해도 능력의 한계를 알아야지 바동거린다고 얼마나 더 좋아지겠느냐며 제발 자중하라는 말을 서슴지 않는다.

고지가 보이는 나 자신이 욕망과 허영이라는 짐을 덜지 못하고 미적거리고 있으니 눈총을 받는 것도 무리는 아니리라. 늘 써먹는 말로 대꾸를 해보지만, 마음은 편하지 않다. 뱀도 허물을 벗고서야 더욱 단단한 표피로 대지를 누비며 생존을 한다. 하찮은 곤충도 대부분이 허물을 벗어 던져야 성충으로 탈바꿈해 세상을 누비며 살아간다. 벗지 않고 어찌 환골탈태가 되며 새로움을 얻겠는가.

사람이 태어날 때 걸치고 온 게 있는가. 그래서 인간의 본성은 누드라고 하지 않던가. 세상 물질과 접하다 보니 소유에 중독이 되어 욕망과 허상의 노예가 되었나 보다. 머릿속은 늘 욕망으로 차 있어 허전함이 맴도니 불안을 떨칠 수가 없다. 욕망이 좌절될 때 상처도 큼을 수없이 겪지 않았는가.

세계의 가장 비싼 그림에는 누드 그림이 빠지지를 않는다. 피카소의 ≪녹색 잎과 상반신≫, 모딜리아니의 ≪나부≫ 등 많은 누드화는 인간 내면세계에 대한 성찰과 진정한 소통의 결과물은 아닐까. 비단 욕망의 잣대로만 보아 값이 비싼 것은 아닐 것이다. 인간의 본성으로 돌아가야 올바름을 볼 수 있고 깨칠 수 있다는 것이 아니랴. 욕망과 혐오를 벗어던지고 자연과 순수의 본연에서 인간성을 찾으려는 의미가 있어 고가의 예술작품으로 대접을 받는 것이리라.

홀가분한 나목이 되어 매서운 추위와 맞서는 저 결기를 보면서 심신의 미련을 덜어내지 못해 부끄러움을 감출 수가 없다. 이제는 벗어던져야 할 팔부능선을 지나고 있다. 힘이 부치기 전에 결실을 보아야 한다. 그러고 보니 마음이 초조해진다. 물론 이것도 마음의 짐이다. 그래서 필부에게는 해탈이 요원하고 무소유가 빈말이 되기 쉽다고 했나 보다.

넓지 않은 공원 한가운데 자리해 더울 때는 쉼터로 시원함을 선사하고 추울 때는 예리한 결기로 당당함을 보여주는 나무. 훌훌 떨쳐버린 나목의 홀가분하고 날렵한 모습, 동장군과 맞서는 그 결기가 부럽다. 머지않아 풍요로운 세상이 오리라는 확신이 있어 가능하리라.

(2017. 12.)

창窓

콘크리트 괴물이 창의 그림을 지우고 있다. 사시장철 앞산의 변화무쌍한 생동감 넘치는 풍광은 창을 꽉 채운 한 폭의 수채화다. 이 멋진 그림이 사라지고 있으니 허전하다 못해 허탈감이 다가온다. 이 괴물은 하늘 어느 만치 솟을 건가. 관심을 가져봐야 부질없는 짓이라는 걸 모르는 것은 아니나 바라보는 마음은 스산하기만 하다.

발발거리고 밖으로 도는 것보다는 소파에 앉아 신문이나 책을 뒤적이는 게 더 편한 나이가 아닌가. 눈만 들면 커다란 창으로 생생하게 다가오는 먼 산의 생동감이 눈의 피로를 풀어주고 상상의 날개를 펼쳐준다. 사계절 색다른 자연의 조화를 보는 것은 신비함 그 자체이다.

한여름 구름 위로 드러나는 산봉우리 하며 능선에 걸친 뭉게구름은 한 폭의 동양화다. 산자락에서 피어오르는 안개가 머뭇거리는 모습은 나무들의 잎을 어루만지는 부드러운 신의 손길이 아니던가. 계곡의 바위틈을 비집고 흐르는 맑은 물소리의 흥얼거림이 귓전에 와 닿는다. 산에서 자리를 틀고 새 생명을 잉태하며 자라나는 각종 동식물의 모습이 눈에 아른거린다. 철 따라 피어나는 예쁜 꽃이 산으로 달려오라고 유혹의 텔레파시Telepathy를 보낸다.

유년 시절 고향의 그림이 스쳐온다. 방문을 열면 들판 너머로 산의 곡선이 겹겹으로 이어지고 산자락에는 초가집들이 옹기종기 모여 있는 평화로운 정경이 펼쳐 있었다. 산과 마을 앞을 지나 굽이굽이 흘러내리는 맑은 물은 은빛으로 반사되어 푸르른 산과 들의 풍광과 어우러져 생동하는 한 폭의 아름다운 수채화였다. 겨울이면 순백의 천 위로 솟아오른 엄마 젖무덤 같은 설산, 뒷동산에서 들려오는 새들의 노랫소리, 뒤뜰 계곡 따라 흐르는 맑은 물소리, 이름 모를 풀벌레 소리는 자연이 연주는 환상의 교향곡이었다.

아파트 층이 올라가면서 더욱 고향의 풍경이 그리움으로 다가오는 것도 도시 생활에 싫증을 느끼는 징후 같지만, 나이 들면서 오는 귀소 본능의 표출은 아닌가 싶다. 그렇다고 당장 싸 들고 고향으로 달려갈 처지가 아니고 보면 콘크리트 벽에 갇힌 마음을 추스르고 달랠 수밖에 없다.

이제는 눈만 뜨면 거대한 벽과 마주해야 한다. 그렇지 않아도 문만 나서면 밟히고 눈에 들어오는 것이 경직된 것뿐이다. 유연하지 못한 마음을 휘두르며 가족은 물론 주위 사람을 대해왔다. 마음의 장벽을 쌓아오기만 했다.

창의 그림은 바뀌어도 천만다행으로 한겨울 햇볕은 거실 깊숙이 들어온다. 괴물이 해님을 방해할 만큼 가까이 있지 않은 것은 행운이다. 내면에 쌓아놓은 장벽을 걷어내고 어둡고 답답한 창이 아니라 맑고 투명한 창으로 만들라는 음성이 다가온다. 그간의 행동을 반추하며 반성하는 삶으로 다가가라는 소리가 귓전을 때린다.

어찌 모든 것을 만족하기만 바랄까. 이제는 욕망의 주체가 아니라 욕망을 자각하는 내가 되어야 한다. 어두운 마음의 장벽이 투명한 창으로 바뀌어야 한다. 이렇게 반성하는 나에게 아직은 희망은 있어 보여 다행스럽다. 늙음에서 오는 추함을 덜어낼 수 있는 계기가 아니랴.

(2018. 4./괴산문학 23호)

갠지스강에서 맞는 일출

힌두교도의 성지인 바라나시 갠지스강에서 맞는 일출은 어떤 모습일까. 버스로 구시가지 근처에서 내려 새벽 공기를 가르며 강까지 걸어갔다. 어제 저녁 릭샤(자전거에 달린 인력거)로 그 많은 인파 속을 곡예를 부리듯 하며 시가지를 지나던 생각이 아직도 믿기지 않았다. 노점에서 마시는 인도인들의 애환이 담겼다는 따듯한 짜이(홍차) 한 잔이 여행의 묘미를 더한다.

시원한 강바람을 맞으며 보트에 올랐다. 중부 히말라야산맥에서 발원하여 흘러오는 강은 건기(11월부터 3월)인데도 강폭이 넓고 수량도 많았다. 동편 넓은 모래 둔덕에도 많은 사람이 보인다. 일출의 장면을 놓치지 않기 위해 지평선 저 멀리 동쪽에 시선을 고정했다. 희미한 운무 속에 붉은 점이 서서히 떠오르며 사위가 붉게 물들기 시작하지 않는가. 함성이 일고 너나 할 것 없이 휴대폰을 치켜든다.

어디서나 보는 일출 광경이지만 더욱 신비감에 젖게 한다. 먼 이국땅 10억이 넘는 힌두교도의 성지가 붉게 변해가는 모습은 황홀함 그 자체이다. 성스럽다는 물속으로 몸을 담그는 사람이 늘어나기 시작한다. 영혼과 육신의 갈증을 달래기 위함인가. 매일 수없이 많은 불길로 날려 보내는 육신의 재와 영혼까지 휩싸안고 저 먼 바다를 향해 흐르는 그 물에서 일어나는 광경이다.

삶과 죽음이 공존하는 영혼의 젖줄이라는 강, 서쪽 강둑에는 가트Ghat라는 계단이 만들어져 있고 계단을 따라 삶과 죽음이 공존하는 현실이 생생하게 이어지고 있다. 벌써 계단에는 화장을 준비하는 손놀림이 분주하고 한편에서는 불길이 치솟고 있다. 화장장 근처로 내가 탄 보트가 다가간다. 생과 사의 경계가 모호하다는 생각이 든다. '항상 준비하고 있으라.'는 성경 구절이 언뜻 다가온다. 여명과 함께 붉게 솟아오르는 해를 보면서 더욱 성스럽게 느껴짐은 어인 일인지…….

일출을 맞으며 성스러운 강물을 마시고 목욕하며 소원을 비는 사람들. 강물은 죄를 씻어내고 새로 태어나는 축복의 의미로 받아들이는 힌두교도들, 진지하고 엄숙한 의식으로 행해지는 모습에 나 역시도 경건한 마음으로 빨려든다.

갠지스강은 173만㎢ 유역면적을 기름진 옥토로 만들며 풍요로운 삶을 제공하기에 예로부터 성스러운 강으로 여겨왔다. 농사를 짓기 위해서는 소가 필요했고 많은 번식을 위해 보호가 절실했다. 또한, 소는 우유를 제공해주는 동물로 오랜 세월을 지나오며 다신을 숭상하는 힌두사상과 맞물리면서 자연스럽게 숭배의 대상이 되었다. 인도인들의 젖줄인 강을 성스럽게 여기고 숭배의 대상인 것은 자연스러운 것이며 목가적이고 낭만적이라는 말이 수긍이 된다.

보트로 가트 주위를 돌며 강물에 손도 담가보고 꽃불을 강물에 띄우며 소원을 빌었다. 여명의 강물을 따라 남쪽으로 흘러가는 촛불이 내 안의 덕지덕지 쌓인 오욕칠정五慾七情을 쓸어가 주기를 바라는 마음이 간절했다. 해가 중천을 향해 올라오면서 서안 가트에는 많은 사람으로 채워지고 있다. 힌두교 경전을 읊는 마이크 소리가 강물을 따라 출렁인다. 진지하고 성스러운 하루가 빠르게 돌아간다.

현지 가이드에 의하면 강변 따라 즐비한 힌두교 사원에는 죽음을 준비하고 있는 사람이 수없이 많다고 한다. 바라나시 거리에서도 피골이 맞닿은 남녀노인들이 길가에 앉아 오가는 사람을 응시하고 있다. 피골이 상접해 보이는 남루한 남자 노인에게 눈을 맞추어 보았다. 모든 걸 내려놓은 듯 웃는 모습이 영락없는 성자다.

힌두교에서는 태어나서 죽을 때까지를 4단계로 구분한다고 한다. 첫 단계는 태어나서 25세까지로 살아가는 방법을 배우는 학습기이다. 2단계인 50세까지는 자녀 양육과 사회의무를 다하는 가주기家住期라고 한다. 3단계는 임서기林棲期로 75세까지이며 동네 뒷동산이나 원두막에 머물며 홀로 명상하는 시기이다. 마지막 시기는 고행기苦行期로 거지가 되어 거리를 떠돌고 해탈을 추구하며 죽는 시기라고 한다. 거리에서 흔히 보는 거지행세의 노인이 이해가 되었다. 소와 말, 낙타, 개 등 동물과 더불어 유유자적하는 힌두교의 정신세계가 얼마나 친환경적인가. 자연이 스승이고 벗이며 환경이 또 다른 경전인 것을 가르치고 있다. 해탈의 경지에 이른, 피골이 상접한 육신들이 영혼과 재를 갠지스강에 묻기 위해 죽음을 기다리는 수많은 사람, 고대문명 발생과 함께해왔다는 인구 111만의 바라나시는 갠지스강과 더불어 영원히 힌두교도의 성지라는 데는 의심의 여지가 없다.

차분하게 자연에 순응하며 살아가는 힌두교도들. 영혼의 갈증을 풀기 위해 육신을 희생하며 성지 갠지스강으로 밀려드는 인도인들을 보면서 인생 막바지에 접어든 나이에도 내려놓을 줄 모르는, 이 몰골을 반추해본다. 과거에 연연하지 않고, 현재에 방만하지 않으며 미래에 집착하지 않는 깨달음을 안고 가는 성지 갠지스강에서 맞는 일출이었다.

(2018. 3.)

마음이 머무는 곳

고향 괴산을 찾았다. 4월 초가 되면 한식寒食날 대소 집안이 모여 조상의 묘를 돌아보며 제사를 지낸다. 옛집 뜰 안에도 봄기운이 완연하다. 사람은 바뀌었어도 부모님 생전의 흔적이 반가워 눈시울이 젖는다. 마음은 부모님의 포근한 품 안으로 달려간다. 뒤뜰 장독대 옆 앵두나무는 분홍 꽃망울을 함초롬히 달고 있다. 어머니의 조용한 미소를 보는 듯해 더욱 반가움에 빠져든다. 한여름이면 시원한 그늘로 더위를 막아주던 담 곁의 고욤나무는 흔적도 없이 사라졌다.

텃밭을 손질하며 퇴비를 넣는 노인의 손길이 바쁘다. 이제부터 눈코 뜰 새 없이 분주해지는 한 해의 농사철 시작이 아닌가. 동네 앞의 개울 건너 들판에도 아지랑이가 아른거린다. 들에서 일하시던 아버지와 삼촌의 모습이 주마등같이 스친다. 겨우내 갈무리해 두었던 퇴비를 개울 건너 논밭으로 져 나르는 일은 아버지와 삼촌의 몫이었다. 해동이 되기 시작하면 지게에 불이 날 정도로 져 나르셨다. 저녁만 되면 몸이 쑤시고 저리다며 일찍 잠자리에 드시던 모습이 자꾸 어른거린다. 어려서는 어른들의 그런 힘들어하시던 모습이 보이지를 않더니…….

마을이라야 옛집은 물론 어른들도 떠나면서 외지에서 들어온 낯선 이들이 자리를 잡아가고 있다. 그래도 선산이 버티어주어 한식과 시월묘사에 후손들이 함께해 한 뿌리임을 확인하며 향수를 달랜다. 다행히 건강이 뒷받침되어 아직은 함께할 수 있어 조상님께 감사를 드린다. 나이로 보아 제일 어른 대접을 받는 것이 어색하긴 해도 고향의 포근함이 마음을 위로해주어 더없이 기쁘다.

성묘를 마치고 아버지가 누워 계시기 전에 차에 모시고 다녔던 계곡을 찾았다. 자식들과 함께 하는 나들이에 뿌듯해하시는 걸 알면서도 자주 못 해 드린 것이 후회된다. 고향은 소백산맥의 중산간지로 산수가 수려해 아름다운 계곡이 많다. 우암 송시열의 유적이 있는 화양동 계곡을 들렀다. 봄맞이를 나온 가족 단위의 사람도 보인다. 아버지와 함께 걷던 계곡에 들어섰다. 좔좔거리며 내닫는 맑은 물에 손도 넣어보고 너럭바위에 앉아도 보았다. 계곡을 스치며 지나오는 훈훈한 골바람이 생명체들을 일깨우는가. 따듯한 햇살에 연초록으로 변신하는 숲속 생명체들의 속삭임이 마음으로 포근하게 다가온다. "신비스러운 자연의 조화를 몇 번이나 더 볼런고" 하시던 아버지의 말씀이 가슴을 파고든다.

길 양편의 나무가 어우러져 터널을 만드는 쌍곡계곡을 지나 '괴산 산막이옛길' 주차장에 들어섰다. 아버지 모시고 왔을 때는 길 닦는 공사를 하고 있었다. 완성되면 다시 모시겠다고 약속까지 드렸는데 거짓말이 되었다. 속죄하는 마음을 안고 괴산 댐 주위 4Km 정도의 잘 조성된 길을 걷지만, 마음은 가볍지 않다. 휠체어에 몸을 의지하고 있는 핼쑥해 보이는 남자 노인과 땀을 훔치며 대화를 나누는 젊은이가 앞서가고 있다. 고향에 들렀다가 산막이옛길을 걷던 추억을 못 잊어 왔는데 아들을 괴롭히는 것 같다며 웃는다. 효성스러운 아들을 두어 행복하신 노후를 즐기신다고 하니 밝은 표정을 지으며 아들과 눈을 맞춘다. 젊은이의 효심이 더욱 대견해 보인다.

남녀노소 누구나 편하게 걸을 수 있도록 나무 덱으로 길을 만들었지만, 가끔 계단이 나타난다. 휠체어를 들어주며 일행이 되어 걷는다. 아버지가 눈앞에 어른거리신다. 아버지를 앞세우고 걷는 것 같은 환상이 다가온다. 구불구불 뻗은 소나무와 돌담이 운치를 더하고 호수의 파란 물이 반사되어 감탄을 자아낸다. 아버지도 봄 마중을 나오신 게 틀림없다. 포근한 봄날과 더불어 경치 좋은 고향의 명승지 산막이옛길에서 산책하시며 봄날을 즐기시다가 가시려는가. 다시 모시고 오겠다는 약속을 지키지 못한 못난 아들, 송구스러움만 다가온다.

오늘 따라 가는 곳마다 아버지가 계셨다. 4년을 누워만 계시다 하늘나라로 가셨다. 휠체어로 모시고 몇 번이나 여행했던가. 밖에만 나오면 그리 좋아하셨는데. 벌어먹는다는 핑계로 자주 모시지 못함은 궁색한 변명이었다. 이제 후회한들 무슨 소용이 있으랴. 불효한 게 틀림없으니 훗날 무슨 면목으로 뵙겠나. 얼굴이 후끈거려온다.

고향은 언제 가도 포근하게 맞아준다. 도시 생활의 긴장이 풀리고 여유로움이 스며들며 반가운 만남이 있는 곳이다. 부모님과의 추억이 새록새록 살아나고 마음이 항상 머무는 곳, 부모님 품안 같은 고향은 영원한 나의 사랑이다.

(2018. 4./괴산문학 23호)

꿈보다 해몽

"할아버지 부자네요." 주말에 달려온 손자 놈이 뜬금없는 말을 한다. 어리둥절해 하는 나를 보던 아내가 거든다. "소를 일곱 마리나 키우시니 손자 말이 맞네요." 꿈보다 해몽이라더니! 슬며시 웃음이 나왔다. 거실 벽에 소 떼가 싱그러운 풀밭을 향해 내닫는 그림을 걸었다. 지인 전시회 때에 마련한 유화다.

종합검진 날을 앞둔 아내가 힘들어하는 기색이 역력하다. 편안한 마음을 가지라고 한들 신심이 불편한데 무슨 도움이 되랴. 거실 분위기라도 바꾸어 보려는 생각에 있던 그림을 내리고 건 것이 적중한 걸까. 아내도 가끔은 그림에 눈을 맞추며 웃는다. 희수喜壽가 코앞인데 어찌 늘 건강하기만 바라랴. 그래도 너무 혹사하면서 살아온 것 같아 늘 미안함을 떨칠 수가 없다. 여자는 남자를 잘 만나야 평생을 행복하다며 딸년한테 하던 아내의 말이 가슴을 파고든다. 푸른 들판을 향해 힘차게 달려가는 소처럼 아내가 건강을 되찾았으면 하는 마음이 간절하다. 늘 따라붙던 애증이 오늘따라 마음 안에서 도리질한다.

보국대(민간노무단) 가셨던 아버지는 휴전이 되자 돌아오셨다. 그리고는 농사짓던 소를 팔아 이 장 저 장을 다니시며 소를 사다가 이삼 주 정도 정성을 다해 먹이고 키워 장날 내다 파시곤 했다. 어머니는 콩을 먹은 소는 빨리 살이 오르고 자란다며 쇠죽솥에 한 바가지씩 콩을 퍼 넣으셨다. 자식들 공부시키려면 땅도 늘려야 하고 공납금도 제때 주어야 한다며 아버지보다 더 열성이셨다.

부엌 건너편 우리 안에 있는 소는 어머니만 보이면 벌떡 일어나 다가오면서 꼬리를 휘젓곤 했다. 아침밥 짓기도 분주한데 소부터 챙기셨다. 손으로 소의 목덜미를 흔들거나 긁어주시며 맛있게 먹으라는 말을 하셨다. 어느새 여물통을 다 비운 소는 편안한 자세로 배를 땅에 대고 되새김질을 여유롭게 하고 있었다. 내가 다가가면 꿈쩍도 안 하고 왕방울만 한 두 눈을 끔벅거리기만 했다. 어머니만 나타나면 반갑다고 벌떡 일어나는 게 신기했다. 짧은 기간에 정이 든 소는 장날이면 아버지 손에 끌려가면서 어머니에게 고맙다는 듯 눈을 맞추며 꼬리를 흔들었다.

아버지와 삼촌은 새벽에 쇠죽을 쑤어 놓으시고 들에 나가셨다. 원래 허약하셨던 어머니는 자주 자리에 눕곤 하셨다. 어머니가 아파 누우시면 내가 쇠죽을 챙겼다. 나는 학교 가기도 바쁘다며 마지못해서 했다. 어머니 하시던 대로 해주어도 소는 별로 반가운 기색도 보이지 않는 듯 부엌만 쳐다보는 것이 아닌가. 소가 내 속내를 읽는 듯했다. 어머니가 아프지 말고 빨리 일어나 함께하기를 바라는 것은 아닐까. 어머니는 말 못 하는 짐승이지만 진심으로 대해주는 관심과 사랑은 잊지 않는다고 하셨다. 그래서일까. 꿈보다 해몽인지는 몰라도 때로는 사람보다도 더 정분이 넘친다는 생각이 들었다.

우리 세대는 소의 고마움을 더욱 실감한다. 국민의 70% 이상이 농사짓던 시절 농촌에서는 대학을 가려면 대부분은 소를 팔아서 등록금을 마련했다. 나도 입학하던 첫해는 소를 팔아댔으니까. 대학을 우골탑牛骨塔이라는 신조어도 이 무렵에 생겨났다.

거실에 걸린 우공牛公의 그림을 보면서 만감이 교차한다. 손자 말마따나 일곱 마리의 소가 거실에 있으니 부자일지도 모른다. 초원을 향해 힘차게 달리는 소 떼의 모습을 보는 아내의 마음에 생기가 돈다. 나는 어려서의 추억이 스멀스멀 떠오른다. 마음이 풍요롭고 웃음이 샘솟으니 이 어찌 부자가 아니랴. 진정한 행복은 물질이 아니라 마음에서 온다지 않는가.

(2018. 5.)

아침 까치 소리

요란한 아침 까치 소리에 잠을 깼다. 몸집이 작은 것으로 보아 둥지를 갓 나온 어린 까치다. 두 마리가 나무 정수리에 앉아 번갈아 가며 울부짖는다. '반가운 손님이 온다'는 까치 소리가 아니다. '아침 까치 같다'더니 유난히도 시끄럽다. 어미 까치는 제 새끼를 떼어놓고 어디로 갔을까. 내가 되레 궁금해진다. 밖으로 나가서 살펴볼까 하다가 놀라 멀리 날아가면 어쩌랴 하는 생각에 창 너머로 유심히 살폈다.

화단에 큰 까치 두 마리가 서로 마주 보며 먹을거리를 찾는지 땅을 쪼고 있다. 엄마, 아빠 까치가 틀림없어 보인다. 모이를 물어다 주겠지 하면서 신경을 곤두세워 보지만, 내 생각은 빗나갔다. 여전히 어린 까치의 어미를 찾는 소리가 애처롭게 들린다. 어미는 어디쯤 있다는 신호라도 보내줘야 하는데 내가 더 답답하다.

초등학교에 입학하던 해 어느 이른 봄날이었다. 얼마나 신나는 오일장 구경인가. 십 리가 넘는 길을 어머니 손 잡고 따라나섰다. 장바닥에 들어서니 사람들이 말 그대로 인산인해였다. 손 놓지 말라는 주의를 몇 번은 들었다. 모두가 새롭고 딴 세상 같아 보였다. 어머니가 동생 신발을 고르는 동안 나는 거지차림에 각설이 타령하며 엿 파는 아저씨에게 넋을 잃었다. 엿판 주위의 사람들을 파고들어 구경하다가 어머니를 놓쳤다. 장 골목은 비좁고 사람들은 붐볐다. 겁이 나고 무서운 생각이 들었다. 울음이 나오는 걸 꾹 참고 장 골목을 오르락내리락 헤맸다. 어머니는 못 만나면 저 혼자 집으로 가겠지 하면서 걱정도 않으시더란다. 십 리 넘는 학교 다닐 애가 집 못 찾아갈까. 어머니는 스스로 하는 것을 제일로 생각하셨다. 밥도 해놓고는 우리가 차려 먹도록 했다. 설거지도 스스로 하도록 했다.

꽃샘바람이 옷깃을 여미게 하는데도 긴장을 한 탓인지 등줄기에는 땀이 흥건했다. 다행히도 옷 판을 펼쳐놓은 나전에서 동네 아주머니를 만났다. 깜짝 놀라는 아주머니를 따라 두 분이 만나기로 했다는 기름집 가게로 갔다. 어머니 치마폭을 감싸며 울었던 기억이 난다. 나는 장 구경하러 간다고 따라나섰다가 낯선 곳에서 헤맸지만, 어린 까치는 둥지에서 넓은 세상으로 나와 어미와 정을 떼며 자립하는 교육을 받는 것 같았다. 어미를 따라다니며 배우라고 했지만, 세상이 너무 신기해서 한눈팔다 어미를 놓치고 무서움에 울부짖는 울음인지도 모른다. 그렇게 정신을 팔고 어찌 치열한 생존경쟁에서 살아남겠는가. 너 스스로 먹이도 해결하고 무서움도 배우라며 외면하는 것 같았다.

어미 까치가 사뿐히 나무 위로 날아오른다. 울음을 그친 새끼 까치가 가까이 다가간다. 어미를 찾던 울부짖는 소리가 아니다. 반가움에 겨워 깍깍거리며 어리광 떠는 부드러운 소리다. 어미 까치의 대하는 모습에서는 냉랭함이 드러난다. 이윽고 까치 가족은 나무 위로 날아 아파트를 벗어났다. 좀 더 넓은 곳에 가서 또 다른 생존방법을 가르치려는 것인지 알 수 없다. 아파트 숲에서는 사람도 만날 수 있다. 사람이라고 무서워할 필요도 없고 그렇다고 너무 가까이 다가가서도 안 됨을 가르치려는 것은 아니었을까.

큰며느리가 손자를 데리고 주말이면 극장도 가고 축구장, 야구장도 간다고 한다. 초등학교 저학년이니 가는 곳마다 재미있고 즐겁다며 자랑을 한다. 어미로 봐서야 주말이라도 몇 시간 자유롭게 하면서 사회를 가르치려는 것이 아니랴. 아이가 세상 물정에 밝도록 다양한 체험에 함께 나서는 어미가 고맙기도 하고 한편 딱해 보이기도 한다. 어미도 쉬어야 할 주말이 아닌가. 이제는 자유 시간을 주어 친구들하고 어울리며 극장도 가고 운동장에도 가도록 했으면 싶다. 하긴 요즈음 젊은 부모들 자기 자식 잘 가르치는데 늙은이 말이 도움이 될 것도 없지만, 서두르지 말고 스스로 알아가도록 자유를 주었으면 하는 생각은 간절하다.

어미 까친들 왜 애착이 없으랴. 험난한 세상에 생존하려면 냉정하고 매섭게 훈련하지 않으면 도태된다는 것을 어미는 알고 있다. 스스로 먹이 찾고 강자를 피하고 짝을 찾아 세대를 이어가는 것까지 훈련을 시킬 것이다. 사람보다도 더 현실적인 교육을 하는지도 모른다. 세상에 살아남으려면 한눈팔지 말고 부지런히 따라 배우며 좇아가야 한다. 그리고는 어미 까치의 품을 떠나야 한다.

생존방법의 가르침은 까치나 사람이 무엇이 다르랴. 어머니는 오일장 구경만 하라고 장에 데리고 간 것은 아니었을 것이다. 처음으로 학교 갈 자식에게 보여주고 싶은 것이 얼마나 많았으랴. 나는 어리고 둔해서 느끼고 배운 것이 무엇이인지는 기억이 없다. 그러나 어머니를 놓치고 겁먹으며 찾는다고 장바닥을 헤매며 느낀 점은 분명히 있었을 것이다. 그 후로 겁 많고 어리석던 모습에서 점차 벗어날 수 있었다고 했다.

우리 세대는 부모로부터 어른을 존경하고 남을 배려하는 모습을 보며 자랐다. 아무리 어렵고 힘들어도 인내하며 스스로 해결해야 한다는 자립심을 배웠다. 자연과 함께하면서 생존하는 방법을 익혔다. 요즈음 교육은 어떤가. 지식만 주입하고 자기만 아는 교육으로 세상에 나가 잘 생존할 수 있을까. 까치 가족을 보면서 느끼는 소회가 착잡해짐은 어인 일인가. 아침 까치 소리는 반가운 손님이 오거나 기쁜 소식의 전령이라고 하던데 어찌 씁쓸함이 다가온다.

(2018. 6.)

노년이 행복이다

백전노장다운 모습들이다. 앞으로 몇 년 더 만나랴. 격월로 만나고 있다. 매월 만나자는 소리가 힘차다. 오늘따라 헤어짐이 아쉽다고들 한다. 20명이던 회원이 30여 년을 지나오면서 6명이 되었다. 평균나이가 팔십하고도 셋이다. 내가 막내다. 사는 모습들이 너무 좋다. 좋다는 것은 신심이 아직은 괜찮음을 이르는 말이다. 나이가 무색하리만큼 자신감이 여전하다.

오랜 만남을 이어오면서 집안에 숟가락이 몇 개인지도 아는 사이가 되고 있다. 제일 아쉬운 점은 안팎으로 다 건강하면 좋으련만, 들을 때마다 연민憐憫의 정을 감출 수가 없다. 한 분은 아내가 누운 지 10여 년이 넘고 있다. 그래도 일편단심 아침저녁으로 병원 들러 돌봐준다. 그런가 하면 미수米壽 된 분은 사무실에서 직원들 다루는 걸 보면 중년 못지않다. 약국을 하는 분, 손자 같은 유아들과 세월을 낚는 이도 있다. 백세시대에 걸맞게 살아가는 모습이 자랑스럽다.

좋은 일이 있어도 내색하지 않는 것이 미덕이던 시대가 있었다. 자랑거리는 속으로 즐기고 함부로 이야기하지 않는 분위기였다. 앞뒤 좌우 다 살펴봐도 마음 편한 사람보다 하루하루 살아가기 바쁘고 찌든 삶에 힘든 사람이 대부분이었다. 나라가 그랬고 사회도 불안하고 힘들었다. 남 잘된 이야기나 자랑을 듣는 것도 내 마음이 편해야 귀에 들어온다.

길에서 어른을 만나면 "진지 드셨습니까."가 인사였다. 죽 한 그릇도 배불리 못 먹던 시절 여북하면 먹었는가를 묻는 것이 인사였을까. 이런 사회적 분위기에 자랑해본들 염장 지르는 꼴이 아니랴. 그런 시대를 거친 노년들이건만 이제는 자랑거리가 있으면 나누고 축하해주려고 한다. 늙어지면 입이 바쁘다더니 놀리는 재미일까, 하긴 주위에 누가 늙은이 말을 잘 들어주겠나. 동병상련이랄까. 초록은 동색이라 하지 않던가. 들어주고 인정해주는 배려가 있어 서로가 외롭지 않은 것이다.

컴퓨터 자판에 신경 곤두세워 몇 줄 두드리다 보면 어깨 통증이 온다. 한 분은 러시아에서 벌어지는 축구 중계 보다가 목 디스크가 와 고생 중이다. 아무리 건강하다 한들 나이가 모든 걸 말해준다. 산수를 넘긴 주제들인데 하나의 겉치레며 포장이라는 사실을 숨길 수는 없다. 속내를 들여다보면 몇 가지 약은 다 챙기고 있다.

병은 마음으로부터 온다는 것을 잘 아는 노년들이라서일까.

행동이 긍정적이다. 아프면 아프다고 말하고 기쁘면 함께 웃음 나누며 숨김없이 털어놓는 주름진 얼굴들, 서운함이 있으면 화도 낼법한데 그저 웃음으로 넘긴다. 따듯한 마음의 눈과 귀가 아니고는 어림없는 일이다. 배려심이 넘쳐난다. 그래서 매월 만나자고 하는지도 모르겠다. 어떤 면에서는 시간 낚는 모임인데 마다하지 않고 기꺼이 동의하는 모습들이 아름답다. 마음의 평온이 건강과 장수에 최우선이라는 말을 철석같이 실천하며 사는 노년이 꽃이다.

해거름으로 다가온 추레한 몰골들이지만 외로움보다는 그리움으로 바라보는 마음이 정겹다. '아름다운 젊음은 자연 현상이지만, 아름다운 노년은 예술작품이다.'라는 글이 생각난다. "늙어가는 사람만큼 인생을 사랑하는 사람은 없다"고 소포클레스는 말했다. 생에 대한 의욕이 넘쳐나기에 자기관리도 잘하는 것 같다. 산수가 넘는 노년에 욕심은 아닌지도 모르겠으나 자신이 즐겁고, 동료에게 인정받고 주위로부터 어른 대접을 받으니 이 어찌 행복이 아니랴.

(2018. 6./문장작가회 연간집 8호)

2

따듯했던 어느 봄날의 추억

어머니날

직장에서 은퇴한 이듬해 미국 서부여행을 했다. 시애틀에서 그간 찌들었던 마음을 추스르고 있었다. 매스컴에 '어머니날' 기념상품 광고가 넘쳐났다. 갑자기 어머니 생각에 마음이 울적해졌다.

어머니는 고생만 하다 삶을 마감하셨다. 가난한 유교 집안의 맏딸로 태어나 맞선도 보지 않고 스무 살에 아버지와 결혼했다. 가난이 힘겨워 오직 아버지의 성실함만 믿었단다. 현실은 매우 팍팍했다. 농사지을 땅이 한 두락도 없었고, 홀시아버지를 모셔야 했고 거기에 말 못하는 시동생까지 챙겨야 했다. 유일한 위안은 시집온 후 살림이 계속 불어났단다. 우리 오 남매가 지금 모두 밥 먹고 살게 된 것도 당신의 희생적인 삶이 바탕이 되었다. 어머니는 어릴 때 미음만 먹고 자란 탓인지 삼십대부터 생긴 소화 장애로 고생하던 모습이 아련하다. 병환으로 여유로운 삶 한

번 누리지 못하고 떠난 어머니를 생각할 때면 눈시울이 뜨겁다.

어머니는 식구 뒷바라지에 열 손이 모자랐다. 남자가 많아 집안 살림도 힘겨운데 우물까지 집 밖에 있었다. 농사철이면 들판으로 일꾼들 식사를 날랐고, 쇠죽도 쒀야 했다. 늘 힘겨워하던 모습이 어린 마음에도 안쓰러웠다.

어머니는 가난의 힘겨움을 잘 알았다. 고생하며 살림살이를 일구어왔기 때문인지, 원래부터 착해서인지 알 수는 없으나, 어려운 이웃을 잘 챙겼다. 힘겹게 사는 사람들에게 쌀 됫박이라도 안겨주던 모습이 눈에 선하다. 그때 함께했던 이웃이 당신의 고마움을 잊지 않고 내게 이야기해주곤 했다. 그 후덕함 덕분에 서울서 공부할 때 그들의 도움을 받기도 했다.

어머니는 학교 교육을 받은 적이 없다. 독학으로 한글은 물론 한문까지 익혔다. 몸이 아파 집에 쉴 때나 바느질하실 때도 내게 많은 도움을 주었다. 가끔 당신의 옆에서 책을 읽거나 숙제할 때 모르는 것을 가르쳐 주기도 했고, 칭찬해주기도 했다. 늘 조용하고 인자한 모습으로 공부하는 나를 지켜봤다.

어머니는 잠시도 손을 놓으신 적이 없으셨다. 5명 남자들의 해진 옷을 깁거나 바지저고리를 만드셨다. 한여름 오후에 행랑채 앞 그늘에 멍석을 펴고 잠방이를 만들려고 천을 폈다. 바느질하는 당신 옆에서 방학 숙제하다 드러누워 하늘을 올려봤다. 파란 하늘에는 흰 구름이 몽실몽실 띄엄띄엄 동쪽으로 흘렀다. 그 사이로 비행기가 하얀 줄을 그으며 날았다.

"엄마, 비행기에는 어떤 사람이 타요?" 하면 "나라를 위해 좋은 일을 하는 사람이나, 돈이 많은 사람, 외국에 공부하러 가는 학생이 탄다."고 하셨다. 그리고 내게 하늘만큼 큰 꿈을 가지고 노력하면 너도 비행기 타고 구름 위를 날 수 있다. 꿈을 이루기 위해 무엇이든 열심히 해야 한다면서, 지금 비행기를 탄 사람은 부지런한 사람이 틀림없다고 했다.

어머니는 게으름이 가난의 주범이라 했다. 부지런하지 않으면 밥을 굶는다고 믿고 있었다. 아픈 몸 돌보지 않고 억척같이 일했다. 남보다 먼저 해내야 적성이 풀렸다. 등굣길이 6km가 넘어도 통지표에 지각 한 번 적히지 않았다. 어머니의 덕분이다.

비행기만 타면 어머니 얼굴이 떠오른다. 당신 여의고 나니 철이 드는가. 후회와 한숨만이 밀려든다. 비행기로 제주도 여행을 시켜드리겠다고 한 약속을 지키지 못한 것이 한으로 남아있다. 지금도 파란 하늘에 흰 조각구름이 흐르면 어머니가 생각난다.

어버이날이 다가온다. 도시의 팍팍한 삶에 매몰되어 자식의 도리를 제대로 못 한 것이 후회막급이다. 어머니의 임종도 하지 못한 불효자다. 사후에 무슨 면목으로 보랴. 먼 낯선 나라에서 어머니를 그리던 생각에 눈시울 붉히던 기억이 처연하게 밀려온다.

(2015. 4.)

수영 실력 겨루기

오늘도 손자와 수영 실력을 겨룬다. 유치원 다닐 때부터 방학이 되면 할아버지와 함께 수영하는 것이 제일 기다려진다는 손자다. 처음이야 자맥질 정도였지만 이제는 제법 물살을 가르며 나간다. 아비, 어미야 주말이 아니고는 함께할 수도 없으나 할아버지와는 매일 수영을 할 수 있으니 얼마나 좋은가. 나 역시도 하루 두어 시간 손자와 함께하니 즐겁고, 또한 수영 실력도 손자를 이끌 정도는 되니 부담될 일은 없다.

아파트 단지 안에 있는 수영장이어서인지 방학 기간인데도 붐비지 않아 좋다. 시설도 잘 갖추어져 있어 안전에도 무리가 없는 듯하다.

헤엄치는 것은 물의 저항을 극복하면서 나가는 일이므로 상당한 수준의 근력이나 에너지가 있어야 하는 전신운동이다. 때로는 힘이 부치는 것도 사실이다. 그래서 물 밖에서 좀 쉬고 있으면,

할아버지 빨리 들어와서 함께 시합하자고 재촉이 날아든다.

내 초등학교 때는 여름이 시작되기 무섭게 동네 앞 개울에서 멱 감으며 대부분 시간을 보냈다. 개울가에는 하얀 모래밭이어서 놀이하기도 좋고, 맑은 물이 넉넉히 흐르니 우리 또래들에게는 최고의 놀이터였다.

물이 돌아나가는 웅덩이 바위 아래는 꽤 깊어 다이빙도 하고 물속을 헤엄쳐 나가는 시합도 하면서 놀았다. 수영의 원리도 모르면서 자연스럽게 물 다루는 방법이 터득된 것이다. 그러다가 지루하면 고기를 잡거나 다슬기를 줍기도 하고 모래밭으로 나와 씨름놀이에 수제비 따먹는 돌팔매질도 하곤 했다.

물과 함께 놀다 보니 자연히 수영 실력이 붙어 요즈음 용어인 자유형, 평영, 배영, 접영 등 이름도 생소한 영법泳法을 자연스럽게 터득한 것은 아닐까. 지금도 그때의 실력이 남아있어 물에만 들어서면 자신이 붙는 이유라고 본다.

개울은 살아있는 자연 수영장이었다. 웅덩이는 자연스러운 풀장이고 바위는 다이빙대요, 여러 종류의 민물고기와 함께 따가운 햇살 받아가며 물에서 노는 것은 즐거움 그 자체였다. 물속을 헤엄치다 보면 피라미, 송사리 떼가 함께 따라붙고 물속 바닥에는 미꾸라지, 다슬기, 가재 같은 생물들이 기어 다니는 것이 눈에 들어온다. 개울 바닥은 하얀 모래에 조약돌이 널려있으니 발로 서거나 비비면 간질간질한 촉감이 더없이 좋았다.

물놀이 하다 보면 배가 쉬 꺼진다. 한숨에 집으로 달려와 보리

찬밥이라도 있으면 단숨에 꿀꺽하고는 다시 개울로 내달리곤 했다. 온몸은 구릿빛이요, 건강미가 철철 넘쳐났다.

햇볕이 쨍쨍 내리쬐는 물속은 거울같이 맑고, 밝아서 고기떼가 먹이 따라 움직이는 모습 하며, 바닥에 사는 수중 생물들의 움직임도 관찰이 된다. 숨죽여 들여다보면 정말로 신기해서 눈을 뗄 수가 없었다. 우리에게는 학습 관찰 터요 실험장이었다. 이제는 그 개울이 파헤쳐지고 정비되어 옛 모습은 오간 데 없고 다이빙대였던 웅덩이 바위만이 애처롭게 버티고 있다. 고향 개울이 그립다. 만나기도 어려운 함께했던 또래 친구들의 얼굴이 가까이 다가온다. 생각에 잠긴 할아버지의 모습을 알 리 없는 손자가 수영 시합하자고 또 재촉이다.

도시의 인위적인 수영장은 과학적으로 만들어져 있어 편리하고 환경도 깨끗하다. 그러나 흐르는 물이 아니다 보니 쉬 오염됨을 방지하기 위해 소독약품을 첨가하는 것이 문제이다. 소독 냄새가 나는 물에서 수영하다 보면 찜찜한 생각이 들기도 한다. 손자에게 물 먹지 않도록 당부하지만, 어린이에게는 쉽지 않은 일이다.

물을 만나면 좋아하는 모습이 내 어릴 때하고 똑같다는 생각이 든다. 다른 점이라면, 함께 어울려 놀아야 할 또래들은 다 어디 가고 할아버지하고 노는 모습이 안쓰러울 뿐이다.

공부하고 학원 가느라 수영할 시간이 없다는 손녀의 말을 들으면 애처롭기까지 하다. 여름 한 철이라도 뙤약볕 아래서 수영을 하든 뛰어놀기를 하든 밖으로 내보내야 하는데 붙잡아 놓고 공부만 시키려 하니 아이들이 허약하고 감기를 달고 있는 것이라는 생각도 든다.

손자는 또 시합하잔다. 힘 드는 시간일 법도 한데 지치는 기색이 보이지를 않는다. 전신운동이 되어서일까, 나도 손자 덕분에 더욱 건강 체질이 되어가는 기분이 들어 수영이 즐겁기만 하다. 손자야, 내일 또 수영 실력 겨루어 보자.

(2015. 8.)

나이테

대학 동창인 친구 넷이서 오랜만에 만났다. 그중에는 몇 번의 강산이 변했을 법한 세월을 보낸 후 만나는 친구도 있었다. 연륜이 쌓이니 의젓한 노신사들이 되었다고 너스레를 떠는 친구도 있고, 나이테만 늘렸지 해놓은 게 없다는 친구도 있었다. 지나온 날보다 갈 날이 가깝게 다가오는 조짐일까, 입이 한시도 쉴 사이가 없었다. 하기야 지난날의 영광과 허상들이 파노라마처럼 밀려오니 연신 입이 바쁠 만도 했다.

겨울의 모진 추위와 한여름의 폭풍우를 슬기롭게 이겨낸 훈장이 나이테일 것이다. 사시사철 더운 지방의 나무는 나이테가 없다지 않은가. 겨울의 추위가 심한 해일수록 봄의 잎은 훨씬 푸르다고 한다. 나무나 사람이나 역경에 단련되지 않고는 흔적을 남길 수가 없는 것인가 보다. 그 흔적이 나무는 아름다운 나이테요, 사람은 연륜에서 배어나는 중후한 인품이 아니겠는가.

나를 너무도 잘 아는 친구는 내 나이테가 제일 쫀쫀하지 않겠나 싶다면서 학창시절의 힘겹던 모습을 상기시켰다. 강의시간은 잠자는 시간이요, 휴강시간은 남의 노트 빌려 적는 것이 주특기였다며, 강의 끝나기 무섭게 아이들 가르치러 달아나는 모습을 보면서 동정도 많이 했다고 한다. 하기야 고등학교 졸업하고 잘하면 면서기가 되거나 아니면 농사꾼이 되어야 할 촌놈이었다. 집을 박차고 서울로 내달려 운이 따랐는지 대학에 붙었다. 밥 먹을 곳도 없고 등록금 마련이 난감해 입도선매立稻先賣로 등록금을 치르고 4년 동안을 한 집의 가정교사로 들어가 5남매를 가르쳤다. 나는 지금도 이를 행운이라고 생각한다. 그 어렵던 시절 주인 잘 만나 가르치며 공부했으니, 고마움을 잊을 수가 없다. 말 그대로 운칠기삼運七技三의 시기였다.

이러한 과정이 오늘의 나를 있게 한 원동력이라고 생각하면 한낱 즐거운 추억일 뿐이지 결코 어렵고 힘든 시기라는 생각은 안 든다. 고희古稀를 훌쩍 지나오도록 어찌 잔잔한 물결뿐이랴. 거센 파도가 휩쓸고 가면 반드시 잔잔한 물결이 이어오듯, 삶의 나이테는 이렇게 해서 쌓여온 것이 아닐까. 어려움이 있으면 인내로써 극복하고 원망과 미움이 있으면 사랑으로 이해하려다 보면 또 하나의 나이테는 어김없이 따라붙는 것을.

동창 친구들은 자기 분야에서 남부끄럽지 않은 삶을 이루고 노년을 나름대로 즐기는 모습은 너무도 보기가 좋다. 종심從心이 넘는데도 사업체를 이끌면서 가족음악회 발표를 하는 친구, 사업에서 벗어나 여행 마니아 소리를 들을 정도로 열성인 친구, 아나운서로 퇴직하고 노년을 즐기는 친구의 면면이 다채로웠다. 나이테가 쌓여가는 나무일수록 인간을 비롯한 자연에 베푸는 것이 부지기수일진대, 하물며 인간인 나는 남은 삶 어떠한 나이테를 그려가야 할지를 계속 고민해야 할 것 같다. 달려오는 나이테는 숙명이지만 내용을 만드는 것은 내 몫이니까.

(2015. 9.)

성당 반 모임

매달 첫 주 월요일 저녁 성당 반 모임을 간다. 이 동네로 이사 오면서 해오는 모임이니 어언 25년째가 된다. 메마른 개인주의에서 벗어나 신앙을 바탕으로 훈훈한 인정을 나누고 십시일반 어려운 이웃에게도 봉사하고 도움을 주는 모임이다.

가정으로 돌다가 이제는 동네식당에서 조촐하게 저녁식사도 하면서 회의를 한다. 가끔 정든 반원이 떠나기도 하고 또 새로운 얼굴이 오기도 한다. 그러면 박수 속에 아쉬움과 환영의 분위기가 무르녹는다.

이제는 나이 많은 모임이 되고 있지만 사는 맛, 구수한 맛이 넘쳐난다. 혼자 사시는 분이 너무 좋아하고 혹시라도 안 보이면 걱정들이 많다. 그만큼 생각한다는 증거다. 지난달에는 82세 된 할머니가 반원들의 쾌유를 위한 기도를 뒤로하고 하늘나라로 가셨다. 모두 빈소를 찾아 연도 드리고 하늘나라에서 영원한 복락을 누리시라는 기도도 드렸다. 그래도 빈자리가 아쉬워 반장님 제안으로 영원한 안식을 바라는 묵념을 올리기도 했다.

모두가 검소하다. 차림도, 걸침도, 거기다가 이야기까지도 자랑이나 허풍이 없다. 월회비로 기천 원 내는 돈으로 어려운 이웃 찾아 도움 줄 이야기로 시작한다. 동네 주위에 딱한 사람이 많다. 한두 집 찾아뵙고 다음 달 보고를 한다. 반장은 거의 10년째 반을 이끌면서 자기 몸을 사리지 않는다. 여성으로 종심(從心)을 넘기고 있는데도 반원들과 봉사하는 일에 힘이 넘쳐난다.

복지가 잘되어 있다지만 우리 주위에는 힘든 노년층이 많다. 물질적인 도움도 좋지만, 사람이 그립고 따듯한 정이 그리운 분들이다. 거동이 불편해 복지관이나 경로당에도 거리가 멀다. 이런 분들을 찾아가 몇 시간씩 이야기를 나누는 일이 쉬운 것은 아니다. 나는 아내와 더불어 빠지지 않는 것으로 반원 노릇을 하지만 부끄러울 때가 많다.

반원 중에 몇 사람은 주위의 독거노인이나 힘겹게 사시는 분을 찾아 몇 시간씩 대화도 나누고 봉사 수발을 계속해오고 있다. 나는 그분들의 봉사내용을 들으며 부끄러움을 느끼곤 한다. 부모님이 말년에 투병하시며 얼마나 외롭고 자식을 그리셨으랴. 죄책감에 시무룩해지곤 한다.

혼자 외롭게 사시는 여자 노인 한 분은 아들만 둘을 두었다. 외국에 가서 공부해 박사도 되고 짝 찾아 결혼도 시키고 대전과 서울에서 교수로, 연구원으로 잘살고 있다고 한다. 노환으로 매일 병원을 힘겹게 찾으면서도 자식들에게는 가지 않으려고 한다. 자식들 집 마련하라고 영감 죽고 나서 살던 집을 처분해 나누어 주고 같은 반원 방 얻어 생활하고 있다. 이제는 자식에게 가라고 해도 손사래다. 자식 자랑을 하면서도 며느리 흉을 보는 노인을 자주 본다. 핵가족이 안 될 수 없는 세태의 한 단면이다. 힘겨워 하면서도 혼자가 편하다는 구세대의 외로운 모습이 늙어가는 우리들의 자화상 같아 씁쓸하기 그지없다. 주위에서 흔히 볼 수 있는 현실이다.

나이 드니 몸인들 조신하랴. 아픈 데는 늘고 근력 떨어져 혼자 살아가기도 버거운데 외로움까지 덮쳐와 고통을 호소하는 것이다. 자식이 모신다 해도 손사래 치는 이유가 무얼까. 구세대와 신세대의 갭이 너무 큰, 오늘을 살아가는 노인들의 고통이다. 이를 어찌 해결하랴. 복지의 사각지대가 아닐까.

반 모임에서는 2인1조로 독거노인을 방문해 말벗도 되고 도움 주는 봉사를 하고 월 모임 때에 공유하는 것이다. 격려해주고 또 보완하면서 지속하도록 힘을 모은다. 우리 사회는 이러한 보이지 않는 손들이 많이 있을 것이다. 그래서 이 사회는 제대로 작동되어 가는지도 모른다. 누가 알아주기를 바라기보다 나보다 어렵고 힘들어하는 소외계층을 껴안으려는 우리 반장, 반원 같은 사람들이 있는 한 우리 사회는 더 밝고 살만한 사회가 될 것이다. 이런 분들과 정을 나누며 오래오래 함께하고 싶다. 반원들이 마음의 보화를 하늘나라에 쌓아가고 있어 참여하는 마음이 즐겁다. 하늘나라의 훈장을 받으리라는 확신이 있기 때문에 더욱 신바람 나는 반상회, 오늘도 열 일을 제치고 참석한다.

(2015. 10.)

기분전환

무료無聊한 일상이 머리를 무겁게 하는 것 같다. 삶에 대한 생각마저 겹치면서 우울함이 밀려온다. 세월에 떠밀려 늙어간다는 것이 서러워서일까. 희수喜壽가 내일 모레인데 축복받은 몸, 감사를 달고 살아야지. 이제는 떨치고 가야 할 일만 남았는데 무엇이 아쉽다고 세월의 흐름에 왈가왈부하랴. 작은 것에 만족하고, 크고 화려한 것을 쫓지 않으면 마음은 가벼워지는 것을 아직도 깨닫지 못하고 있으니 한심한지고. 삶이 아직도 허기를 느끼는가. 욕심을 앞세워 채우기만을 바라는 것은 하류 동물들의 몰골이 아니던가.

혼자 허공에 초점을 놓고 중얼거린다. 무료하게 시간을 보내기보다는 기분전환을 위해 집을 나섰다. 오늘따라 하늘도 더 높아 보이고 바람도 일렁일렁 가을 냄새가 물씬하다. 부담 없는 지하철로 내달려 문양행에 올랐다. 혈기왕성한 대학생들이 좌석을 다 채웠다. 하나같이 스마트폰을 보는 모습이 젊음의 상징인 듯하다. 자리를 양보받고 나니 노추老醜한 모습은 아닌지 머리로 손이 오른다. 늙음에 대해 예민함일까.

종점은 언제 와 봐도 활기가 넘친다. 결실의 계절답게 불볕더위를 잘 이겨내고 늠름하게 자란 농산물이 반가운 손님을 기다리는 중이다. 젊음보다는 늙음이 넘치는 지하철 종착역, 오늘도 여느 때와 별반 다르지 않다. 삼삼오오 둘러앉아 나누는 대화가 정다워 보인다. 옆자리로 다가가 엉덩이를 걸친다. 역시나 험난한 세월을 이기고 용케 살아나온 이야기, 며느리 이야기, 자식 이야기가 넘쳐난다. 칭찬인지 흉인지 웃음이 한가득하니 보기도 좋다. 필부필부匹夫匹婦의 삶이 묻어나는 대화들이다. 덩달아 기분이 좋아진다. 한때는 탱글탱글했을 얼굴들이 세월의 무게 탓일까. 쪼글쪼글한 모습이지만 자랑스러움이 묻어난다. 다난多難했을 세월을 견디어 낸다는 게 어찌 녹녹하기만 했을까. 이제는 기쁨이 되고 웃음이 되는 것 같다.

여자 노인 한 분이 가방에서 김밥 몇 줄을 풀어놓는다. 마파람에 게 눈 감추듯 이내 사라진다. 정오라서 배들도 출출하리라. 며느리가 점심 거르지 마시고 잘 노시다 오라며 싸주더란다.

"우리 집 며느리가 최고라"며 입에 침이 마른다.

"시어미 챙기는 며느리 드문디 잘하는구만. 복 받은 시어머니구만." 부러움이 눈초리에 드러난다. 사는 이야기에 홀렸는지, 빵이라도 사다 대고 앉아있어야겠다는 생각이 들었다. 인근 마트에서 빵과 생수를 사다가 풀어놓았다. 반응이 구구 각각 너무 재미있다. 출마하는 사람인가, 미남 아저씨가 애인이 없나 붕게, 매일 함께 친구 하자는 할망구까지, 웃으며 들어주기만 하니 더욱 궁금한 모양이다. 할머니들 이야기가 너무 구수해 엉덩이가 떨어지지를 않았다. 여기 끼워주는 값이니 부담 없이 먹으면 된다고 해명까지 덧붙였다. 요즈음도 저런 노신사분이 있는가벼. 고맙게 시리. 잘 먹게십니다. 흘러나오는 말마다 구수하고 정감이 넘친다. 이래서 모이는 맛, 사는 맛을 느끼나 보다.

무겁던 머리가 홀가분해진다. 드높은 하늘에는 몽실몽실, 흰 구름이 유유히 흐른다.

(2015. 10.)

따듯했던 어느 봄날의 추억

반세기가 훌쩍 지난 어느 따듯한 봄날이었다. 입학한 지가 얼마 안 되어 서로가 어색해하던 때였다. 신입생들은 감색 교복을 입어서 그게 그 사람 같았다. 강의가 끝나고 밖으로 나오는데 한복을 단정하게 차려입은 풍골 좋은 아주머니가 보였다. 한 손으로는 힘겨워 보이는 보따리를 들고 누군가를 두리번거리며 찾고 계셨다. 누구를 찾고 계시는가를 여쭈니 "○○학과 지 군을 찾는다."고 하셨다. 이윽고 지 군이 어머님을 만났다.

숲 속 벤치에서 점심 도시락을 함께하는 친구들과 어머님을 모시고 숲속에 자리를 잡았다. 5월의 따듯한 햇살이 연초록 숲속으로 쏟아지고 있었다. 교내 방송국에서 보내오는 베토벤의 교향곡이 잔잔하게 흐르고 새소리가 어우러져 환상의 분위기를 연출했다.

친구 어머님께서 가져오신 보따리를 풀어 놓으시면서 단양에서 아침 기차로 오셨다고 했다. 떡과 과일이 한 광주리는 됨직했다. 하숙집에서 먹는 게 빤하다면서 맛있게 먹으라고 하신다. 참기름 냄새가 고소한 절편을 친구들에게 연신 집어주신다. 과일도 부지런히 깎으시며 많이 먹도록 신신당부를 하신다. 친구들의 손이 바쁜 만큼 입도 즐거웠다. 친구 어머님이 마련해주신 숲속에서의 파티는 서먹했던 우정을 더욱 깊게 하는 따듯한 만남이 되어가고 있었다.

친구의 얼굴을 보니 즐거워하는 눈치였다. 이런 일에 익숙한 모습 같았다. 나 같으면 얼굴이 홍당무가 되지 않았을까 하는 생각도 들었다. 어머님의 촌스러움이 드러나면 부끄러웠을 것이기 때문이다. 친구 어머님은 건강하시고 활기찬 풍골이 부잣집 마나님을 연상시켰다. 친구는 막내였다. 어머님의 연세도 들어 보이시는데도 곱게 늙으시는 모습이 부러웠다. 아들과 좋은 친구들이 되기를 당부하시며 아무쪼록 공부 잘해서 훌륭한 재목들이 되라고 당부까지 해주셨다. 좋은 대학에서 공부하니 앞날이 기대된다는 격려의 말씀이 지금도 생생하게 들리는 듯하다.

고향에서 힘겨워하실 어머님 생각이 떠오르면서 너무 대비됨을 느꼈다. 건강의 문제로 누워계시던 모습이 떠올랐다. 나의 어머님도 건강한 모습으로 떡보따리 싸서 들고 아들 학교 한번 오실 날이 있을까. 오신다면 나도 당당하게 친구들 모아놓고 어머님의 인자하신 모습을 보여주리라. 그건 내가 하기 나름이라고 속으로 되뇌며 각오를 다지기도 했다.

어린 시절 따듯한 봄날, 어머님은 담 가까이에 흙을 고르며 꽃씨를 뿌리시곤 했다. 꽃 이름, 꽃의 모양, 발아 과정을 가르쳐 주시던 어머님. 바가지로 물을 조심스럽게 주도록 일러주시던 인자하신 얼굴이 앞을 가린다. 어머님 따라서 봄 햇살 받아가며 집 근처 논두렁 밭두렁 오르내리며 냉이 캐고 돌나물 뜯던 추억이 스친다. 어머님의 여유 있는 모습에 즐거워하던 때가 어제만 같은데 벌써 두 세대의 세월이 훌쩍 지났다.

친구와는 학과 동료로서 살아온 분야는 달라도 가까운 관계를 지속하고 있다. 만나면 즐겁고 할 이야기가 태산이지만 자주 못 만나는 게 늘 아쉬울 뿐이다. 이제는 친구와 나의 어머님은 유명을 달리하셨다. 하늘나라에서도 사랑으로 이 아들들을 감싸주시고 돌보시리라. 어머님들은 항상 그렇게 사셨으니까. 어머님의 살아생전 나이보다도 더 나이 많은 이 아들은 아직도 어머님의 따듯한 손길을 그리워하고 있다. 친구에게 문자가 왔다. 추위에 감기 조심하라고.

(2016. 2.)

빛바랜 사진 한 장

오랜만에 손자들과 사진첩을 들추며 추억을 더듬는 시간을 가졌다. 가족이라는 호기심에서일까. 사진첩을 꺼내와 경쟁이나 하듯이 묻고 킬킬거리며 관심을 보인다. 만화책 보듯이 건성건성 넘기는 것 같아도 끊임없이 질문이 날아든다. 수십 년 전으로 달려가는 내 생각과 입이 바쁘다.

저희 아비들 초등학교 시절의 머리 형태며 옷 입은 모습이 우스꽝스럽고 심지어 사진 배경의 놀이시설까지도 초라해 보인다는 것이다. 시대 흐름과 더불어 달라져 온 것이 어디 한둘일까마는 저희 눈높이에서도 이상했던가 보다. 하기야 한 세대 전의 사진이다 보니 허술하고 촌스럽게 느껴질 만도 할 것이다.

빛바랜 사진에서 세월 저편의 아련한 기억들이 다가온다. 어머니의 사진 한 장이 더욱 가슴을 저리게 한다. 핼쑥한 얼굴에는 수심이 넘쳐나고 그 맑던 눈에서는 흰 눈동자만이 더 크게 보이는 쓸쓸함이 배어나는 사진이다. 어머니가 살아 계실 때의 마지막 모습이시다.

고향에 계시는 어머니께서는 병석에 누우시는 날이 더 많으셨다. 중·고등학교에 다니고 있는 여동생들에게서 수시로 어머니 병세에 대한 편지가 왔다. 직장에 밤낮없이 뛰던 때인지라 고향 갈 시간 내기가 어려웠다. 그러나 마음 한편에는 어머니 생각이 떠나지를 않았다. 여름방학을 맞아 며칠 휴가를 내고 어머니를 모시고 청주 큰 병원을 찾았다. 몸이 너무 쇠약해 대수술을 무사히 할 수 있을지 하는 우려를 의사의 얼굴에서 읽을 수 있었다. 당시만 해도 담석증은 대수술이었다. 수술실로 들어가시는 어머니가 너무도 불쌍하고 초조해지면서 겁이 났다.

혹시나 잘못되거나 문제가 생기면 어쩌나 하는 마음에 진땀이 나고 입안이 바짝바짝 말랐다. 수술실 앞에서 기다리며 내가 할 수 있는 일은 기도뿐이었다. 네다섯 시간이 지나도 소식이 없자 나는 더욱 하느님께 매달렸다. 안나(세례명)를 살려만 주시면 아들로서 효도를 잘하겠노라고 간절히 빌었다. 바쁘다는 핑계로 고향도 자주 못 가는 주제에 이제는 살려만 주신다면 효도하겠다는 약속을 한 것이다. 그러나 그 약속은 지키지도 못했다.

오랜 시간의 대수술과 마취로 인한 후유증이었는지 회복이 늦어지고 정신까지 희미해지는 증세를 호소하시곤 했다. 헛것이 보인다고 하시고 엉뚱한 말로 주위 사람을 놀라게 했다. 고향에서 대구로 모셨다. 효도하겠다고 하느님께 매달리면서 빌던 생각이 뇌리를 스치면서도 어머니가 딴소리하실 때면 짜증이 나고 무시하기 일쑤였다. 한날은 처제가 다니러 왔다. 학교 교사로 첫 발령을 받고 부임하기 전에 방문차 들른 것이었다. 어머니가 다짜고짜로 "저년 내 옷 다 입고 도망간다."고 고래고래 소리를 지르셨다고 한다. 얼마나 놀라고 서운했으랴. 그만큼 정신이 흐려져 헛것이 보이는 중증으로 병세가 악화한 것이었다. 수술후유증이 과거와 현재, 미래를 오가며 자신은 물론 주위 사람을 혼란에 빠뜨리는 삶의 연속이었다.

마음씨 곱고 고생만 하시며 사시던 어머니에게 저런 고통을 주시는 하느님을 원망하기도 했다. 어느 때는 십자고상 앞에 앉으셔서 기도하시다가도 갑자기 마귀 달려든다고 엉뚱한 행동을 하기도 하셨다. 이를 지켜보는 나나 가족은 안절부절못하였다.

학교를 오가며 머릿속은 원망, 자책감으로 늘 범벅이었다. 연구실 창 너머로 보이는 화단에서는 서너 명의 정원사가 파랗게 물이 오르는 정원수를 다듬고 있었다. 정원사의 손놀림에 웃자라거나 혹독한 겨울을 이겨내느라 희생된 가지가 과감하게 잘려나가고 있었다. 나무는 더욱 예쁘고 안정된 모습을 보였다. 잎이 나고 꽃이 피면 더욱 아름답고 튼실한 정원수로 자태를 뽐내리라. 사람이라고 무엇이 다르랴. 어머니도 그간 괴롭혀왔던 쓸데없는 부분을 잘라내고 잘 다듬었으면 건강을 되찾을 수는 없는 것일까. 정말 불가능한 것인가. 어디서 저 정원사 같은 명의는 못 만날까. 저 나무는 영혼이 없는 것인가. 몸체의 쓸데없는 부분만 도려내면 더욱 왕성하게 자라며 인간의 바람에 보답하지 않는가. 어머니는 일의 혹사로 육체가 고장의 원인인가. 자식들이 너무 불효해서 영혼이 고장 난 것인가.

날씨가 포근해지면서 새로운 생명이 하루가 다르게 피어나고 있었다. 현관 앞의 목련은 벌써 꽃잎을 떨치면서 푸른 잎으로 갈아입는 중이었다. 같은 생명력을 가진 존귀한 존재인 어머니는 왜 새롭게 바뀌지를 못하는가. 살아오면서 지은 잘못에 대한 시련을 주시는 것인가. 아니면 자식들의 불효에 대한 경고이신가. 좋은 땅에 자라는 꽃이라고 더 오래 예쁨을 자랑하는 것도 아니고, 때가 되면 후대를 위한 결실을 만들어가지 않는가.

어머니를 뵈면 애석하고 불쌍한 생각이 밀려왔다. 어머니를 모시고 병원을 드나들 때마다 건강하게 일하며 산다는 것이 얼마나 큰 축복인지를 되뇌곤 했다. 좋은 일만 있다고 행복한 것은 아닐 것이다. 비도 오고 바람도 불어줘야 싱싱하고 튼실한 열매를 달듯이 시련을 감수하고, 감사하는 삶을 살아야겠다는 마음으로 위안을 삼기도 했다. 사람은 누구나 시기가 다를 뿐이지 대부분은 고통 중에 생을 마감한다는 것. 그래서 원망하기보다 겸손하게 받아들이는 마음이 중요하다는 것을 깨우치는 시절이었다.

몇 년간 온 가족이 병시중하면서 감내했던 어려움도 어머니가 떠나시고 난 후로는 허탈함과 후회만이 마음속을 채웠다. 환자를 위해 최선을 다한다는 것이 얼마나 큰 축복이며 감사함인가. 어머니를 보내드리고 나서야 깨닫는 이 아들은 정말 바보가 아니었는지 나 자신을 되돌아보게 하는 시간이었다. 사진첩을 들고 있는 할아버지의 모습이 처연했던지 손자들이 보이지를 않는다.

(2016. 2.)

땅따먹기

학교에서 돌아오면 아이들과 어울려 땅따먹기 놀이를 했다. 정신을 집중하지 않으면 말이 금 밖으로 튕겨 나가거나 확보해야 할 땅 안으로 밀어 넣지를 못했다. 그러면 땅 늘리기에 실패하고 상대에게 지는 놀이이다. 땅을 얼마나 소유하느냐가 밥을 제대로 먹느냐 아니면 굶느냐 하던 시절, 아이들에게도 땅 소유하기를 소망하던 마음이 그대로 드러나던 놀이었다.

20여 호 되는 마을에 제대로 밥술이나 먹는 집은 대여섯 집 정도였다. 대부분은 허기진 배를 움켜쥐고 땅을 파야 하는 가난한 산골이었다. 아버지는 물려받은 땅 한 뙈기 없어도 해마다 논을 한두 마지기씩 늘려가는 수완가셨다. 부지런하고 낙천적인 성격이 우시장 드나드시며 장사하시는 데에 많은 도움이 되셨던 것일까. 그래서 내가 초등학교 졸업할 때는 열 마지기가 넘는 논을 장만하셨다.

그 어렵던 시절, 소를 한두 마리씩 사다가 지천이던 풀에 콩 섞어 삶아서 십여 일 정도 먹인 후에 시장에 내놓으면 손해 보는 일은 없으셨다. 학교 근처도 가본 일이 없지만, 셈이 빠르시고 수완이 좋으셨다. 논은 주로 가을걷이가 끝나면 매물이 나왔다. 등짐으로 농사를 짓던 시절, 우리 마을이나 인근 마을에서 아버지에게 소식이 오면 논의 위치를 보아 물꼬가 좋은 보 근처나 가뭄이 닥쳐도 마르지 않을 논을 사셨다. 내가 고등학교 입학할 무렵에는 이십여 마지기를 장만하셔서 마을에서 부자 소리를 들었다. 두레박으로 퍼 올리던 우물을 펌프로 바꾸고, 마루도 놓고 행랑채를 늘여 대문도 달았다. 동네 사람들은 우리 집을 대문 달린 집으로 불렀다. 택호인 자바실 댁에서 대문 달린 집으로 바뀐 것이다.

논 한 마지기라도 사시는 날에는 우리 형제를 데리고 들로 가셨다. 논두렁을 걸으시며 우리 땅이 된 기쁨을 자랑스럽게 말씀하셨다. 땅의 힘이 곧 삶의 힘인 양 생각하시었다. 할머니가 일찍 돌아가시고 삼부자가 힘겹게 살아온 지난 일은 생각에서 지우려 하셨고, 자식들은 굶기지 않겠다는 굳은 의지를 강조하시려는 것 같았다. 한편으로는 열심히 노력하면 땅을 마련하듯이, 부지런하고 절약하면 성취할 수 있다는 산 교훈을 심어주셨다.

땅이 불어날 때마다 덩달아 내 어깨에도 힘이 들어가고, 친구들에게 부자 소리를 들으니, 아버지가 더욱 자랑스럽기도 했다. 땅따먹기 놀이하던 또래들이 10여 명은 되었는데 중학교는 나를 포함해 둘만이 갔다. 대부분은 고향을 등지고 도시로 나가 밥이나 얻어먹으며 앞으로의 살길을 찾아 나섰다. 아버지가 밤잠 안 주무시며 먼 길을 마다치 않으시고 우시장 드나드신 것은 자식들 제대로 먹이고 공부시키기 위한 것이었다.

당시 아버지는 이립而立 때였으니 자신감이 넘치던 시절이었을 것이다. 돈을 벌어야 땅을 사고 자식들 공부시킨다는 오직 하나의 목표로 몸을 혹사하면서 물불을 가리지 않으셨다. 닷새장이 열리는 수십 리 되는 우시장에 가셔서 소를 사면 하루나 이틀씩 소를 앞세우고 걸어서 오셨다. 그러고도 농사일에 몸을 혹사하시니 무쇠인들 어찌 탈이 없으랴. 좌골신경통으로 반년을 고생하셨다.

그 후로 우시장 드나드는 일을 접으시고 농사에 전념하셨다. 땅은 20여 마지기 되어도 8식구 굶지 않고 자식들 월사금 대기에 아쉬움이 없을 정도이지 돈이 모이는 것도 아니었다. 대학에 합격하고 나니 등록금이 큰 황소 한 마리 값이었다. 사범학교에 갔으면 소를 팔지 않아도 될 것을 서울에서도 제일 등록금이 많은 사립대학이다 보니 난감했다. 할아버지는 지방사범학교에서 공부해 고향에서 선생님 하라고 늘 말씀하셨다. 할아버지 말씀을 어긴 것이었다. 그래도 아버지는 겉으로는 좋아하시는 기색이면서도 뒷감당을 어찌하랴 하는 기색이 역력했다. 아버지에게 한 학기 등록금만 해주시면 다음부터는 스스로 해결하겠다고 말씀을 드렸다. 농번기가 곧 시작되지만, 큰돈 마련이 가장 손쉬운 소를 팔았다. 무일푼에서 땅을 일구고 자식들 다섯을 고등학교까지 공부시키겠다는 의지가 확고하셨다. 그러나 대학진학은 자신들이 해결해야 한다고 하셨다. 땅따먹기 놀이에서도 이기려는 의욕과 정신을 집중하지 않으면 말이 금 밖으로 튕겨난다. 잠시도 소홀할 수가 없다. 아버지도 정신을 놓으면 피붙이들이 고통이요, 희망이 보이지를 않으니 밤낮없이 긴장하며 사셨을 것이다. 이를 진작 깨우치지 못했으니 얼마나 어리석음이었던가.

어머니가 늘 힘들어하시고 눕는 날이 빈번하셔도 웃음을 잃지 않으시는 것을 보면서, 가족의 고통은 다 짊어지고 사시려는 것은 아니었을까. 아버지의 그러한 값진 희생이 오늘의 자식들이 누리는 행복임을 생각하면 더욱 눈시울이 뜨거워진다. 선종하신지 어언 15년이 되고 있다. 세월 앞에 장사 없다고, 아버지의 모습이 일상에서 점점 더 잊혀만 간다. 벽에 걸린 처연한 영정 앞에 고개만 숙일 뿐이다.

(2016. 2.)

우리들의 아지트

1957년 고등학생이 된 우리는 선배들의 권유로 7명이 세븐스타[S.S.G]라는 그룹에 가입했다. 무엇을 하는 것인지도 모르고 가입한 우리는 매월 한 번씩 읍내에 있는 중국식당인 동해반점에 모였다. 수업이 끝나고 저녁 시간에 모여 선배들의 영양가 없는 이야기를 듣기가 일쑤였다. 가끔은 대학에 재학 중인 선배가 참석해 거드름을 피우긴 해도 대학 생활을 이야기할 때는 귀를 쫑긋 세우기도 했다. 면면을 보니 반에서 공부라도 좀 한다는 학생들이라서 그런지 불량기는 별로 없는 것 같았다. 그러나 그룹을 만들어 모이는 그 자체가 규칙 위반이라 아주 비밀로 했다. 동해반점의 골방이 세븐스타의 아지트였다.

한 달에 한 번씩 자장면 먹는 맛도 쏠쏠했고 선배들이 권하는 톡 쏘면서도 향긋한 배갈 맛도 황홀했다. 담배 연기는 싫었지만, 내색은 할 수가 없었다. 중국집 주인은 대만이 고국이라고 했다.

고생을 많이 하면서 살아왔기 때문에 배고픔을 잘 안다면서 곱빼기 값을 보통 값으로 받으며 배불리 먹도록 배려하는 멋진 분이었다. 담배라도 피우면 교칙 위반이라고 한마디씩 던지는 후덕한 사장님의 어눌한 말이 싫지는 않았다.

당시에는 국가도 어렵고, 사회도 혼란스러운 시기였다. 홀로이기보다는 뜻이나 생각을 같이하는 사람끼리 어울려 서로 이해하고 의지하면서 살아가려는 분위기가 학생들에게도 영향을 준 것으로 생각했다. 그래서인지 학생들도 끼리끼리의 모임이 유행했다.

수십 년이 지난 지금에도 세븐스타였던 동료들과는 연락하는 걸 보면 동해반점 아지트에서의 끈끈한 정 때문이 아닌가 싶다. 육군사관학교를 들어간 선배가 참석해 생도 생활을 이야기할 때는 부럽기 한이 없었고, 얼마나 공부를 잘해야 육사를 갈 수 있는지 묻기도 많이 했다. 사범대학 다니는 선배 이야기를 들으면 돈 안 드는 사대를 가야겠다는 생각에 빠지기도 했다. 한 달에 한 번 모이는 아지트지만 촌놈으로서 자극을 많이 받으며 나 자신을 달구어 왔던 것 같다. 지금 생각해도 그 골방 아지트에서 진솔한 우정을 쌓았고 진정한 사회를 배운 것이 아니었나 싶다. 졸업을 앞두고 대학진학을 못 하고 공장으로 돈 벌러 가는 동료를 보면 안타깝기도 하고 동정이 가기도 했다. 지금 와서 보니 그런 친구가 더 떵떵거리며 잘살아가는데 말이다.

1994년 미국 뉴욕 퀸즈에 있는 뉴욕대학교에서 만난 황 교수가 점심을 하자며 간 곳이 플러싱에 있는 동해반점이었다. 규모도 크고 아주 고급스러운 중국식당이었다. 황 교수가 아는 바로는 식당 사장은 1970년도 초까지 한국에서 살다가 일본을 거쳐 여기에 정착을 한 중국 산동성 출신의 화교라고 말을 해주었다. 산동성이라는 것이 마음에 걸리기는 했다. 내가 아는 그분은 대만 출신 화교인데 말이다. 그래도 혹시 고등학교 때의 아지트였던 동해반점의 사장이 아닐까 하는 생각이 들었다. 더욱 호기심이 들기도 해서 카운터에 앉아있는 사람에게 물으니 아버지가 한국 괴산에서 동해반점을 하셨다고 한다. 이런 만남도 있나 싶었다. 내실에서 풍골이 좋은 90대 노인이 걸어 나오는데 바로 저 분이 맞다 하면서 손뼉을 쳤다. 본인은 나를 잘 몰라보겠지만, 나는 확실히 안다. 어눌한 말소리에 큰 체구 하며 후덕한 얼굴이 변하기는 했어도 알아보기는 어렵지 않았다.

고등학교 시절 3년 내내 한 달에 한 번의 모임이지만, 선생님에게 들키지 않도록 비밀을 지켜주고 배불리 먹도록 인정을 베풀던 분이 아닌가. 후덕한 화교를 이역만리 미국에서 수십 년 만에 만나다니 꿈만 같았다. 3학년 때는 세븐스타 회장을 하면서 배불리 먹도록 해달라며 짬뽕 국물도 퍼 나르면서 풍족하고 너그러운 아저씨로 부르던 사장님이 아니던가.

자기도 기억이 난다면서 반가워 포옹을 해가며 교수로 성공하라고 그 자리에서 일필휘지로 글을 써주기도 했다.

'吾 五十而 知天命, 六十而 耳順, 七十而 從心所欲. 不踰矩'

논어에 나오는 공자의 말씀이다. 그때 지천명에 이른 나에게 학문에 몸을 바치는 것이 하늘에서 주어진 사명이며, 도를 세워 인류를 위하여 노력하는 길이 운명이요. 걸머지게 된 천직으로 여기라는 글이었다. 그러면 은퇴한 후에는 나 하고 싶은 대로 해도 법도를 넘지 않는 경지에 이르는 자유인이 되리라는 뜻임을 알고 얼마나 고마워했는지 모른다.

동해반점의 골방에서 돈독한 우정을 쌓으며 관대함을 배웠고, 어려운 친구에게는 마음으로라도 위로해주는 방법을 배우던 곳이었다. 인정 넘치는 반점 주인의 후덕함에서 사람 사는 법을 배우기도 했다. 동해반점 골방의 퀴퀴한 냄새가 향수 냄새보다도 더 정감이 들던 곳, 우리들의 아지트 그곳이 새삼 그립다.

(2016. 3.)

고생은 사서도 한다

막내가 휴학계를 내고 난데없이 해병대훈련소에 입소했다. 아내는 훈련이 어렵다는 해병대냐며 몹시 서운해했다. 체력과 인내심을 시험하기 위해 지원을 한다면서도 너무 힘들면 탈영도 할 수 있다는 말을 들었다는 아내는 걱정이 태산이었다. 나는 고생이 무엇인지도 모르는 철없는 놈이라고 일축해버렸다. 학사 장교로 복무하기를 바라던 나도 섭섭했다.

복무한 지 일 년쯤 지난 어느 날, 해병대사령부라며 장교 되는 분 전화를 받았다. 해병대 행사에 부모님을 초청한다며 날짜와 장소를 알려주었다. 어떤 일이 있더라도 꼭 참석해달라는 간곡한 부탁과 함께 아들에게는 비밀로 해달라는 말을 덧붙여 궁금증을 자아냈다. 부대가 아닌 포항시 체육관이라는 말이 좀 생경하긴 해도 군의 행사에 부모 초청이겠지 하며 대수롭지 않게 여겼다.

오라는 날이 되어 아내와 일찍 행사장에 도착하니 이미 장내는 우렁찬 합성으로 요동치고 있었다. 기다리던 장교가 VIP 실로 안내해 예우를 깍듯이 했다. '우정의 무대'에서 하이라이트인 "우리 어머니"로 모셨다며 결정한 과정을 정훈장교가 설명해주었다. 우선 모범병사를 예하 부대로부터 추천을 받아 여러 요소를 고려해 부모님을 모시게 되었다며 축하의 손뼉을 쳐주지 않는가. 해병대 입소할 때에 걱정이 기우였으며 모범적인 군 생활을 한다는 말에 기쁨을 감추지 못했다. 해병대지원율이나 학력이 전에만 못하다고 걱정을 하는 참모장님의 말이 여러 의미를 함축하고 있었다.

무대는 휘황찬란한 조명 속에 합성과 음악, 율동의 울림으로 지진이라도 난 듯 요동치고 있었다. 무대 뒤에서 출연 순서를 기다리는 게 어찌 그리도 긴장되는지. 아내는 쓰러지기 직전이라며 안절부절못했다. 기다리는 가수들도 긴장되기는 마찬가지인 듯 거울 앞에서 자세를 연습하거나 복장을 매만지는 등 초조한 기색은 다를 바 없었다. 어머니가 따라다니며 뒷바라지를 하는 가수도 있고, 새우잠을 청하는 모습도 보였다. 화려한 직업도 이면을 들여다보면 어려움이 있고, 끊임없이 노력해야 살아남을 수 있다는 것을 보여주고 있는 듯했다. 밤낮없이 연습해야 하는 노력은 피를 말리게 한다며 따라온 어머니의 하소연도 들었다.

병사들의 아버지로서 한마디 하는 기회도 주어졌다. 뽀빠이의 재치 있는 질문에 긴장이 확 달아났다. 부탁받은 말을 곁들여 대략 이런 내용이 아니었나 싶다. "대한민국을 수호하는 선봉대인 용감한 해병대 여러분! 강인하고 늠름한 모습을 보니 마음 든든합니다. 우리 아들들이 대한의 해병대로 근무한다는 것은 부모들의 자랑이며 여러분들의 영광입니다. 사회 어디에든 해병대 출신은 대환영이라는 소리를 듣고 있습니다. 자랑스러운 해병대 여러분, 파이팅!"

아내가 무대에 나설 때는 병사들의 "그리운 어머니"로서 뿌듯하기도 했지만, 한편으로는 짠한 마음이 들었다. 부모와 떨어져 밤낮없이 국토를 지키는 병사들에게 향수병만 보탠 건 아니었을까. 우리보다 더 힘든 부모나 병사가 선발되었더라면 하는 생각도 든 게 사실이었다.

우리와는 달리 지금 이 병사들은 대부분이 고생이라는 게 무엇인지 잘 모르는 세대가 아닌가. 그래서 강제 모병도 아닌 자기 의지와 판단으로 혹독한 훈련과 근무의 상징인 해병대를 지원한 것이 자랑스러운 것이다. 세상을 살아가기 위해 고생을 사서라도 해보겠다는 해병대 병사들이 용맹스럽고 든든해 보이는 이유였다.

보상휴가를 받은 막내와 함께 부대를 나올 때, 늘어서서 흔드는 환송의 손들이 감격 그 자체였다. 고생은 사서도 한다는데 얼마나 대견스럽고 자랑스러운 대한민국의 아들들인가!

(2015. 12.)

함께 파이팅

가정교사로 생활할 집에 이사하던 날 최 씨를 만났다. 주인 부부는 보이지 않았다. 그가 나를 맞아 집안 곳곳을 안내해주며 가정 분위기까지 친절히 설명해주었다. 대학 일학년인 나보다 17살이 많은 그는 건물 관리하며 주인들과 한 식구처럼 살고 있었다. 주인 부부는 최 씨라고 부르고 아이들은 아저씨라고 했다. 나도 아저씨라고 하니 나이 들어 보인다며 사양하는 겸손한 분이었다. 20대 가정부 2명도 최 씨라고 불렀다.

아이들 지도가 끝나고 자정이 될 무렵 그와 이야기를 나누다 보면 한두 시간이 훌쩍 지나기 일쑤였다. 강의시간에 졸면서도 그의 이야기에 빠졌던 것은 수많은 역경과 생사를 오르내리며 살아온 그의 처절한 삶이 앞으로 내가 헤쳐가야 할 세상은 아닐까 하는 두려움 때문이었다.

함흥에서 부모님이 포목 장사하는 가정의 장남이었다. 고등학교 졸업 후 부모님을 도우며 장사를 배웠다. 결혼도 해 딸 하나를 두었다. 6·25 나기 전 세상 돌아가는 게 심상치 않아 서울에서 장사해 보려고 혼자 답사하러 왔다가 전쟁을 만났다. 고향 가족과는 소식이 끊겼고, 피란대열에 휩쓸려 운 좋게도 부산으로 갔다. 국제시장에서 반 걸인 노릇해가며 껌 장사도 하고 아이스케이크도 팔면서 노숙을 밥 먹듯 했다. 불량배에게 얻어맞은 팔뚝의 상처가 선명했다. 군대 끌려갈까 봐 신분도 숨기고 얼굴도 위장하면서 지냈다. 본인 말마따나 가면을 쓰고 산 세월이었다. 고향 가족 소식이라도 들을까 싶어 이북사람만 만나면 묻기에 혈안이 되다 보니 정신이상이 있는 사람으로 보더란다. 그러다가 1·4후퇴 당시 함흥에서 부산으로 탈출한 지금의 허 사장을 만난 것이다. 허 사장은 고깃배로 4형제 가족이 집단으로 북한을 탈출했다. 폐허가 된 서울로 올라와 악착같이 벌어 을지로 2가 중심지의 땅에 5층 건물을 세운 부자였다. 최 씨는 허 사장의 건축자재 장사를 도우며 함께해온 직원이었다.

가족이나 고향 이야기를 할 때는 눈물을 주체 못 하는 여린 모습을 보였다. 6·25 난리 통에 이산가족이며 식구 한두 사람 잃지 않은 가정이 있던가. 그렇게 고생을 했으면서도 앞날의 개척보다는 과거의 향수에 빠져드는 마음이 안쓰럽기도 했다. 지난 시절의 고통스러운 이야기를 나누다 보면 우울해질 때가 많았다. 고생을 많이 한 사람이 모질지를 못하고 편안한 현실에 안주하려는 집착이 강했다. 잘못되면 거지가 된다거나 도와줄 사람이 주위에 없다면서 주저하는 소극성을 벗어나지를 못했다. 내 눈에는 그렇게만 보였다.

도전하지 않으면 아무것도 얻지 못한다는 말을 하면서도 약한 의지를 보이는 것이 결단력의 부족인지, 아니면 정신적인 결함인지 하는 의구심도 들었다. 주인에 대한 섭섭함을 털어놓기도 하고 때로는 함경도의 거친 억양이 높아질 때도 있곤 했다. 남의 집에 사는 자괴감과 독립하지 못하는 초조함이 불안을 가중하는 것 같았다.

그의 모습을 보면서 앞으로 어떤 처신으로 세상을 헤쳐나가야 할지, 갈등을 느끼기도 했다. 고등학생까지 5명을 지도하며 공부하는 것도 때로는 짜증도 나고 피로가 쌓이다 보니 무기력해지기도 했다. 차라리 대학을 포기하고 시장에서 장사를 배울까 하는 생각도 했다. 어머니가 늘 병석에 누워계시는 모습이 아른거려 병원을 가야 한다는 생각에 이르면 더욱 그러한 마음이 들곤 했다.

어느 일요일 오후 최 씨는 날 보고 유명한 점집에 가자고 했다. 내키지를 않아 혼자 다녀오라 해놓고 마음 한구석에는 호기심이 일었다. 자기는 가끔 간다며 맞추는 것이 용하다고 바람을 넣었다. 찝찝한 마음이지만 따라나섰다. 생년월일에 이름만 대면 거침없이 지껄여대는데, 맞는 것도 있고 아닌 내용도 있었다. 내게 해당한다고 생각하는 것에 공감하다 보니 용하고 잘 알아맞히는 것이라고 믿는 것은 아닐까. 그래서 위안을 얻고 때를 기다리는 어리석은 행동을 하는 것 같다는 생각이 들었다. 사지에서 살아남은 삶이 얼마나 힘들었으면 점쟁이에게 의지하며 초조함을 달래려 하는가. 현재의 삶을 정리하고 새로운 길을 찾아 나설 듯하면서도 주저하는 그 모습이 말없이 쌓이는 나이가 말해주는 것 같기도 했다.

산다는 것이 이래서는 아닌데 하면서도 주어진 환경에 묻히거나 편승할 수밖에 없는 것이 연약한 나의 모습 같아 후회스러울 때가 있었다. 황금 같은 시간은 말없이 지나가는데 몸 따로 마음 따로는 뜬구름 잡기가 아니던가. 고생하시는 부모님과 줄줄이 커오는 동생들이 나만 바라보고 있지 않은가. 정신이 번쩍 들면서 마음을 다잡게 했다.

창밖에서 네온사인이 현란하게 다가왔다. 차량에서 내뿜는 불빛이 어둠을 삼키며 어디론가 사라지곤 했다. 내 마음의 미지에 대한 두려움과 잡다한 근심의 가면이 서서히 걷히는 것 같았다. 지금 겪고 있는 고통만큼 행복은 찾아온다. 어떤 고민이나 괴로움에도 반드시 끝은 있다. 최 씨! 우리 힘을 냅시다. 그리고 희망을 품고 하루하루를 엮어갑시다. 고통은 극복의 대상이지 두려워하거나 피할 대상이 아닌 것 같습니다.

우리 함께 파이팅!

(2016. 9.)

엷은 미소

친구의 문병을 갔다. 그는 종일 호스피스 병동 병상에 누워 허공만 바라보고 있다. 눈언저리에 엷은 미소가 흐른다. 대롱거리는 링거액에 의지하고 있는 모습이 애처롭다. 오랫동안 전립선을 앓아 오더니 마침내 자리에 누웠다. 정말 회복될 수는 없을까. 안타까움에 눈시울이 젖어온다.

병실 창문 앞 목련의 우듬지에 꽃망울이 옹기종기 달려있다. 흰 솜 같은 털이 달린 꽃망울이 곧 터질 기세다. 따듯한 햇볕에 기운을 받아 생명의 부활을 알리는 듯하다. 친구에게는 목련꽃에 비친 봄볕같이 생기를 줄 약이 없을까. 새봄에 병마를 훌훌 털고 일어난다면 얼마나 좋으랴.

올해 나이 산수傘壽이니 적게 살았다고는 할 수 없지만, 이 좋은 시절을 마다하고 피안의 세계를 넘보고 있으니 병실을 지키고 있는 가족들 마음이야 어떠하랴.

친구의 손을 잡아본다. 나의 온정이 자극을 주었는지 핏기 없는 얼굴을 돌리려 한다. 그러나 동공은 초점을 잃었고 가냘픈 숨소리만 고요를 깨트린다.

한때는 왕성한 정력으로 몇 개의 공장을 뛰느라 정신이 없었건만, 어찌하다가 이 지경이 되었는가. 안쓰러움에 눈시울이 젖는다. 어렵던 시절 대학을 졸업하면서 좋은 직장이라는 제일모직 회사에 입사했다. 삶의 치열한 대열에서 제대로의 출구를 찾았다며 펄펄 뛰며 기뻐하던 추억이 엊그제같이 다가온다. 밤낮을 가리지 않고 일을 하면서 열심히 배우고 10여 년 만에 사표를 던졌다.

그 후 어렵게 섬유회사를 만들어 자리를 잡았다. 건강이 뒷받침돼야 한다며 등산팀을 만들어 앞장서기도 하고, 활달한 성격에 사회봉사도 꾸준히 해왔다. 이십 리길 중고등학교 걸어 다니며 다져진 두 다리가 튼튼해 무슨 일이든 재미있고 자신 있다던 몸이 아니었던가?

아무리 혼잡한 공항이라도 출구를 찾으려면 주어진 숫자나 표지안내를 따라가면 간단하게 해결된다. 이러한 편리함도 많은 시행착오를 거쳐 만들어진 인간 지혜의 산물일 것이다. 그런데 이 친구를 괴롭히는 병원체를 드러낼 확실한 출구는 보이지 않은 것일까? 지금까지 쌓아온 인간을 치료하는 지식이나 지혜가 친구의 병에는 소용없다는 말인가. 신이 만든 피조물이라 신의 뜻이니, 신심을 비우고 조용히 겸손하게 받아들이라는 계시라도 받은 걸까? 왜 말 한마디 없이 푹 꺼진 눈 주위에 엷은 미소만 짓는가. 불심에서 오는 해탈과 용서와 열반이 깃드는 미소인가?

움츠렸던 만물이 기지개를 켜며 소생하는 계절이건만, 친구는 어인 일로 허공만 응시하며 깊은 잠자리에 들려 하는가? 인생무상이라더니 마음의 짐까지 내려놓고 홀가분히 소리 없이 떠나려는가? 엷은 미소가 눈가에 도는 것은 준비가 다 되었으니 미련 없이 떠나도록 붙잡지 말아 달라는 당부는 아닐까? 부디 더 살다가 적당한 때 뒤따라와 피안에서 만나자는 신호도 같고. 혹시라도 내려놓지 못하고 사는 나에게 던지는 무언의 메시지는 아닌지? 무지하여 미련을 떨쳐버리지 못하는 나에게 회심悔心의 출구를 제대로 찾으라는 미소 같기도 하다.

창틀 넘어 목련의 꽃망울이 터질 듯 햇볕을 가득 채우고 있다. 친구에게도 기적이 일어나서 그간의 괴로움을 떨치고 저 목련 꽃망울처럼 힘차게 일어나기를 빈다. 병실을 나서는 발걸음이 무겁다. 말 없는 친구의 엷은 미소를 다시 볼 수 있을까.

(2017. 3./수필과지성 10호)

커플링

꽃의 아름다움에 홀렸는가. 향기에 취했는가. 어느 이유이든 무슨 상관이랴. 유자나무 꽃향기가 심상치 않다. 나비가 나풀나풀 포물선을 그리며 꽃 주위에서 맴돈다. 푸른 하늘, 축복받은 대지에 약동하는 생명과 한판 즐겨보자는 대자연의 향연인 것을. 꽃의 유혹에 이끌리었는지 살짝 입맞춤하고는 또 한 바퀴 주위를 선회하는 모습에 마음이 꽂힌다.

한때 대학 학과별 체육대회에서 만난 여학생과 서슴없는 이성의 친구 사이가 되었다. 난생처음 사랑하는 여성의 손을 잡고 인천 앞바다 월미도를 걸었던 추억은 반세기가 지난 지금도 생생하게 다가온다. 아이 가르치며 남의 집 눈칫밥 먹는 초라한 주제에 무슨 연애를 한다고, 자신을 나무라면서도 끈을 놓지는 못했다.

졸업이 다가오면서 만나기 어려운 상황이 되었다. 소위 계급

장 달고 2년간 군 복무를 위해 입대가 예정되어있었다. 여자 친구는 미국으로 유학을 가야 했다. 어떤 생각이었는지는 모르지만 여자 친구가 먼저 우리의 우정을 위해 커플링 이야기를 꺼냈다. 종로 금은방에서 가느다란 14k 노란 커플링을 주문해 끼었다. 그 커플링 끼고 여자 친구를 만난 것은 졸업식을 포함해 세 번이었다.

나의 무의식에는 오르지 못할 나무는 쳐다보지도 말라는 말이 늘 잠재되어 있었다. 초라했던 내 환경이나 처지가 깊이 사귐을 허락하지 않는다고 생각하면서 만남이 이루어지고 있었으니 말이다. 순진했던 건지 사랑이라는 말보다는 우정이라는 말을 자주 했다. 결국은 서로가 소원해지다 보니 세월 속에 묻히고 마는 추억이 되었다. 그 후로 서울 친구가 가끔 전해오는 소식을 들으면 짠한 마음이 들곤 했다. 결혼 생활이 순탄치를 않아서인지 나와의 그 시절을 그린다고 했다. 나 역시도 만날 용기는 없으면서 지금까지도 기차를 타거나 비행기에 오르면 혹시나 만나지 않을까 싶어 두리번거리는 자신을 발견하고는 쓴웃음을 짓기도 한다. 짝사랑인지. 아니면 첫 이성에 대한 무의식적 반응인지 종잡을 수가 없다.

이성의 사귐이 흥미나 쾌락이 목적이었다면 지금까지도 미련이 남아 있을까. 하늘을 훨훨 날던 나비도 사뿐히 꽃에 가 앉아 허기를 해결하고 매개체로서의 소임을 다하는 것이 자연의 순리가 아닌가. 나 역시도 이성에 대한 사랑보다는 먹고사는 문제가 우선이었고, 고향 가족들을 책임져야 한다는 압박감에 잠시도 한 눈팔 겨를이 없었다. 늘 자립을 위한 생각이 떠나지를 않은 나날이었다. 이제 와 돌아보니 남은 것은 주름이며 덕지덕지 붙은 굳은살뿐인 것을.

아직도 반쪽 커플링은 내 서랍에서 옛 추억을 간직한 채 다소곳이 놓여있다. 그것을 볼 때마다 마음은 둘이서 걷던 교정과 거리를 헤맨다. 나비의 나풀거리며 그리는 곡선이 커플링을 연상케 한다. 아직도 사랑에 대한 열정이 남아있는 것일까.

(2016. 문장 가을호)

어머니의 고백

팔자가 드센 것일까. 묘령妙齡에 부모님 정해준 대로 결혼해 만난 남편은 세 살 위였다. 남편은 배운 것, 가진 것은 없어도 온순하고 세상 물정을 잘 파악하는 순발력이 앞섰다. 그래서 정을 붙이고 열심히 살았다. 그러나 환경을 견디어 내기는 힘이 들었다. 아니 너무 신심에 부담이었다.

시어머니는 결혼하기 전 돌아가시고 사십대 초반의 시아버지와 말 못 하는 동갑의 시동생이 가족이었다. 썰렁한 집에 안주인 노릇할 여자가 들어오니 집안 분위기는 달라졌지만, 갓 스무 살인 나는 적응하기 위해 진을 빼고 있었다. 같은 또래의 여자들에 비해 약골이다 보니 물동이라도 들어 올리려면 몹시 힘에 부쳤다.

땅이라야 사래밭 두어 뙈기와 들 배미에 논 서너 마지기가 전부였다. 그래도 남편이 살갑고 여자 하나 끔찍이 여기며 아이들

커 오기 전에 땅마지기라도 마련하겠다는 의지가 강해 한 줄기의 희망이었다. 농사일은 시아버지와 시동생에게 맡기고 남편은 우시장에 뛰어들어 장사를 시작했다.

성품이 착하고 친화력이 젊은이답지 않아서일까. 주위로부터 인정을 받아 읍의 우시장에서 주목받는 장사꾼이 되었다. 6·25전쟁이 나기 전에 몇 마지기 논을 사면서 시아버지가 해내지 못한 재산을 조금씩이나마 일구어가기 시작했다. 삶의 보람을 가끔은 느끼기도 했다. 큰아이도 초등학교 들어가고 둘째 셋째가 태어났다. 두 번의 피난을 통해 지친 몸과 셋째 아이와의 이별은 심한 충격으로 다가왔다. 그렇지 않아도 소식인 체질에 음식을 먹지 못하는 날이 많고 급기야는 만성 위장장애로 고통이 계속되었다.

다른 여자들처럼 들일은 안 해도 어린 아들 둘까지, 남자만 다섯인 가사도 만만치는 않았다. 제일 힘 드는 게 밤낮 없는 바느질이요, 빨래였다. 몸이 약하다 보니 겨울이면 찬물에 손 담그는 것도 힘에 부치는 고통이었다. 그렇다고 해줄 사람도 없고 이웃이나 사촌이 있은들 다 힘들게 사니 도와줄 수 있는 형편도 아니었다. 기껏해야 초등학교 입학한 아들 부려먹는 것이 고작이었다.

그래도 제 어미 시원찮은 걸 아는 것이 다행이랄까. 보리쌀 안쳐 밥 짓는 일에서부터 설거지까지 부려먹을 수밖에 없는 내 마음은 시렸다. 이제 삼십대인 남편은 아내만 건강하면 재산 일구며 재미있게 살 수 있으련만, 자리에 눕는 아내가 안쓰러우면서도 때로는 원망스럽다는 눈치였다. 시동생과의 마찰도 잦았다. 장애가 있어 독립할 수 있는 형편도 못 되었다. 평생을 함께해야 함을 생각하면 몸서리가 쳐지는 것도 사실이었다. 그러다 보니 시아버지까지도 거리감이 생기는 것을 어찌하랴.

다른 집 여자들은 장날이면 머리에 이거나 들고 가 필요한 것도 사고 친정 소식도 듣고 온다지만, 나는 몸이 편하지를 못해 집으로 찾아드는 방물장수에게 곡식 퍼주고 물건을 샀다. 시동생은 물건 사는 것을 몹시 싫어했다. 가난이 체질화되어서인지, 밖으로 나가는 것은 참지를 못해 때로는 화를 내고 달려들면서 집안이 소란스러워졌다. 시아버지가 아들을 타이른들 말 못 하는 사람이 잘 이해할 수도 없고, 외통수인 장애 기질이 들을 리 만부당이었다.

큰소리가 나고 나면 온 동네에 자기가 억울함을 호소하며 떠벌리니 더욱 남우세스럽고 치밀어 오르는 분노를 참아내는 것이 고통이었다. 그러다 보니 화병까지 겹쳐 신경쇠약증세가 나타나며 예민해지기 시작했다. 밤낮없이 오일장 찾아다니는 남편에게 화살이 가면서 가정의 분위기가 썰렁할 때가 많았다. 큰 자식은 초등학생이지만, 제 어미가 참으라며 대들기도 했다. 누구의 응원을 바라는 것은 아니지만, 어린 자식까지 외면하는 것 같아 외롭고 서운한 생각마저 들었다.

몸이 좀 나아지면 기분이 좋아 반찬 한두 가지라도 신경 써, 상에 올리면 온 가족이 평화를 느끼는 것이 보였다. 결국은 집안 분위기는 안주인의 하기 나름임을 깨닫고 나 자신을 제어하기 위해 발버둥을 치고 있었다. 보리밥에서 쌀밥만을 걷어 도시락을 싸면 부엌으로 달려와 밥솥에 쌀밥도시락을 엎어 붙고 휘휘 섞어 온 가족과 똑같이 먹는 밥으로 도시락을 쌓아가는 자식을 보면서 서운하기보다는 희망의 빛을 보는 것 같았다. 자식을 키우는 보람이 무거운 마음을 달래주었다. 마루에 걸터앉아 서산 위의 황홀한 저녁노을에 넋을 잃으며 삶의 의미를 되새겨 보기도 했다. 하루의 분주한 질주를 끝내고 빨랫줄에 나란히 앉아 지저귀는 제비 가족의 모습이 평화로워 보여 멍하니 정신을 팔기도 했다. 내 마음을 내가 잡지 않으면 안 된다는 절박함이 엄습해 왔다.

초등학생인 큰자식이 제 어미의 병치레에 대해 얼마나 걱정이 되었으면 감히 생각지도 못한 천주교를 믿자고 했을라. 푸닥거리에 질릴 만도 했을 것이다. 교리를 배우고 의지하는 언덕이 생기게 되니 마음이 편안해짐을 체험하게 되었다. 특히 교리를 가르쳐 주는 전교 아주머니의 이야기는 마음의 위로가 되고 힘이 되었다. 이해할 수 있고 대화가 되는 사람이 그리웠던 것일까. 이제는 하느님, 예수님에게 구원의 대화를 나누고 묵상할 수 있음이 나를 치유한다는 생각이 들었다. 집안의 눈총도 있어 드러나지 않도록 조심스럽기는 했지만, 아픈 사람의 애절함인지라 조용히 넘어갔다.

누우면 따라붙던 무당의 유혹이 멀어져 때로는 불안하기도 했지만, 자식의 신심信心에 압도되어 더욱 용기를 얻었다. 드디어 주님의 무한한 은총 속에 많은 사람의 축복을 받으며 세례성사를 받았다. '안나'라는 본명을 받으며 신자가 된 것이었다. '안나' 성녀는 구세주의 모친이신 성모마리아를 정숙하게 길러내신 어머님이시다. 아들은 학자가 되라는 바람으로 '도미니코' 성인으로 본명을 정했다. 주일이면 자식과 성당이나 공소를 찾는 일이 몸에는 부담이지만, 정신적으로는 더없는 즐거움이었다. 조금씩 변화를 주시는 주님의 은총이 자식들과 동네 몇몇 여자들을 성당으로 인도하면서 완고하던 마을에 주님의 복음이 전파되었다.

큰아이 말마따나 굿하지 않는 것만도 하느님의 축복이며 마귀 얼씬 못 하는 집이 된 것이 은총이었다. 누우면 얼씬거리던 조상의 그림자가 사라지고 마음의 평온을 주심에 감사하는 삶이었다. 큰아이 공부하러 서울로 떠나고 여식 아이들 커오면서 함께 성당 가는 것이 큰 보람이며 즐거움이었다. 가정의 평화가 내 안에 있음을 가르쳐주고 인도하시는 주님이 계시기에 몸은 힘들어도 정신력으로 이겨나가고 있었다.

큰아이가 대학 졸업 학년이던 여름방학 때에 막내 여자아이가 태어났다. 몸은 괴로운데 하느님께서 또 새 생명을 점지해주셨다. 솔직히 기른다는 게 너무 힘들고 자식들 보기에도 민망스러웠다. 결국은 큰 자식이 뒷바라지해야 하는 짐이었다. 그래서 주님께 기도드렸다. 막내 하나는 수녀로 보내 달라고. 나오지 않는 젖 물리면서 노래 부르듯 했다. 내 몸이 부실하니 아이도 잘 크지를 못하고 병치레로 나날을 보냈다.

결국은 큰아이 제가 알아서 결혼하고 막내 여동생 데려다 키우면서 공부시키는 부담을 지우게 되었다. 며느리도 보고 아이들 결혼시키면서 고생 다 했는가 싶더니 몸은 점점 쇠약해지며 정신은 희미해져 가고 있었다. 나이 오십 중반에 알츠하이머라는 병을 얻어 정신이 희미해지면서 삶의 짐을 내려놓게 되었다. 그러나 모든 것이 하느님의 배려요, 일찍 좋은 세상 데려가시겠다는 뜻이 아니랴. 드센 팔자에 괴로운 신심을 내려놓고 영원한 주님의 품 안으로 간다는 생각에 평화로움이 다가왔다.

어머니는 몇 년간 혼미한 가운데 투병 생활을 하시다가 사랑하는 가족을 두고 하늘나라로 가셨다. 막내가 중학교 일학년 때였다. 그 후 막내는 대학을 마치고 어머니의 유지를 받들어 수녀로 입회해 미국에서 선교에 매진하고 있다. 하늘나라에 계시는 어머니가 얼마나 기뻐하시랴.

아내의 고마움

나이 먹으니 모난 부분도 둥글게 만들어지나 봅니다. 아이 셋, 결혼시켜 떠나보내고 허전함과 외로움이 앞서왔습니다. 그래도 어쩌랴. 순리인 것을. 둘이 나름대로 각오도 하고 바람도 다짐했습니다. 그러나 어디 만사가 생각대로 되는가요. 하나 확실한 건 외로워서일까. 둘이 사는 따듯함이 피부에 와 닿습니다. 역시 내려놓고 보니 보이는 것을. 때로는 곰삭은 묵은지 향이 나는 듯도 합니다.

반세기 가까이 함께해온 데는 많은 인내와 노력 없이, 어찌 가능했을까요. 벙어리 3년, 귀머거리 3년이라는 말처럼 때로는 입은 닫고 귀는 막으며 사는 것이 감내했을 것입니다. 날카롭게 설쳐대던 나의 성질이 무디어진 것을 실감한다며 철이 났는지, 늙는 건지 종잡을 수 없다는 당신.

몸이라도 아프다 싶으면 걱정이 앞서고 병원이라도 함께 가줌이 당연함이 되어갑니다. 취미 생활도 함께하고 싶지만, 서로의 취향이 다름을 인정하는 게 도리인 듯 개의치 않음은 여전히 유효합니다.

지난 세월의 공과야 어찌 필설筆舌로 다하겠습니까. 삶의 흔적이 웅변하고 있지 않은가요. 반세기를 지나오면서 순탄했던 것은 아내의 희생과 도전, 가정을 일구겠다는 집념의 소산이었습니다. 알량한 월급으로는 목에 풀칠하기도 힘겨웠습니다. 이를 일찍이 간파하고 생활전선에 나서서 얼마나 많은 고생 겪어가며 살림을 키우고 뒷바라지에 힘을 쏟았을까요. 학원 운영이 그리 쉽던가요. 강사 관리, 학생모집 등 경쟁대열에 이겨야 살아남는 생리가 아니겠습니까. 시누이들 결혼, 공부시켜가며 살림의 토대를 일군 당신의 배포를 늘 고맙게 지켜만 본 못난 남편이었습니다.

자식들이 어찌 저절로 컸겠습니까. 도시락 몇 개씩 싸서 학원에서 먹여가며 숙제시키고 일 처리를 하는 당신을 보면서도 속수무책이었습니다. 내색하지 않는 성품을 아는지라 속으로만 감사를 넘어 감탄만 했다오.

이제는 대상이 바뀌어 유치원 아이들이 좋다고 매일 출근하는 뒷모습이 나에게는 때로는 섭섭함으로 다가오네요. 출근시키는 내가 더 힘들다며 쉬라고 권해보지만, 어림도 없으니 언제까지 매여 있을지 좀 답답하구려. 관절로 여행도 꺼리는 모습을 보면서 미안하고 안타까움만 더하니 어찌할꼬. 꽃다운 청춘은 간데없고 세파에 그을린 흔적만 달고 있으니 미안함과 애틋함만 어른거리오.

사는 게 별거던가요. 힘이 있는 한 하고 싶은 일 하며 살다가 하느님 부르시면 기쁜 마음으로 달려가는 게 소원이라는 당신. 반세기 가까이 함께하며 나를 일깨워주고 위로해주는 당신이었소. 당신의 존재가 오늘따라 더 커 보이는군요. 아무쪼록 해로동혈偕老同穴했으면 하는 바람이지만, 하느님만이 아시는 일이 아니랴. 장강을 건너오면서 사랑과 정은 희석되었지만 의리 하나만이라도 제대로 지키며 함께하겠소. 당신의 웃는 모습이 더욱 돋보이는구려.

(2017. 11. 청곡 AU. E-book 상재)

친구를 그리다

부레가 없는 상어는 잠시도 머무를 수 없다. 살아남기 위해서는 망망대해를 휘젓고 다녀야 한다. 어찌 약자만 만나랴. 강자도 피해야 하고 사나운 파도도 헤쳐내야 한다. 그렇게 단련되어 상어는 바다의 강자로 우뚝 서게 된 것이다. 왜 종수 생각이 날까. 세 번째 기일이 다가온다.

초등학교 시절, 휴전되던 해에 우리는 6학년이 되었다. 남학생 47명과 여학생 16명이 한 반이었다. 종수는 매월 내는 월사금(기성회비)이 밀려 선생님에게 불려 다니는 단골이었다. 교무실만 갔다 오면 멍하니 천장만 쳐다보며 얼빠진 듯 어깨가 축 처졌다. 선생님은 몇몇 학생에게 종수와 점심을 나누어 먹으라는 말씀을 하셨다. 나도 함께 먹으면서 더욱 가까운 사이가 되었다.

종수 아버지는 낙동강 전투에서 패한 괴뢰군이 북으로 도망갈 때까지 면사무소에서 고용원으로 계셨다. 그리고 행방불명이 되었다. 북한 괴뢰가 물러가고 수복이 되면서 종수네 집은 더 큰 고통을 겪어야 했다. 사상이 다르다는 주위의 눈총이었다. 아버지 생사를 몰라도 하소연할 때도 없었다. 그 후 어머니는 자리에 눕는 날이 더 많았다. 종수는 밥해 먹어가며 동생들까지 챙겨야 했다. 돈이 없어 월사금을 내지 못하고 늘 불려 다니지만 해결될 기미는 없었다. 나는 종수 이야기만 듣고 나면 눈물이 핑 돌곤 했다.

따듯한 새봄과 더불어 나는 중학생이 되었고, 종수는 어머니를 도와 지게 지며 김매는 일을 했다. 형편이 나아질 리 없음을 안 어머니가 먼저 다그쳤다. 이래 사나 저래 사나 고생은 마찬가지라며 살길 찾아 나가라고 하셨다. 내가 중학교 3학년이던 봄이었으니 나와 동갑인 종수 나이 15살 때였다.

'거지도 서울 거지가 땟물이 더 좋다'라는 어머니의 말을 수없이 들은 종수는 눈물을 삼키며 난생처음으로 서울행 버스를 탔다. 거지 노릇해가면서라도 살길을 찾겠다는 각오를 해도 두렵고 겁이 났다. 서울 동부시외버스정류장에 내렸다. 갈 곳이 있는 것도 아니었다. 보따리 들고 오가는 사람만 살펴졌다. 아버지 얼굴이 자꾸 겹치면서 비슷한 사람만 보이면 달려가고 싶었다. 독해지지 않으면 거지가 되거나 죽는다는 생각이 들면서 주위를 살폈다. 큰길 건너 약방 간판이 눈에 들어왔다. 심부름이나 해주고 밥이라도 얻어먹을 수 있으면 하는 생각이 번쩍 스쳤다. 조심스럽게 손님을 따라 약방으로 들어갔다. 말이 나오지를 않아 머뭇거리다가 손님 따라 나왔다. 다시 들어가니 주인이 무슨 약을 줄까 물었다. 꾀죄죄한 복장이지만 촌티를 안 내려고 정신만은 바짝 차렸다. 용기를 내 시골서 올라왔는데 청소라도 하면서 밥 먹을 수 있게 해달라고 간청을 했다. 그런 사람이 하루도 몇 명씩 찾아온다며 빨리 나가라는 말에 힘이 쭉 빠졌다.

해는 서산에 꼬리를 감추고 통행금지 시간이 다가오면서 두려움이 밀려왔다. 깡패에게 끌려가는 것은 아닐까. 겁을 먹고 찾아간 곳이 동부시외버스정류장 경비실이었다. 경비하는 아저씨에게 애걸복걸하며 절박함을 호소했다. 측은하게 여긴 아저씨가 비좁은 경비실인데도 잠을 자도록 해주었다. 오전에는 경비실 청소하고 오후에는 약방을 찾으며 버티었다. 눈치코치도 많이 늘었다. 경비 아저씨들 비위도 잘 맞추었다. 공짜 밥도 얻어먹었다. 눈물에 콧물이 범벅되면서도 어머니 얼굴에 동생들이 어른거려 정신을 바짝 차렸다. 망망대해를 헤엄치는 상어가 왜 강자가 되었을까. 서두르지 않으면 죽는다. 약방간판만 보이면 들어가 똑같은 말로 사정을 한 것이 벌써 며칠이 되었다. 들르는 곳마다 거절이고 심지어는 의심까지 받을 때도 있었다. 궁하면 통한다는 말이 있다. 대상을 바꿨다.

한약방 간판이 보여 들어가 당황하지 않고 차분히 어려움을 이야기했다. 나이 지긋한 어른이 유심히 살피면서 이모저모 캐물었다. 고향에서부터 가족 관계 등 있는 대로 대답하면서도 아버지는 전쟁 때 돌아가셨다고 둘러댔다. 행방불명이 되었다면 불리

하지 않을까 하는 생각이 들어서였다. 밥과 잠잘 곳은 제공할 테니 시키는 일을 꼼꼼히 잘해야 한다며 다짐을 놓았다. 잘하겠다는 맹세를 하는데 정신이 핑 돌면서 식은땀이 등을 흠뻑 적시었다. 당돌하면서도 순진한 모습이 어른의 마음을 움직인 듯했다. 잠은 한약 조제실에서 잤다. 주인이 시키는 대로 한약 재료를 썰거나 분류하는 일을 마음에 들도록 해냈다. 독한 냄새가 역겹기도 하지만 보약의 재료가 아닌가.

밥이라도 먹여주며 잠을 잘 수 있으니 이보다 더 좋은 곳이 있으랴. 감사한 마음이 앞서면서 물불을 안 가리며 내 일같이 열심히 했다. 서당개 3년이면 풍월을 읊는다고 세월이 흐르면서 많은 한약 재료도 익히고 책도 읽으면서 배움의 끈을 단단히 쥐었다. 언젠가는 한약방을 하겠다고 야무진 결심도 했다. 저녁에 약방문을 닫으면 중학교 공부를 독학으로 하기 시작했다. 주인도 공부하는 걸 알고 독려해주며 중등과정 및 야간대학까지 보내주었다.

한약 업종 종사경력으로 한약사 자격을 주는 국가시험이 있었다. 한약방에서 자격도 없이 주인보다도 더 잘하는 사람이 되었다. 불혹 가까이에 시험에 합격해 한약방 할 수 있는 자격을 얻었다. 약방주인이 종로5가에 한약방을 내면서 월급 받는 한약사가 되었다. 그래서 몇 년 만에 돈을 모아 그 인근에 한약과 관계없는 제약 도매업을 시작했다. 약사들을 채용해 약품 도·소매를 겸하면서 사업을 키웠다. 나이 불혹에 확실한 기반을 잡고 번듯한 가정을 꾸려 어머니 동생들 챙기는 떳떳한 가장이 되었다.

전쟁의 상처가 없는 집이 어디 있으랴마는, 종수에게 더욱 큰 상처는 아버지가 공산당에 부역했다는 누명을 벗는 일이었다. 식솔을 먹여 살리려고 몇 개월간 괴뢰군과 면사무소에서 고용원으로 일한 것이 사상범으로 몰리고, 행방불명이 되어 생사를 모르는 일이 한이 되었다. 주위의 눈총이 더욱 무섭더라며 치를 떨었다. 어머니의 끈질긴 노력으로 군 복무는 할 수 있었지만, 어려서의 그 상처가 쉽게 치유되랴. 눈물을 글썽이며 목멘 소리를 낼 때면 모두가 숙연했다.

촌놈이 서울 와 처음으로 찾은 곳이 왜 약방이었을까. 어린 생각에 약방에서 일하면 어머니 병을 낫게 할 약을 얻을 수 있으리라는 믿음 때문이었다. 죽기 아니면 살기로 도전하며 한 우물만 파는 집요하고 끈질긴 노력의 결과가 인생 승리를 한 것이 아니랴. 종로5가에서 약 도매업으로 성공하기까지의 인생역정의 과정은 한 편의 인생 드라마다.

부레 없는 상어는 쉴 새 없이 움직여야 살아남는다. 가진 것 없던 종수, 어려움을 긍정적으로 받아들이며 몸 아끼지 않고 치열하게 달려온 삶이었다. 이제는 다 내려놓고 홀가분하게 먼 나라로 갔으니 마음 안에서 만날 뿐이다. 살아 가끔 만나서 듣는 이야기는 나태하기 쉬운 나의 마음을 다잡는 길잡이였다. 영원한 안식을 빈다.

(2018. 1.)

3

시소 타는 인생

배낭 메고 비행기에 오르다

직장이라는 굴레를 벗던 이듬해 4월 초 홀가분한 마음으로 비행기에 올랐다. 정년이 되면 여행이나 실컷 해야겠다는 평소의 생각이 현실로 다가왔다. 물론 그동안 앞만 보고 달려온 세월의 아쉬움과 허전함을 달래고, 새로운 삶의 전환점에 활력을 얻으려는 강한 욕구가 용기를 내게 했다.

이제는 있는 게 시간뿐일 텐데 뭘 그리 서두르느냐고 시큰둥한 아내의 반응도 귀 밖으로 스쳤다. 함께해주기를 바라지만 아직도 매인 몸이다 보니 나 혼자 나설 수밖에 없지 않은가. 조급증이 서두름을 재촉했다.

아름다운 저녁노을을 뒤로 하며 출발한 비행기는 일본 나리타 공항을 경우, 시계를 되돌리며 미국의 청정도시 시애틀 공항에 도착했다. 이제부터 여행이 시작되나 보다 하는 마음으로 서두름 없이 공항을 나서니 해는 중천에 걸렸는데도 날씨는 싸늘하다.

반겨주는 사람 없어도 와 보고 싶은 곳이라서 그런지 초행인데도 여유가 있다.

우선 먼저 해야 할 일은 숙소를 마련하는 것이다. 2개월 정도 예정이다 보니 방을 얻는 것이 제일 경제적이라고 생각했다. 이제부터는 짠돌이가 되어야 한다. 넉넉하지 못한 달러는 마음을 초조하게 할 뿐이다.

시내버스를 이용해 도시 중심가로 나와 한국 식당을 찾으니 보이지를 않는다. 금강산도 식후경이라 하지 않던가. 맥도널드 간판이 제일 먼저 눈에 들어온다. 오리지널 고깃덩이가 꿀맛이다. 이내 한국학생 둘이 들어와 옆자리에 앉는다. 워싱턴대학교에서 경제학을 공부하는 유학생이란다. 대학에서 정년퇴임하고 서부를 여행하려고 2개월 예정으로 와 방을 구하려 한다니 자기들 있는 곳으로 안내까지 한다. 학생들 덕분에 교포 집 2층 방 한 칸을 쉽게 얻고 짐을 푸니 만사가 오케이다. 궁하면 통한다고 하는 말이 이런 때를 두고 한 말이 아니가 싶다.

1993년 8월부터 1년간 뉴욕에서 생활한 것이 낯선 땅에서의 대처능력에 많은 도움이 되는 것 같다. 그때에도 뉴욕주립대학교의 H 교수가 대학동문 선배라면서 언어도 서투른 나를 대학 연구실까지 알선하면서 챙겨주었다. 고국을 방문하면 만나서 회포도 풀고 했는데 몇 년 전부터 건강의 문제로 만나지를 못하니 안쓰러울 뿐이다.

시애틀은 마이애미와 더불어 청정 도시로 살기 좋은 곳으로 평가를 받는다. 서북쪽에 위치해 있지만 태평양에서 불어오는 편서풍의 영향으로 여름은 20℃ 넘는 날이 드물고 겨울도 평균 4℃라고 한다. 연중 강우량이 풍부하고 산림이 울창해서 도시가 숲 속에 있는 듯하다. 바다와 호수를 끼고 있어 더없이 아름다운 천혜의 축복받은 워싱턴주의 중심도시다.

내가 얻은 집도 가문비나무 숲속에 있다. 다운타운으로 가는 버스 길이 숲속으로 이어져 있고 나무 사이로 삼삼오오 나타나는 집들이 이채롭다. 천혜의 자연을 있는 그대로 활용하며 도시를 만든 지혜가 돋보인다. 베고 파헤치는 모습에 익숙한 나그네는 감탄사만 되뇔 뿐이다.

숙소를 소개한 학생들과 약속도 있고 해서 워싱턴 대학교 수잘로 중앙 도서관을 방문했다. 호수를 끼고 낮은 언덕에 자리한 캠퍼스는 고전적인 건물과 현대적인 건물이 조화를 이루면서 더욱 운치가 배어난다. 서구의 대학들이 다 그렇듯이 중앙도서관을 중심으로 각 단과 대학들이 배치되어있다. 파란 호숫가 왕벚나무 분홍 꽃과 조화되어 환상적인 분위기를 연출한다. 중앙도서관 2층 홀 열람실에 앉아 내려다보는 일층 메인 홀은 하나의 조각품 같다. 세계의 수많은 학생들의 지식의 보고요, 아이디어의 산실임을 여실히 보여주는 것 같다. 우리나라 유학생도 800명이나 된다고 하니 조금은 위안이 된다.

학생들과 교내 레스토랑에서 가벼운 점심으로 고마움을 표시하고 스타벅스Star bucks 커피의 산실이 있는 파이크 플레이스 마켓Pike place market을 찾았다. 마켓 건너 도로변에 있는 스타벅스 커피점은 관광객들로 초만원이다. 카페인지 시장이지 구분이 안 된다. 1971년에 작은 매장에서 시작된 커피점이 세계적인 기업으로 성장한 궁금증을 알기 위해서일까? 세계 도처에서 밀려드는 관광객들이 넘쳐 난다. 커피 마니아였던 대학 동창 3인이 의기투합해 시작한 커피점이 반세기도 안 되어 세계적 기업으로 성장한 현장에 대한 호기심일까? 긴 대열에 합류해 프라프치노 한 컵을 힘겹게 받아들고 공원으로 나서니 항구도시에서만 느껴지는 독특한 바닷냄새가 코끝을 스친다.

서둘 일이 없으니 여유만 한가득 이다. 오늘은 발품을 팔기로 하고 중천의 해를 보며 집을 나섰다. 어딜 걸어도 숲길이다. 으시시한 숲속으로 길을 따라가다 보면 멋진 집들이 나타나곤 한다. 성조기를 내건 집들이 자주 보인다. 창문 밖에 내걸린 화분의 이름 모를 꽃이 나그네를 반긴다. 자기 몸 주체하기도 힘겨워 보이는 노인이 화단 손질한다고 땀을 뻘뻘 흘린다. 눈길을 주니 미소가 돌아온다. 자랑을 하고 싶은지, 말벗이 되어주기를 바라는지 꽃 이름을 주워댄다. 바쁠 것도 없으니 들어주는 것도 지루하지 않다.

시간이 많이 흘렀나 보다. 배가 출출하다. 동네 지도를 보니 마켓이 머지않다. 서둘러 걷다 보니 연못이 나타난다. 자연 그대로의 상태다. 인위적으로 말끔하게 정비된 것보다 더 정감이 간다. 나무가 수명을 다했는지, 물 위에 걸쳐 누워있다. 오리 몇 쌍이 물살을 가르며 나타난다. 물 위로 반사되는 햇살이 눈부시다. 물이 너무도 맑다. 크게 심호흡을 한다. 힘이 솟는 기분이다. 물 위에 비춰진 얼굴이 화사해 보인다.

시애틀의 상징이자 랜드 마크인 스페이스 니들Space needle타워를 관광했다. 비행접시를 연상케 한다. 1962년 세계박람회를 위해 지은 184m의 높이로서 서부지역에서는 제일 높은 건축물이라고 한다. 시가지 조망은 물론 멀리 정상에 눈을 이고 있는 레이니어 산과 캐스케이드산맥이 눈 안으로 들어온다. 바다에 접해있는 시애틀만의 풍경도 한 폭의 그림이다. 크루즈 선박도 보인다. 도시 주변의 밋밋한 산자락 숲속에 들어서 있는 주택들의 전경이 환상적이다. 한 주일에 이삼일은 비가 내리는데 오늘은 하늘마저 푸르니 입장료가 아깝지 않다. 생각보다는 관광객이 많지는 않다. 저녁야경이 볼만하다는 캐나다에서 왔다는 뚱보 아줌마는 입장료가 비싸다고 불만이다. 저녁야경은 공짜로 케리 파크에서 보면 된다고 알려 주는 뉴욕에서 왔다는 털보노인도 친절하다. 여행에서 만나는 사람들은 국적을 불문하고 서로 여행정보를 나누려고 한다. 이래서 여행은 재미있고 보람이 있는 것이 아니랴.

대중버스 요금체계가 독특하다. 노인우대는 오전 10시부터 오후 4시까지만 적용된다. 장애인이 아닌 이상 붐비는 출퇴근시간은 정상요금이다. 시내 중심가에서는 무료다. 관광객을 끌기 위한 배려다. 이 요금 혜택을 받으려고 차이나타운 끝자락에 있는 복지센터를 물어 찾아갔다. 여기도 만원이다. 흑인 남자 노인은 무슨 불만인지 직원과 고래고래 소리 지르며 한판중이다. 사람 사는 데는 어딜 가나 비슷한 모습이다. 노인들의 인종전시장을 방불케 한다. 주름진 얼굴의 몰골이 각양각색이다. 나는 어떠한 모습으로 비추어지고 있을까. 삶의 질곡이 묻어나는 또 다른 현장이다.

(2015. 11.)

사마귀의 교훈

시간의 눈금은 어김없이 가을을 가리키고 있다. 화단을 덮고 있는 샐비어도 꽃잎을 분주히 떨치고 있다. 수국과 봉선화는 벌써 잎의 맛이 가는 중이다. 계절의 감각을 인지하는지 화분의 화초류도 싱싱함이 어제만 못하다. 잘 보이지 않던 곤충들이 하나둘 눈에 띈다. 여치, 방아깨비, 사마귀도 보인다. 그중에 제일 압권은 사마귀인 듯하다. 허리가 가름하고 길이가 내 엄지 정도로 보아 암컷임이 틀림없다. 촉수를 놀리며 유자나무 위를 어슬렁어슬렁하는 폼이 의젓해 보이면서도 무엇인가를 찾고 있는 것 같기도 하다.

내 어려서는 뛰노는 곳이 풀밭이어서 사마귀를 자주 보는 편이었다. 억세 보이는 턱 하며 부라리는 눈이 무서워 근접하지 않았다. 마귀라는 어감도 편견을 갖는 데 한몫했으리라.

중학교 과학 시간에 선생님이 사마귀의 사랑놀이는 죽음으로 끝난다는 말씀에 오슬오슬한 마음이 들기도 했다. 건강한 종족보존을 위해 사랑 대상을 희생 제물로 삼는다. 튼실한 알을 낳은 후에 어미인 자기도 미련 없이 자연의 품 안으로 사라지는 아름다운 최상의 향연饗宴 주인공이 사마귀라는 것을 훨씬 후에 알게 되었다.

겨울에 쇠죽을 끓이거나 군불을 피울 때 넣는 화목 가지에 씹던 껌을 단단하게 붙여 놓은 것 같은 것이 가끔 보였다. 그것이 사마귀 유충 알집이라는 것을 알고부터는 나뭇가지째로 마당가에 서 있는 대추나무 가지에 걸쳐 주거나 매달아 주기도 했다.

한낱 미물에 지나지 않지만 긴 시간의 사랑을 나누고 튼실한 2세의 영양을 위해 죽음으로 자기 몸을 희생하는 수컷의 모습이 감탄이 아니고 무엇이랴. 수컷을 희생양으로 힘이 오른 어미 암컷은 새봄에 태어날 건강한 유충을 위해 안전한 나뭇가지에 알을 낳는다. 죽을힘만 남겨놓고, 모진 추위와 비바람에도 견디어 낼 알을 보호할 안식처를 자기 몸을 불태운 끈끈한 액체를 배출해 짓는다고 한다. 임무를 다한 어미 사마귀는 저 대자연 속으로 수컷의 사랑을 안고 조용히 사라지는 것으로 일생을 마감한다.

우리 인간도 저 미물과 무엇이 다르겠는가. 자식들을 위해 온갖 고생을 달고 사셨던 부모님. 본인은 못 배웠어도 다섯이나 되는 자식들을 어떻게든지 가르치려고 뼈 부서지도록 사셨던 모습을 생각하면 부끄럽기 한이 없다. 자식 대에는 가난의 고리를 끊어야 하고, 부모보다는 잘돼야 한다는 신념이 자기희생으로만이 가능하다고 신앙처럼 믿고 사셨던 아버지, 어머니. 부모님의 희생적인 사랑과 사마귀의 본능적 행동이 무엇이 다르랴. 차이라면 부모님에 대한 감사의 마음을 잃지 않는 점이요, 자나 깨나 부모님 사랑을 되새기며 나 자신을 부끄럽지 않도록 다독여가는 모습이 아니랴.

(2015. 9.)

미신의 벽을 허물다

학교에서 돌아와 싸리문을 밀쳤다. 안방에 누워계신 어머니의 신음에 마음이 우울해진다. 동생은 놀러 나갔는지 보이지를 않고, 빈 밥그릇만 부엌 상 위에 널브러져 있다. 파리들만이 모여들어 호사하고 있다. 어머니는 속병이 도지면 삼사일씩은 누워계셨다.

휴전되면서 민방위군에서 돌아오신 아버지는 우시장 다니시기 바쁘셨다. 얼마 되지 않는 전답 농사일은 말 못 하는 삼촌 몫이었고 할아버지가 거드셨다. 할머니는 아버지 어려서 돌아가셨다. 어머니는 삼부자가 힘겹게 사는 집으로 시집오셨다. 6·25가 나던 이듬해 정월 우리 가족은 겨울 피란에서 돌아왔다. 홍역이 온 마을을 휩쓸었다. 두 돌 지난 귀여운 여동생과 영영 이별했다. 그때 나는 초등학교 4학년이었다. 한참 어리광을 떨던 여동생의 죽음이 믿기지 않았다. 큰 충격을 받은 어머니는 몸이 더욱 쇠약해지며 자리에 누우시는 날이 빈번하셨다. 이웃에 큰댁이 계시지만 누워 계실 때마다 밥해주러 오실 수도 없었다,

큰댁 할머니가 한밤중에 귀신 쫓는 의식을 하셨다. 좁쌀 죽 끓여 바가지에 담아 마당 한가운데에 놓으시고 부엌칼까지 꽂아 놓으신 후 천지신명께 빌었다. 한 달이면 두서너 번은 그랬다. 왜 우리 집은 귀신이 들끓어 어머니를 괴롭힐까. 큰할머니는 토지신이거나 조상신이 마귀를 막지 못한다고 하셨다. 온 가족이 걱정을 떨칠 수가 없었다. 나는 어머니가 몸져누우시면 겁이 나고 무서운 생각에 빠져들곤 했다. 아버지가 가끔 한약 몇 첩씩 사오시면 달여 드리지만, 근본적인 치료는 안 되었다.

나는 누워계신 어머니에게 물어가며 보리쌀 씻어 저녁 하는 일이 다반사였다. 어머니는 속이 가라앉으면 일어나셔서 밀린 집안일을 해내셨다. 힘겨워하시는 것을 보면서 도와 드리는 게 장남인 나의 몫이라고 생각했다.

아프면 병원을 가는 게 아니라 무당을 찾아 나서는 게 당시 우리 마을의 모습이었다. 일 년에 몇 번씩은 온 동네가 떠나가도록 굿판을 벌이기도 했다. 미신을 타파해야 한다는 선생님의 말씀이 머리에 꽂힌 나는 굿하는 날이면 집을 뛰쳐나가곤 했다. 심지어는 어른들이 미개하다고도 생각했다.

우리 동네 인근 마을을 지나 등하교를 했다. 그 마을은 오래전부터 천주교를 믿는 집들이 많고 공소公所까지 있었다. 천주교에 대한 이야기를 친구에게 듣게 되어 호기심이 생겼다. 특히 미신

을 믿지 않아도 병을 낫게 한다는 예수님 이야기에 귀가 번쩍 뜨였다. 한날은 그 친구 집에 들려 천주교에 대한 책도 보고 예수님 사진도 보면서 믿어야겠다는 생각을 가졌다. 당시 우리 마을 어른들은 양반이라는 생각에 빠져있는 낡은 사고가 깔려있었다. 천주교를 믿는다는 것은 꿈에도 생각할 수 없는 분위기였다. 어른들이 허락 안 하시면 나 혼자라도 믿으면서 어머니 위해 기도하고 교리 배워 가르쳐 드리겠다는 결심을 했다. 그래서 일요일이면 기도하러 교회 간다고 말씀드리고, 윗마을 공소 회장님에게 가서 교리를 배웠다.

당시에는 중학교 입학시험도 쉽지 않아 공부도 열심히 해야 했다. 한편 어머니 병환을 낫게 하려면 영세를 받는 게 우선이라고 믿었다. 교리공부도 소홀히 할 수 없었다. 저녁이면 어머니 머리맡에서 교리문답 암기해가며 큰소리로 성경을 읽어드렸다. 성경은 하느님 말씀이기 때문에 어머니를 괴롭히는 마귀는 얼씬도 못 하리라는 확고한 생각을 가졌다. 할아버지, 아버지도 아시었지만 제 어미를 위해 믿는다니 말리지는 않으시고 지켜봐 주시는 것 같았다. 어머니를 위해 공소 회장님께서 교리 가르치는 아주머니를 보내주시어 지도해주시기도 했다.

동네 아주머니 중에는 천주 악惡을 믿는다고 떠들고 다니기도 했지만, 아픈 어머니를 위해 아들이 믿는다는데 말리지는 못했다. 나는 아랑곳하지 않았다. 푸닥거리 안 하는 것만도 축복이었다. 푸닥거리 이야기만 나오면 내가 펄쩍 뛰었다. 어머니도 교리에 재미를 느끼시며 열심히 하셔서 일 년 후 부활절에 음성 성당에서 어머니는 안나, 나는 도미니코로 세례명을 받고 대망의 영세를 받았다. 이렇게 천주교 신자가 되면서 미신의 벽을 허물었다. 시오리 거리에 있는 읍에 성당이 들어서고 외국 신부님이 부임해 오시면서 일요일이면 어머니 모시고 성당 가는 것이 너무도 좋았다. 어머니도 심적으로 안정이 되어 속병이 점차 회복되시는 듯했다. 몇 년 후에는 동네에서도 영세자가 나오고 성당 가는 사람이 생기기 시작했다.

보잘것없는 밀알 하나가 떨어져서 숲을 일구어가고 있었다. 종교에 의지하려는 마음이 확산하면서 동네에서도 예비신자가 늘어갔다. 아프면 병원을 가도록 신부님이 늘 강론 중에 하시는 말씀이 사람들을 일깨우는 계기가 되기도 했다. 여동생들도 모두 열심히 신앙생활을 했다. 내가 대학 다닐 때 태어난 막내 여동생은 어머니의 유지를 받들어 수녀가 되었다. 외국과 한국을 넘나들며 주님 복음전파에 매진하고 있다.

신앙의 가르침을 으뜸으로 여기며 생활하려고 노력해오면서 큰 부끄러움 없이 여기까지 온 데에는 어려서 찾은 신앙의 힘이라고 생각한다. 힘든 일이 있으면 주님께 의탁하고, 기쁜 일이 있으면 감사하면서 버티어온 삶, 이제는 행복함만이 있다고 믿고 싶다. 자식들 모두 신앙을 바탕으로 성실하게 살아가고 있는 모습을 보면서 오늘도 우리 부부는 하느님께 감사 기도를 드린다.

(2015. 10.)

일등과 꼴찌의 경계

초등학교 이 학년인 손자가 받아쓰기에서 반밖에 맞추지 못했다고 한다. 그래서 어미한테 몹시 꾸중을 들은 것 같다. 만화 보느라 연습을 안 했다는 게 손자의 말이었다. 다음에는 백 점 맞을 테니 할아버지가 엄마에게 말을 해달라며 조르는 모습이 심각해 보였다.

어미는 자식이 백 점씩 받고 일등만 하도록 부추긴다. 그러나 어찌 잘하기만을 바라랴. 때로는 이등 할 수도 있고 중간 아니면 꼴찌 할 수 있는 게 아이들이 공부하는 모습이지. 점수만 가지고 닦달을 하니 아이가 얼마나 고달프랴 하는 생각이 들었다. 초등학교 이 학년이면 모든 게 호기심의 대상이요, 몰입해야 할 것이 한둘이겠는가. 그중의 하나가 만화책이라고 본다. 만화책을 많이 읽은 학생이 자연스럽게 동화책으로 또 위인전이나 가벼운 문학책의 경계를 허물면서 좋은 독서습관을 형성하게 된다는 게 나의 경험이다. 내 생각을 자식들에게 이야기하면서 좋은 만화 선정해 사주라고 권하기도 하지만, 학교나 학원 공부만 강조하는 것 같아 안타까울 때도 있다.

내가 초등학교 다닐 때는 읽을 책은 교과서밖에 없었다. 전쟁 중인데다 시골 학교라서 그랬을까. 읽을 책 한 권 없는 학교였다. 중학교 들어가서 처음으로 만화책을 읽었다. 읍내에 사는 친구들이 만화책을 가져와 읽고 나면, 빌려서 수업시간에 읽다가 혼나거나 빼앗기는 일도 종종 있었다. 특히 아프리카 탐험만화의 주인공인 철민이가 열대의 정글에서 종횡무진으로 활동하며, 사나운 동물들과 싸우기도 하고 친해지기도 한 내용은 지금도 기억 속에 생생하다. 손에 땀을 쥐면서 웃고 울고 하면서 읽었다. 그래서 이 나이에도 아프리카에 대한 호기심은 아직도 진행 중이고 가보려는 마음도 여전하다.

유・소년기의 독서습관은 평생을 간다. 책을 좋아하게 하는 방법은 만화 읽기부터 해야 한다고 본다. 그림과 함께 대화형식이라서 지루하지를 않고 재미가 있다. 정신 집중도 되고 참는 힘도 자연히 길러진다. 학년이 올라가면서 자연스럽게 좋아하는 분야의 문학책을 찾아 나서게 된다.

책을 읽는 데는 인내심과 집중력이 필수이다. 공부를 잘하게 하려면 스스로 책을 읽도록 습관을 들여야 한다. 그 방법이 만화 읽기부터 시작하도록 하는 것이다. 학교공부는 좀 떨어지더라도 책을 가까이하는 훈련만 되면 저절로 학교공부에 관심과 흥미를 갖는다. 나는 자식들에게 어느 책을 읽으라고 강요한 일은 없다. 만화든 동화책이든 좋아하는 대로 읽도록 했다. 책상에 붙들어 놓으려는 방편이었는지도 모르겠다. 그러나 지금도 늘 책을 가까이하는 것을 보면 틀린 독서지도는 아니었다는 생각이 든다.

물론 책의 선택이 중요하다. 홍수같이 쏟아져 나오는 만화, 초등학교 저학년일 때 스스로 선택하도록 허용하면 흥미 위주가 되기 쉬우니, 학습에 도움이 되는 것을 안내해야 하는 것도 좋은 방법이다. 부모는 취사선택의 경계를 정하고 그 범위 내의 책을 읽게 하는 지도도 필요하다고 본다.

책벌레가 되도록만 훈련해 놓으면 학교 공부는 제대로 따라가거나 앞서갈 수 있다. 일등과 꼴찌의 사이 즉 경계는 종이 한 장 차이라고 본다. 어려서 어떻게 독서습관을 훈련하느냐가 학교공부의 성패를 좌우한다고 봄은 너무 비약일까. 주말에 손자들이 올 것이다. 손자들 앞세워 시내로 책 사냥이나 가야겠다.

(2016. 4.)

시장 엿보기

주말 오후 서문시장을 찾았다. 날씨가 더워지니 준비해야 할 것이 있다며 함께하자는 아내를 따라나섰다. 필요한 물건이 있으면 인근 마트나 골목 슈퍼를 이용하던 사람이다. 큰 시장을 간다고 나서며 나까지 동행하자니 더욱 호기심이 들었다. 서문시장 가본 지도 꽤 오래되고, 친구에게 들은 국수 맛도 일품이라는 생각이 나니 더욱 기대되었다.

지하철을 타고 신남역에 내려 지상철로 오르니 남녀노소, 말 그대로 버글버글했다. 서문시장역에 이르니 우르르 쏟아지는 사람들로 공중에 떠 있는 건물이 안전할까 하는 뚱딴지같은 생각마저 들었다. 사람들에 밀려 시장에 들어서니 쌓인 물건도 물건이지만, 인산인해라는 말이 딱 맞았다. 아내는 내 잃을까 봐 손을 잡아보지만, 되레 다른 사람 걷는 데 방해만 될 뿐이었다.

아내는 유심히 상점 안을 살피며 걷는 것 같았다. 나는 여유롭게 다양한 상품이며 사람들 표정을 관찰하는 재미를 느끼며 걸었다. 뜻밖에 젊은이들이 많이 보이고 외국인들도 보였다. 물건 찾아 분주하게 움직이는 사람이 대부분이지만, 나같이 즐기며 걷는 이들도 눈에 들어왔다.

아내가 손을 당겨 상점 안으로 들어섰다. 여름 물건을 도매하는 규모가 꽤 큰 상점이었다. 시원한 감이 드는 방석을 고르는 아내는 나의 의견도 묻는다. 평소 살림에 대해 조언해본 일이 별로 없는 걸 아는 아내가 나의 체면을 생각하는 것 같기도 했다. 방석의 재질, 색상에 모양도 다양하다. 한둘이 아니라 아이들 것까지 부탁을 받았다며 골라놓는데 왠지 겁이 났다. 다행히도 택배로 배달한다는 말에 안심이 되었지만.

남자 주인의 친근한 말솜씨가 마음에 와닿았다. "3호선 수혜를 톡톡히 보는 것 같네요." 했더니 술술 이야기를 꺼내놓는다. 3호선 개통 이후 손님이 많이 늘었다며 특히 먹는 장사를 하는 분들이 대박이라고 한다. 종전에는 상인들 위주의 먹거리였다면, 이제는 관광객이 더 많다며 즐거운 비명이란다. 거기다 곧 야시장까지 연다니 먹거리 장사는 날개를 달았다며 웃는다. 자기도 점포값이 배로 뛰고 북적대니 수십 년 해온 장사지만, 요즘 들어 더욱 즐겁다며 입이 함지박만 했다. 배로 오른 것이 얼마인지는 묻지 않았지만, 친구 이야기 듣기로는 평당 억이 넘는다는 기억이 났다. 나하고는 관계없는 일이면서도 신경이 곤두서는 기분이었다.

저녁 먹기는 이른 시간이지만 참이라고 생각하면서 국숫집을 찾았다. 나같이 생각한 사람들일까. 앉을 자리가 없었다. 안내도 없다. 한 그릇 뚝딱 비우고 일어서면 그 자리에 가 앉으면 되었다. 순환이 빠르다고나 할까. 모든 게 속전속결이다. 값이 저렴하면서도 멸칫국물에 배틀 한 맛이 사람을 끄는 것 같았다. 아내도 국수 말기는 빠지지 않는 솜씨인데 좋은 평을 하는 걸 보니 소문대로인 듯했다.

옆자리로 외국인이 다가앉았다. 말이 없어도 한 그릇이 배달된다. 젓가락질이 매우 서툴지만, 그런대로 열심히 먹는 걸 보니 맛에 익숙한 건지, 허기를 메우려는 건지 감을 잡을 수가 없었다. 맛이 어떠냐고 짧은 영어로 한마디 건네니 자기도 가끔 온다며 우리말로 더듬거리며 말을 했다. 영어는 절대로 안 쓰려는 사람 같았다. 이제는 본인이 말을 걸어온다. "옆 할머니는 누구냐, 국수는 좋아하느냐"는 등. 내가 도로 답을 해주는 꼴이 되었다. 한국 온 지 3년째인데 말을 잘 못해 열심히 배우고 있다며 웃는다. 내가 연습의 대상이 된 셈이다. 한국에 와서 우리말을 배우려는 그 자세가 진지해 보여 호감이 갔다. 사람들이 친절하고 정이 많고 어딜 가도 안전해서 최고라나. 글쎄 어디까지 믿어야 할지, 더듬거리면서도 말뜻의 이해는 되는 것을 보니 노력을 많이 한다는 인상을 받았다.

재래시장이 어렵다는 소리를 자주 들었지만, 서문시장에서의 느낌은 활기 그 자체였다. 고객을 끌 수 있는 여건을 갖추기 위해 큰 노력의 결과가 아니랴. 한편 3호선 개통 및 시장 현대화 노력도 결정적인 요인일 것이다. 두루 돌아보며 외국에서 본 시장과 비교가 되기도 했다.

노파심이라고 할지도 모르지만, 거슬리는 것도 눈에 띄었다. 골목 시장답기는 하지만, 통로가 너무 비좁고 바닥이 밝은 색이었으면 했다. 비좁은 길에 택배 오토바이나 자전거의 통행은 너무 위험해 보였다. 먹자골목의 일하는 사람들 위생복 착용도 시급한 과제인 듯했다. 상품진열이야 쌓아놓고 파는 게 강점일 수 있으나 거리까지 내놓고 진열하는 것은 통행도 방해되고 시야도 가려 좋지 않아 보였다.

수십 년 장사해온 터줏대감 상인의 말처럼 서문시장은 옛날의 명성을 되찾을 수 있는 좋은 날개를 달았다. 점포값 오른 데 만족하지 말고, 상도를 지켜 좋은 물건에 최고의 서비스 정신으로 고객을 맞이하는 장사해 주기를 기대해 본다.

(2017. 4.)

배려

후덥지근한 런던 빅토리아역 구내를 서둘러 나왔다. 휘황찬란한 조명이 반겼다. 동서남북 구분도 안 되었다. 인터넷에서 예약한 한국인이 운영한다는 B&B 숙소를 찾아가야 했다. 알려준 버스 정류소를 찾기 위해 큰길을 건너려고 신호대기 중인데 대학생으로 보이는 일행 3명이 다가오면서 "한국인이세요?" 하지 않는가. 찾는 주소를 보니 같은 숙소였다. 얼마나 반갑던지.

반가운 것은 나의 일방적인 생각이지 학생들이야 노인이 혼자 B&B를 찾는 게 이상하다 하지 않았겠나. 조심스럽게 반갑다며 한마디 던지고는 일행과 숙소를 향했다. 한 학생은 그 숙소가 처음이 아니라고 했다. 과히 멀지 않은 거리라면서도 버스를 타야 한다며 앞장서 주었다.

B&B는 말 그대로 잠자리Bed와 아침 식사Breakfast만 제공하는 곳이다. 저녁을 놓치다 보니 시장기가 들어 비상 라면을 챙기니 학

생들도 준비하고 있었다. 이윽고 늦은 저녁 라면 파티가 되었다. 서울 모 대학에서 건축학을 전공하는 4학년 학생들이었다. 20일 일정으로 배낭여행 하면서 졸업작품 자료수집을 겸한 서유럽을 여행 중이었다. 군대까지 다녀온 모범생티가 묻어나는 학생들로 보였다. 5년 전의 일이니 지금쯤은 사회에서 한몫씩은 하리라.

숙소를 함께하면서 정보도 교환하고 사귀기도 하는 게 여행의 재미 아닌가. 늙음이야 어쩔 수 없지만 진중함은 무기가 아니던가. 외국인이면 서툰 언어라도 말을 건네면 대부분은 소통되고 분위기가 좋아진다. 우리의 경우는 나이 든 사람과 함께하는 것이 부담된다는 인상을 주는 게 사실이다. 그래서 여행 중에는 나 자신이 접근을 신중하게 해왔다.

더 망가지기 전에 가보지 못한 곳을 찾고 있다며 돈 적게 드는 배낭여행을 하고 있다니, 노인이 대단하다는 표정이었다. 무슨 일을 했으며 나이가 몇인지를 이야기하는 것은 시간 낭비요, 부질없는 일이라는 것을 알고 있기에 여행 정보와 거쳐온 곳의 이야기를 주로 나누었다.

내 학생 때 해보지 못한 것을 후회할 필요도 없고, 학생들의 배낭여행을 부러워할 일도 아니다. 세월이 좋아져 세계를 누비고 다니는 젊은이들을 만나고 나라에 대한 자랑스러움과 발전상에 대해 뿌듯함을 느끼며 유럽을 여행하고 있었다. 서유럽의 나라들이 삶의 질이 높고 행복이 묻어나는 생활을 하는 것에서 얼마나 많은 것을 느끼고 배우는가. 우리도 외국에서 보면 잘살고 국가가 발전하는 선진대열에 있음을 실감한다. 전쟁을 경험한 세대들이야 더욱 나라의 자랑스러움을 체감하며 살고 있지 않은가.

이른 아침 식탁에서 주인 여자의 달갑지 않은 말에 기분이 좋지 않았다. 왜 조국을 등지고 여기까지 와서 값싼 하숙집을 하는지는 모르지만, 자기 조국에 대해 듣기 민망할 정도로 비하하고 대통령에 대한 비방을 어찌나 늘어놓는지 어안이 벙벙했다. 모두가 그런 것은 아니지만, 이민 온 사람들이 자기 성공한 이야기며 정치적으로 맞지 않아 떠나왔다고 하는 소리는 오래전부터 들어온 터라 이 여자도 예외는 아니구나 하고 한쪽 귀로 흘렸다. 그래도 너무하다는 생각이 들었다. 조국에서 온 자기 손님들한테 운동권의 세뇌된 치우친 의식을 그대로 심어주려는 것 같은 인상을 지울 수가 없었다. 더군다나 여기 찾아오는 대부분은 학생들이 아닌가. 번화한 빅토리아역 근처 한국인이 운영하는 멋진 B&B라는 데 속은 기분이 영 가시지를 않았다. 두 밤을 더 자야 하는데 싸울 수는 없고 점잖이 한마디 던졌다. "밖에 나와 보니 나라에 대한 자랑스러움을 더욱 실감하며 여행하고 있어요."라고.

학생들이 먼저 나서며 타워브리지를 중심으로 해서 버킹검궁전까지 도보로 돌아볼 예정이라며 함께하자고 한다. 늙은이가 거추장스러울 텐데 하니, 여행하시는 모습이 멋지다며 함께하자는 게 공연한 말은 아닌 듯해 보였다. 젊은 학생들과 함께한다는 것이 행운 아닌가. 기대하며 따라나섰다. 여행 중에 만난 일행이라도 때로는 호칭이 필요할 때가 있다. 나의 경우 전직도 밝히지 않았으니 학생들이 적절하게 부를 말이 필요했으리라. 그래서 내가 먼저 "큰형님"이라 불러주면 좋겠다고 하니 모두가 환하게 웃는 게 아닌가.

7월의 날씨가 후덥지근하다 보니 펍Pub이 보이면 에일Ale; 일종의 맥주 한 컵씩 안기고, 같은 눈높이로 행동하니 좋아하는 기색이 역력했다. 런던아이도 함께 줄 서주고, 앞장서 걸으니 한 학생이 나이를 묻지 않는가. 서양에서는 나이 묻는 것은 실례라며 학생들과 함께할 기력은 되니 걱정할 것 없다 하고 말았다. 학생들이 부담 안 되도록 신경 쓰려니 되레 피곤해지는 기분이었다. 트라팔가광장까지 휘젓고 다녔으니, 다리는 피곤해도 마음만은 학생이 되고 있었다.

학생들의 행동이나 말 한마디마다 신중함이 있고 순발력이 뛰어났다. 서로를 배려하고 이해하려는 모습이 좋아 보였다. 큰형님한테 마음 씀이 진정성이 있어 더욱 이해해주고자 하는 마음이 들었다. 상대를 존중함은 나를 접어두는 여유의 모습이며 내려놓는 일이 아니던가. 하루를 함께한 여행이지만, 배려하는 마음이 없었다면 더욱 피곤하고 스트레스만 받았을 것이다. 학생들과 헤어지면서 대구에 들르면 생맥주 한잔하자며 명함을 건넸다. 놀라면서도 밝은 기색이 역력했다. 그래서 여행은 즐거운 모험이며 새로움이리라.

(2016. 8./대구문학 통권 135호)

자랑스러운 상처

친구는 파편 맞은 상처를 자랑한다. 보병소대장으로 월남전에 참전해 얻은 자칭 영광의 상처가 허벅지에 선명하다. 반세기가 지난 지금도 한잔 걸치면 상처의 흔적을 자랑스럽게 풀어낸다. 하긴 다른 나라의 전쟁터이지만, 자유 수호를 위해 싸우다 얻은 것이니 자부심이 대단하리라.

초등학교 일학년 여름방학 때였다. 마을 앞 개울에 벌거벗은 아이들로 활기가 넘쳤다. 나는 왼쪽 배꼽 근처의 커다란 상처가 부끄럽기도 하고 돌이나 풀에 스칠까 봐 물에 들어가지 않았다. 나무 그늘에서 물장구치는 것을 바라보는 게 고작이었다.

유아 시절 문지방을 넘나들며 생긴 배의 상처가 아물지를 못하고 계속 덧나 곪기를 반복했다. 방에서 뜰로 나오려면 배를 문지방에 대고 내려와야 했다. 그래도 조심하지 않으면 뜰로 굴러 떨어지기 일쑤였다. 처음에는 상처가 대수롭지 않아 어머니가 침을 쓱쓱 발라 안심시켰고, 그래도 아프다고 하면 된장 찍어 바르거나 이웃집 할머니가 주시는 만병통치약인 아편 가루를 바르는 게 전부였다. 배를 대고 문턱을 넘고 기다 보니 붙어있지를 못하고 곪기를 반복했다. 아프단 소리 없이 잘 참아내 별로 걱정을 않았다는 게 어머니 말씀이었다.

초등학교 입학하기 전에서야 상처가 아물기 시작했다. 만지면 통증이 느껴지고 장난하면 부위를 건드릴까 봐 얼마나 조심했는지 모른다. 지금도 그 흉터가 배 오른쪽 맹장 수술 자국보다도 더 크다. 어머니는 이제는 다 나았으니 목욕도 하고 친구들하고 어울려 놀라 하지만 겁이 나는 것을 어찌하랴. 고약 붙이고 아물기를 바라지만 조심성보다는 우선 보이는 대로 행동하던 유년 시절, 덧나기를 밥 먹듯 하니 부모님인들 얼마나 답답했으랴. 그렇지만 병원의 문턱이 너무 높던 시절이라 아픔을 참고 견디는 수밖에 없었을 것이다.

내가 하고 싶은 대로 뛰고 구르다 보면 더욱 아프다는 사실을 알면서 자제할 줄도 알았고 고통을 참는 것도 터득했을 것이다. 부모님 일 나가시고 나면 동생 돌봐야 하는 것은 내 몫이었다. 할머니가 계시면 어리광도 부리고 엄살도 했겠지만, 아버지 어려서 돌아가셨으니 화롯가의 구수한 옛이야기나 따듯한 손길은 먼 동화 나라의 이야기였다.

살아오면서 친구들과 수영을 할 때나 목욕탕에 가면 선명한 큰 상처가 있다 보니 무슨 수술을 했느냐고 묻곤 했다. 나에게 아픔의 고통과 인내심을 일찍이 가르쳐준 영광의 상처라며 자랑이나 되는 듯이 말해왔다.

친구 농장 나무 그늘에서 몇몇이 농주를 따르며 옛이야기를 나눴다. 생사를 가르는 전쟁터에서 부상한 이야기며 살아온 기적 같은 소설에 시간 가는 줄 몰랐다. 어렵던 추억은 아름다움으로 회상되는가. 장한 삶의 모습들이 대견스러웠다. 월남전에 참전한 친구는 1951년 10살 되던 해 가족과 함께 북한을 탈출하다 아버지와 생이별을 했다. 지금도 생사를 모른다. 어머니와 동생 둘이서 반 거지 생활하면서 공부해 학사 장교가 되었다. 월남전에도 앞장서 지원한 반공의식이 철저한 친구다. 보병소대장으로 죽지 않고 살아온 데는 아버지가 도왔다고 생각한다. 민주주의를 위해 싸운 용감한 군인이었음을 자식들에게 각인시켰다. 아들 둘이 대한민국 장교가 되었다. 신심의 상처를 안고 평생을 살아오는 친구가 자랑스럽다.

우리는 얼마나 많은 심신의 상처를 받으며 살고 있는가. 그 상처의 흔적이야말로 삶을 더욱 단단하고 겸손하게 만들어 가고 있는 것은 아닐까.

"상처 많은 꽃잎이 가장 향기롭다"고 읊은 어느 시인의 글이 생각난다.

(2015. 8.)

허물

한때 풍성함을 자랑하던 나무도 잎을 떨치고 나니 여러 흠이 드러난다. 비바람에 꺾인 가지도 보이고 덕지덕지 붙은 표피는 흉물 같다. 다만 풍성한 잎이 감추고 있었을 뿐이다. 남에게 자신의 초라하고 볼품없는 꺾인 가지 같은 허물을 보이고 싶어하는 사람은 없을 것이다.

결혼하고서도 아내에게 허물을 감추려고 했다. 남자의 알량한 자존심이었다. 아내는 도시의 있는 집에서 성장했고, 나는 촌에서 어렵게 생활해서일까. 소소한 일에도 삐걱거렸다. 나는 쪼잔한 편인데 아내는 덩치보다 배통이 크고 결단력이 나를 능가했다. 아마도 사회활동을 왕성하게 하신 장인어른을 닮은 듯했다. 결국은 성격과 생활의 차이가 허물이 되었다.

아내로 봐서는 자기를 대하는 내 처신이나 행동이 허물로 보였고 이를 이해하지 못하면 힘들겠다는 생각을 한 것 같았다.

적은 월급에 아이들은 커오고 시누이들 뒷바라지며, 셋방은 언제 접으랴 난감했을 것이다. 거기다 맏이로서 모두 치산治産하려니 얼마나 부담이 되었겠나. 잔소리 심해지는 남편만을 바라보며 살기는 아니다 싶었던지 돈 버는 일에 나서겠다며 팔을 걷어붙였다.

아내는 결혼하기 전 학교를 졸업하고 집에서 운영하는 주유소와 연탄공장에서 회계를 잠시 했었다. 그런 경험이 용기를 주었던 것 같았다. 여상 고등학교 입구에 경리학원을 열었다. 서로 바쁘다 보니 말 그대로 저녁에나 보는 사이가 되고 모든 허물은 바쁨과 긴장으로 빨려들었다.

생활이 팍팍하니 서로의 허물만 보였나 보다. 힘들어도 희망이 보이는지 나에게 보내던 애처로움이 웃음으로 바뀌는 것 같았다. 서로가 하는 일을 이해하고 격려해주는 분위기로 바뀌었다. 어린아이 셋 키우며 경쟁대열에 뛰어들었으니 얼마나 힘들었겠나. 그래도 피곤하다는 기색이 없이 안으로 삭였다. 나에게는 자기가 하고 싶은 일이니 염려하지 말라며 오히려 나를 위로해주었다.

살다 보면 서로의 허물이 자꾸 드러나고 또 생기기도 한다. 아내와 결혼할 때 조건이 있었다. 내가 맏이의 역할을 소홀할 수 없다고. 우리 가정을 잘 들여다보고 결혼 결정을 하라며 통보를 했다. 장모님이 반대했지만, 본인 의지와 장인어른의 결정으로 결혼은 성사가 되어 단칸 셋방에 살림을 꾸렸다. 폐렴으로 사경을 헤매던 막내 시누이 5살짜리 병원 데리고 다니는 일부터 시작한 생활이었다. 동생들 다 치성해가며 가정을 이끌어주는 마음이 고마워 허물이 보여도 이해가 앞서려 하고, 참다 보니 여기까지 달려왔다. 아내의 입장에서도 나를 보면 허물이 어디 한둘이겠나. 아이들에게 틈도 없이 해대는 잔소리 하며, 신중하지 못한 금전 관리는 지금도 이야기하면 부끄러워 안절부절못한다.

부부간이라도 허물을 탓하면 싫어진다. 왜냐하면, 가장 약점이라고 생각하는 곳을 꼬집기 때문이다. 옛말에 "상대에게 과히 아름답지 못한 것들을 보았을 때는 그 허물의 변두리에서 서성이되 정곡을 찌르는 것은 좋지 않다"라고 했다. 그래서 사람은 자신에게 솔직해야 하고, 마음을 열어야 하며, 허물이라고 생각되는 것을 이야기할 수 있는 용기가 있어야 한다.

나도 결혼 초기에는 많이 다투고 돌아서려고도 했다. 그러나 나의 허물 때문이라는 생각에 이르면 마음이 달라지곤 했다. 감추려 해도 저기 서 있는 나목의 흠결이 드러나듯 보이는 게 약점이며 허물이다. 살아오면서 깨달은 점이라면, 서로의 허물을 인정하고 참고 이해하는 것이었다. 그래서 오늘도 '참을 인忍' 자를 가슴에 품는다. 허물 많은 나 자신과 가정의 평화를 위해서.

(2017. 1.)

이제 성경을 가까이하세요

카톡이 울린다. "이제 오빠도 성경을 가까이하세요." 미국에서 해외 선교 수녀로 있는 막내 여동생의 문자가 날아왔다. 지난여름 휴가차 들렀을 때였다. "내가 성경을 독파해본 적이 없으니 어찌 신앙심이 있다 하랴." 하는 소리를 기억했는가. 이제는 덤으로 주시는 삶을 성경과 더불어 보내라는 메시지로 느껴졌다.

내가 초등학교 졸업 학년 되던 해였다. 이웃 마을에 사는 가톨릭을 믿는 친구와 학교를 오가며 하느님 이야기를 많이 했다. 하느님을 믿으면 굿을 안 한다는 말에 어머니를 설득해 가톨릭 교리를 배웠다. 교리는 전교하시는 아주머니가 저녁으로 집으로 오셔서 가르쳐주셨다. 그리고 중학교 입학하던 해 부활주일에 세례를 받고 가톨릭 신자가 되었다. 어머니가 병석에 누우시면 굿하는 게 전부였다. 그게 그렇게 싫었다. 병원을 가거나 약을 사 드셔야 하는데, 무당만을 찾으니 의문이 들곤 했다. 세례를 받고 나서부터는 딱 끊어버려 하느님의 은총이라고 늘 감사했다.

세례 때의 결심이 직장생활 하면서 서서히 희석되기 시작했다. 의지가 약한 나의 약점이 드러나고 있었다. 가톨릭 신자는 하느님 말씀인 성경을 읽어야 한다는 설교를 들으면서도 제대로 읽어보지도 않았고 읽으려 하지도 않았다. 이 세상에서 제일 많이 읽히는 책이 성경이라는데 우선 방대한 책 두께에 질리고, 앞뒤가 안 맞는 문장이며 뜻도 모르는 단어들 때문에 관심이 없었다. 물론 주일마다 미사참례를 하고 있으니 말씀의 시간을 통해 짧은 성경 구절을 듣고 신부님의 강론을 통해 해설도 들었다. 그래서일까. 그 정도로 만족해하면서 더는 시간을 투자하려 하지 않았다. 읽어보면 허황한 말이 태반인 듯해 회의감부터 다가왔다. 우리나라 역사도 제대로 익히지 못하면서 신화와 같은 이스라엘 역사에 대한 미주알고주알의 내용을 읽는다는 것이 마음에 와닿지를 않았다. 결국은 피상적으로만 바라보려는 나의 어리석음이 아니었을까.

직장생활 하면서는 일요일이면 가족 이끌고 미사는 빠지지 않으려고 노력을 했다. 빠지면 이유를 달아 고해성사를 해야 한다는 것이 부담이었다. 한때는 종교에 대한 회의가 들어 냉담 아닌 몇 년씩 쉬기도 했다. 가장이 그러면 아이들 신앙이 소홀해진다는 아내의 지청구가 날아들 때마다 주일 미사는 억지로라도 함께하려 했다. 그러면서도 성경에 "구하라, 그러면 얻을 것이다"라는 말씀은 나의 바람을 들어주시리라는 비틀린 생각을 하는 이

중성을 보이기도 했다. 이를테면 필요하거나 다급할 때 잘 되게만 해달라는 기복祈福적인 기도에 매달렸다.

나 스스로 찾아가서 세례를 받았으니 하느님 말씀을 받아들이긴 했으나 살아 숨 쉬는 것이 되지 못했고, 가톨릭 교리는 배웠으나 그 힘은 체험하지 못했다. 종교적인 활동에 참여하기는 했지만, 체면치레에 지나지 않았다. 나와 종교의 상충하는 가치관 속에서 때로는 방황했고 회의를 가졌던 것이 사실이었다.

하느님을 믿는다는 것은 어떤 의미로는 하느님을 '바라보는 것'이고, 하느님께서 현존해 계시며 세상이 그분에게서 와서 그분을 향하고 있음을 내 안에 받아들이는 것이다. 일요일마다 말씀을 들으면서도 쇠귀에 경 읽기쯤으로 대해왔으니 어찌 더 나아가기를 기대하랴. 신앙은 그리스도 안에서 이루어지는 하느님과 인간의 만남이다. 하느님 말씀인 성경을 읽고 묵상하면서 그분의 음성을 들으며 대화하는 것이다. 죄지으며 사는 삶, 참회를 강조하는 것이리라.

인생의 끝자락에서 지나온 삶을 뒤돌아본다. 하느님은 나에게 너무나 많은 것을 챙겨 주셨다. 내가 살아온 과정, 삶의 순간마다 나의 지식이나 지혜로 이끌어 왔다고 생각했으나 이제 생각해보면 내 능력으로 된 것은 없었다. 하느님의 이끌림이 없었던들 어찌 막내가 수녀가 되었겠으며 가정에서나 직장을 둘러싼 모든 일이 하느님의 은총이 넘치는 축복으로 채워졌으랴. 늘 감사하며 살아가리라.

(2017. 2.)

시소 타는 인생

난데없이 시소에 어른들이라? 주중이라 아이들은 보이지 않는다. 자세히 보니 할머니와 중년쯤의 여인이다. 모녀 같기도 하고, 시어머니와 효성스러운 며느리 같기도 하다. 조심조심 오르락내리락하며 주고받는 대화 속에 배려하는 모습이 보인다.

오래전부터 만나오는 회원들이 모였다. 오손도손 대화가 오가다가 별것 아닌 말에 역정을 낸다. 나이가 나이인지라 고집불통만 안고 있다며 누군가 불을 지른다. 쓴소리에 달가워할 리 없다. 그러면 화를 내고 토라지거나 심하면 문을 박차고 나가버린다. 그래도 허허 웃고 수습하는 사람이 있어서 모임은 깨지지 않는다. 붉으락푸르락 마치 시소 놀이를 보는 듯하다.

시소 놀이도 한쪽이 힘의 변화를 주어야 더 재미가 있다. 위험하지 않을 정도로 굴러주면 더욱 쾌감을 느낀다. 나의 삶도 오르막 내리막이 있어 더욱 다져진 모습으로 이어져 왔다는 생각이 든다.

쓴 눈물도 삼켰기에 더욱 맑고 환한 웃음을 맛볼 수 있었다. 풀무질과 담금질로 생존경쟁에서 살아남았다. 웃음을 주기도 하고 한편 받기도 했다. 만족도 했고 실의도 맛보았다. 시소게임 같은 삶이었다. 때로는 올라가면 높게 보여 거드름을 피우고, 내려올 때는 안달해 새침데기가 되기도 했다. 스트레스를 주기도 하고 받기도 하면서 살아온 지난날이었다. 산전수전 다 겪어 온 삶인데 아직도 오르려고만 하는 꼴이 가관이긴 하다. 인생은 그렇게 오르락내리락하며 살아가는 거라 하지만, 그것은 살아온 모습이었고 이제는 내리막길만 남았다. 비우고 가도 버거운 나이다.

모임에서 티격태격하는 것도 지난날의 자화상을 인정하지 않는 자존심에서 기인한다. 한때의 권위를 보검처럼 아낀다. 권위가 사람을 떠받치던 시대는 갔다. 오히려 권위를 조롱하고 우습게 보려 한다. 현실이 그렇다. 현실은 감동이어야 한다. 감격하고 감탄하고 싶어 한다. '어쩌면 세상이 나를 알아주기를 바라는 욕구와 모르기를 바라는 욕구 그 두 줄 사이에서 시소를 타는 존재'인지도 모른다.

행복의 기회는 자주 온다. 삶의 자세를 바꿀 때마다 오게 되어 있다. 늘 하는 것만 고집하면 늘 그 자리이다. 마음을 비우고 욕심은 내려놓아야 한다. 올라가는 길만 보며 살아왔다. 가슴은 비어 있었다. 내려가지 않으면 만날 수 없는 것이 많다. 알량한 판단이 삶을 메마르게 했다.

"오늘의 달걀이 내일의 암탉보다 낫다."는 속담처럼 작은 일에 만족하며 사는 모습이 좋은 것 같다. 이제는 자주 만나고 주고받는 대화도 때로는 부담이다. 정서나 취향이 다르니 삐걱거리기 일쑤다. 차라리 모르는 척 지내는 게 어떨 때는 편할는지도 모른다. 어찌 보면 이웃과 데면데면하게 지내는 내 아파트가 가장 편한 곳이 아닌가 싶다.

창밖의 여자 노인과 중년 여인의 시소 타는 모습이 더욱 행복해 보인다. 눈이 즐거우니 마음도 평화다. 비켜서 보는 정경이 화사하게 핀 꽃을 보는 것 같다.

(2017. 3.)

행복 부메랑

삶은 '부메랑'이다. 부겐빌레아를 지난가을 분갈이도 하고 개화에 좋다는 영양제도 주었다. 기대를 저버리지 않고 소담한 붉은 꽃다발로 거실 분위기를 확 바꿔놓았다. 정성 들여 배려해 주면 분기마다 농염濃艶한 꽃을 선사해 눈과 마음을 기쁘게 한다. 미물에 지나지 않는 식물도 배려하는 만큼 보답한다.

고등학교 시절 게으름을 피우거나 마음에 차지 않는 행동을 보이면 어머니는 '뿌린 대로 거둔다.'라며 타이르셨다. 당시에는 단순히 꾸지람이거나 아니면 결과가 좋지 않을 거라고 이해했다. 성당에 다니시는 어머니는 외국 신부가 강론할 때 그 말을 자주 했는데 감동을 하였는지 금과옥조金科玉條로 여기시며 자식들에게 타이르는 말로 즐겨 쓰셨다. 사람은 자기 하는 대로 거둔다는 인과응보因果應報랄까, 즉 부메랑이 되어 돌아온다는 것이다.

아이들이 사춘기를 넘기느라 힘들어할 때였다. 눈에 거슬리거나 반항한다 싶으면 이해하기보다는 큰소리를 앞세우거나 짜증을 내기가 다반사였다. 결국은 분위기만 썰렁해지고 아내에게 좋은 소리 들을 리가 없었다. 피곤해하는 아내에게 아이들 달래느라 부담만 지우는 부메랑이 되었다.

강산이 일곱 번이 넘게 변하고서야 처신이 진중해야겠다는 생각을 하게 되었다. 어찌 보면 나약함이요, 좋게 생각하면 나잇값한다고나 할까. 나선들 누가 받아주며 함께하려 하겠나. 그래서 부정적인 부메랑, 이를테면, 이기심, 불신, 교만, 상처 등을 불러올 수 있는 말보다는 칭찬, 나눔, 사랑, 관심 등의 긍정적인 부메랑을 힘껏 던지고 함께해야 함을 어렴풋이나마 알아차렸다.

글쓰기에서도 남의 글을 읽고 긍정적 댓글을 올리면 반드시 고마움의 글로 답이 온다. 그렇지 않아도 자신 없는 글에 용기를 주는 것 같아 더욱 관심을 끌게 된다. 이 역시 긍정의 부메랑이 아니랴.

자연의 순리가 이런 줄을 진즉 깨우치지 못한 것이 내 자신을 만들어 오는 걸림돌이었다. 로렌스 굴드는 '남이 하는 일을 아는 사람은 똑똑한 사람이고, 자기 자신을 아는 사람은 총명한 사람이다. 그러나 자기 자신을 이겨 내는 사람은 훨씬 강한 사람이다.'라고 했다. 그러면서도 부정적 부메랑의 기제를 내려놓지 못함은 아직도 움켜쥐고 있는 욕망에서 오는 건 아닐까.

이제는 잡을 것도 없으니 놓칠 것도 없다. 인생은 빈손으로 왔다가 빈손으로 가지 않던가. 향기 있는 말 한마디에 얼굴빛이 달라지고 미소가 흐른다. 무심코 던진 말이나 행동이 부메랑이 되지 않도록 남은 삶 조심하며 가리라.

행복 부메랑을 꿈꾸며.

(2017.3.)

호랑이 눈빛

눈을 맞추라는 호령에 숨을 죽였다. 고등학교 시절 미적분을 가르치는 수학 선생님의 눈 부라림이 호랑이 눈 같았다. 얼마나 지루하고 골치가 아픈 시간이었던가. 그래도 시간 내내 선생님하고 눈을 맞추어야 했다. 흐트러진 자세가 보이면 불려 나가 엎어치기 당하거나 꿇어앉아야 했다. 수업을 이해하며 따라가는 학생은 몇 명 정도였다. 나 역시 눈은 맞추어도 생각은 따로여서 결과는 초라했다.

'외부에서 받아들이는 정보의 80% 이상이 눈을 통해 들어온다.'고 한다. 억지로라도 보고 들으면 이해하겠지 하는 선생님의 생각이 분위기를 잡은 것 같았다. 대다수 학생의 무관심, 수줍음, 자신감 결여 등을 읽고 있는 수학 선생님의 마음을 나는 강단에 서고 나서야 이해하게 되었다.

"눈 좀 맞추어보자"라고 하면 웃는 학생들이 많았다. 수학 선생님 생각이 나면서 집중을 유도하는 방법이었다. 분위기를 강제로 잡을 이유는 없지만 유도할 필요는 있었다. 전공 강의내용이 재미만 있는 것은 아니었다. 때로는 억지로라도 이해하도록 해야 했다. 강의하는 나와 눈을 맞추는 학생이 공부를 잘하는 학생들이었다.

우리는 관심 있는 사람에게 끌리는 경향이 있다. 마음이 다가가니 눈을 맞추게 되고 자주 눈길을 준다. 즉 끌리는 사람을 만나면 시선부터 달라진다. 사랑을 표현하는 첫 단계가 눈을 응시하며 마음을 읽는 것이 아니던가. 떨어질 줄 모르는 오랜 시간의 응시는 서로에게 모든 것을 맡길 수 있다는 신호일 것이다. 그뿐이랴. 나와 이해 상관에 따라 눈길을 주기도 하고 피하기도 해왔다. 이익이 된다고 보면 억지로라도 눈길을 주려 했고 볼 일 없다고 생각되면 외면해온 게 사실이었다. 지금도 그렇게 사는 나를 자주 만나곤 한다.

눈길을 안으로 돌릴 줄을 모르며 살아왔다. 늘 나의 눈길은 이익과 연결되는 대상물이었다. 그러니 항상 부족함을 느꼈고 불만으로 점철되었다. 혹시 그러한 행동이 나의 마음을 지배하고 빠져나올 수 없는 함정에 갇힌 것은 아닌지 하는 생각이 든다.

내면세계로 향하는 눈으로 세상을 보고 이웃을 보고 가족을 보아야 했다. 끊임없이 반성하고 성찰하는 생활을 하면서 마음을 가볍게 해야 할 나이 아닌가. 겸양지덕謙讓之德이 별거던가. 자아를 볼 줄 아는 눈길의 결과일 것이다.

세상을 마음의 눈으로 관찰하고 같은 것을 다르게 보려는 눈을 갖는다는 것은 쉽지 않은가 보다. 지금까지 살아오면서 밖만 보아 왔기 때문이다. 내면을 보는 눈을 감고 살아온 게 사실이었다. 나이가 먹으면 자기도취에 함몰되어 고집만 남는다고 한다. 누가 이해하며 받아주겠는가. 잘 익은 벼는 고개를 숙이지 않는가.

따듯한 눈으로 먼저 다가가는 노년이 되고 싶다. 그리고 바람이 있다면 호랑이 같은 눈빛으로 읽고 싶은 책 보며 내면을 채우고 싶다.

(2017. 5.)

삶의 흔적

광에는 늘 커다란 문고리에 자물통이 채워져 있었다. 열쇠 꾸러미를 차고 계시는 어머니만 드나드시는 공간이었다. 전쟁이 채 가시지 않던 시절 굶주리는 집이 많았지만, 어머니의 광은 달랐다. 가족 사랑이 샘솟는 원천이며 삶을 살찌우는 곡간이었다. 공납금 마련을 위해 쌀말이나 꺼내서 장날 현금으로 만들어 자식들에게 쥐어주는 역할도 했다. 방물장수가 오면 곡식과 물물교환으로 필요한 살림살이를 마련해주던 곳이다.

내가 결혼생활 하던 초기에는 월급을 현금 봉투째 아내에게 건네주었다. 생활하느라 진 외상값, 아이들 병원비 등을 주고 나면 늘 적자였다. 아내의 잔소리를 음악 소리로 알고 마음을 달래며 가장의 체면을 세웠다. 그러다가 은행 계좌로 월급이 들어오면서 처음으로 내 통장을 만들었다. 통장이 넉넉한 광 노릇을 해주면 좋으련만 봉급날이 되기도 전에 바닥이 나곤 했다. 어머니는 광을 잘 관리하셔서 보릿고개 잘 넘고 동네 힘든 이들 도와주며 사셨는데 나의 광은 늘 빈털털이였다. 이 어찌 능력 없음을 한탄하지 않으랴.

한날은 은행 창구에 다가가니 여행원이 친절하게 재테크의 방법으로 재형저축을 권했다. 이율이 높고 목돈 만들어 집 마련할 수 있는 좋은 방법이라며 자극을 주었다. 그러지 않아도 아이들은 커오고 남의 집 세 사는 게 힘들던 때였다. 무리라고 생각하면서도 귀에 솔깃해 그날로 가입했다. 매월 일정액이 소리 없이 빠져나가니 생활비가 따름따름, 살얼음판을 걷는 심정이었다. 담배를 끊고 술은 자제하기로 했다. 아내가 반색하며 내핍생활을 하자며 한 수 더 뜨지 않는가.

나는 지금도 그때 여행원의 밝고 진지한 고운 목소리를 기억한다. 생각만 하면 행복한 미소가 다가온다. 3년 후에 목돈 되거든 다시 장기 저축해서 나오는 이자에 돈 좀 보태서 또 적금을 들도록 권유했다. 그때에는 저축이율이 높았다. 그래서 일억이 되면 그때부터는 돈이 빨리 불어나게 된다는 말이 잊히지를 않았다. 꿈같은 말이긴 하지만 희망을 품고 해보라는 말이라고 생각했다. 안전하게 목돈 만드는 비결이었다. 그때의 여행원의 밝은 미소가 푸름으로 다가왔다. 그때 내 나이는 삼십대 초반이었다. 이십대 중반쯤의 여행원이 이재에 대해 달인같이 보였다. 물론 은행원의 소임을 다하는 책임감 있는 행동이지만 그렇게 진솔하게 다가올 수가 없었다. 재형저축이라는 문고리를 잡지 않았으면 집 마련은 더욱 멀어졌을 것이다.

신도극장 뒤 한옥 문간방에서 시작한 결혼생활 오 년 만에 상동 시영주택을 마련하기까지 힘든 생활을 자처했다. 아이들이 더 커지기 전에 내 집 마련의 희망이 있었기에 가능했다. 등나무가 지붕 위를 휘감고 모과, 앵두, 사과나무 등 유실수가 꽃피우는 집이 그리 좋을 수가 없었다.

아들의 집 마련을 기뻐하시던 부모님이 그해 가을걷이가 끝나고 오셨다. 집을 둘러보시고 아주 대견해 하셨다. 아버지는 없는 살림 일구시며 자수성가하신 추억을 가끔 이야기해주셨다. 땅 마련을 위해 이십대 초반부터 우시장에서 거간居間 노릇해가며 소장사를 하셨다. 밤낮 없이 백릿길 이상을 걸으시며 이십여 마지기 논을 마련하셨다. 다섯 자식 굶기지 않으며 학교 보내준 아버지이시다. 큰 자식이 도움 없이 집 마련한 것을 확인하시고 공부하는 여동생들을 신경 쓰라고 말씀을 하시며 떠나셨다. 그해 겨울이 다 가기 전에 땅 몇 마지기 판 돈을 보내주셨다. 여동생들 공부시키라는 말씀이셨다. 아들이 사회의 문고리를 확실하게 잡았다고 생각하셨는지 농사를 줄여야겠다며 내리신 결단이셨다.

쉽게 마련한 돈은 내 돈이 아니었다. 빨리 돈을 벌어 보겠다며 백화점 점포 산 것이 부도가 나는 바람에 다 날리고 말았다. 부모님의 고생이 바탕이 되어 나 자신이 있다는 생각에 이르면 낯을 들 수가 없었다. 내 그릇의 용렬함을 한탄했다. 가슴이 답답하고 눈물이 왈칵 솟아나곤 했다. 그 후 용기를 내서 아버지에게 고백했다. 한마디도 하시지 않았다. 그러고 나서 무모한 짓은 하지 않기로 작정을 했다. 오늘까지도 그때의 일은 내 삶을 다지는 교훈教訓이 되어왔다.

아버지는 우시장 드나드시며 땅 마지기 장만하시고, 어머니 광 관리 잘하셔서 가족 굶기지 않고 자식들 공부시키셨다. 어렵던 시절에도 보릿고개 넘기며 배곯은 적은 없었다. 어려운 이웃 도와주신 어머니셨다. 자연의 순리에 따라 농사를 지으셨지 조급해하거나 안달하신 적도 없었다. 부모님의 이러한 모습을 보면서도 통장관리 제대로 못 하고 욕심의 노예가 되어 부모님이 일구어놓은 재산을 물거품으로 만든 어리석음이 두고두고 한으로 다가왔다.

무엇을 준비한다는 것은 내일을 위한 삶의 자세이다. 아끼며 한 푼이라도 더 모으려는 마음은 희망이 보이기 때문이다. 또한, 가족 사랑이라는 고리가 이어주기 때문에 가능한 것이다. 어려울 때일수록 가족 사랑과 옳은 결단이 얼마나 중요한지를 깨닫는 집 마련의 시기였다.

(2017. 12.)

묵상默想

고해성사를 했다. 고해신부님이 보속補贖으로 성체조배를 하라고 하셨다. 성체조배는 성당 안의 감실 앞에서 성체에 현존하는 주님께 흠숭欽崇과 사랑을 표현하며 반성하는 주님과의 교감이다. 미적지근한 신앙과 건성건성 사는 모습을 간파하시고 합당한 보속을 주셨다는 생각이 들었다.

태어나서 일곱 번 강산이 변하고도 한참을 지나오고 있다. 어설프고 줏대 없이 미적거리는 삶은 여전하다. 소중한 시간은 쏜살같이 달려가는데 아직도 머뭇거리고 있는 나를 질책하고 있다. '인생에서 시간을 낭비한 죄가 가장 크다'라는 말이 다가온다.

과연 내가 지나온 삶과 신앙의 길이 온당한 것이었을까. 이제라도 깨달아 앞으로의 주어진 시간을 낭비 없이 쓸 수는 없을까를 묵상해본다. 우둔한 내 머리가 미치지를 못하니 주님의 지혜를 주십사 하며 매달려본다. 인간은 자기가 한 행동에 대한 합리화라는 방법을 통해 적응해가는 동물이라고 한다. 나 역시 하찮은 일도 고집을 세우며 밀어붙여 상처받은 주위 사람이 많음을 안다. 가정에는 물론 직장에서도 그렇게 해 왔음을 인정한다.

어제도 사소한 문제로 입씨름을 하고 마음이 무거웠다. 물론 상대방도 기분이 좋지 않았을 것이다. 용기를 내서 고해소 앞에 섰다. 만감이 교차하면서 망설였다. 그래도 성탄도 가까워져 오고 마음의 평화를 바라는 마음이 고해소로 이끌어주었다. 고해소를 나오는 발걸음이 가벼웠다. 감실 앞에 앉아 주님과 허심탄회하게 대화를 했다. 이제는 심신의 짐을 덜어내고 주님만을 바라보며 덤으로 주시는 시간 보내겠다고 했다.

사오십대에 먹고사는 일에 눈코 뜰 새 없이 바쁠 때였다. 그러면서도 성당 일이라면 빠지지 않고 참여하면서 제 단체를 이끌기도 했다. 주님이 안내해주시고 많은 기적을 주셨다. 미진한 저를 용기 있게 나설 수 있도록 이끌어주셨다. 그때의 신심이 탄력이 있었고 많은 축복이 있었다. 주님의 풍성한 은총과 마음의 평화를 실감하며 생활했다. 지난날의 아름다운 추억으로 기억되고 있다.

신부님의 강론이 생각난다. "기쁨은 다가올 슬픔을 준비시키고 슬픔은 기쁨을 예고한다고요. 그래서 슬픔과 기쁨은 어느 하나 소중하지 않은 것이 없다"고 하셨다. 나의 삶은 늘 기쁨만을 찾아오기를 바랐다. 그러다 보니 슬픈 일이 닥치면 크게 실망을 하고 심지어 주님을 원망하기까지 했다. 슬픔 속에서도 크게 해주심을 모른 거였다. 우둔하게 살아온 미련퉁이였다.

햇볕의 따듯함을 당연하게 여기듯 주님의 풍성한 은총을 감지하지 못함은 자만에서 오는 시건방진 됨됨이였다. 그래도 주님은 가엾게 여기시고 잘 이끌어주셨다. 묵상하면서 주님의 풍성한 은총과 사랑에 감사를 드렸다. 산수를 바라보며 뒤돌아보는 장구한 세월, 무사히 이끌어주심에 감사한다. 앞으로 얼마나 더 보살펴 주실는지 모른다. 주님만을 바라보며 살련다. 대림절을 맞아 겸허한 마음으로 주님 오심을 맞이하겠습니다. 늘 감사하며 뚜벅뚜벅 걸어가리라.

(2017. 11.)

기도의 손

중학교 3학년 때 미술 시간이었다. 선생님이 낡은 세계 명화집을 펼치시며 뒤러Albrecht Durer의 '기도하는 손'을 보여주셨다. "기도하는 손을 생각하며 그려라." "두 손을 모아 기도하는 사람의 마음을 읽을 줄 알아야 산 그림이 된다."는 좀 생소한 말씀도 하셨다. '기도의 손' 은 뒤러 형제의 애끊는 사랑이 담긴 그림이라며 배경을 설명해 주시고, 중간고사로 대체하겠다는 말씀을 하셨다.

나는 문득 두 손 모으고 기도하는 어머니 생각이 떠올랐다. 어머니와 나는 집안 어른들의 눈총을 받아가며 어렵게 천주교 세례를 받았다. 어머니는 세례기념으로 서양 신부님이 주신 십자가를 벽에 거시었다. 시간만 나면 그 앞에서 두 손 모으고 기도를 하셨다. 어머니의 합장合掌하고 기도드리는 손은 연약해 보였지만, 바람을 갈구하는 간절함이 드러나고 있었다. 때로는 손끝이 떨리기도 하고 합장한 손을 이마에 대고 비시는 모습은 애절함 그 자체였다. 핼쑥한 어머니의 옆모습을 지켜보는 내 마음은 안쓰럽기만 했다.

어머니는 건강하시지를 못해 세 끼 준비하시고 집안일 하시기도 벅차셨다. 앞서 겨울 피난에서 돌아온 2월경 홍역이 마을을 휩쓸고 지나갔다. 돌 지난 귀여운 여동생을 잃었다. 어머니는 현실을 잘 받아들이시지를 못했다. 심신이 쇠약해지면서 마음의 병까지 왔다. 온 가족이 걱정이었다. 그러던 어머니가 세례를 받으시고 십자가 앞에 앉아 기도드리실 때면 가냘픈 두 손이 애잔해 보이기도 했지만, 얼굴에 어렸던 수심은 사라지고 편안한 표정으로 바뀌셨다. 덩달아 좋아하던 나도 옆에 바싹 붙어 앉아 기도서를 펴서 읽으면 대견해 하시며 흐뭇해하시던 얼굴이 떠오른다.

천주교를 믿지 않던 몇 년 전에도 어머니는 보름이 다가오면 장독대에 정화수 한 사발 받쳐놓으셨다. 달이 중천에 걸리고 사위가 조용할 때 두 손 모으고 비셨다. 가족의 안녕과 자식들 잘 자라게 해 달라는 간절한 염원이었다. 두 손 모아 천지신명께 비는 어머니의 모습은 경건했고 겸손했으며 소박했다. 세례를 받으시고 믿는 대상은 바뀌어도 비는 모습은 똑같았다 가톨릭 신자는 매일 두 손 모으고 기도해야 할 기회가 있다. 효과적인 기도에는 몸과 마음 모두의 집중이 되어야 한다. 두 손을 모은 것은 절대자에게 복종의 의미이며 심신의 일치된 표시이다. 누가 가르쳐주지 않아도 기도할 때는 겸손과 복종의 의미로 두 손 모음은 자연스럽게 이루어진다. 성당 제대 앞에 앉으면 자연스럽게 두 손이 모이고 마음과 몸을 낮추는 행동이 이루어진다. 신에 대한 경외심과 겸손의 표시이며 절대적인 복종이 아니겠는가.

뒤러도 '기도하는 손이 가장 깨끗한 손이요, 가장 위대한 손이요, 기도하는 자리가 가장 큰 자리요, 가장 높은 자리다.'라고 했다. 기도하는 손은 합심이며 집중이요, 가장 아름다운 모습이다. 뒤러는 동생이 자기 희망의 포기를 비관하지 않고 형의 성공을 위해 신에게 눈물을 흘리며 두 손 모아 비는 모습을 목격했다. 구부러진 손가락도 보았다. 그 아름다운 마음에 영감을 받고 온 힘을 다해 기도하는 동생의 손 그림을 탄생시켰다. 그래서일까. 그림의 손등에는 힘줄이 불거져있고 손가락은 휘어져 있으며 뼈마디가 굵고 거칠어 보였다. 형 공부시키려고 고생한 흔적이 고스란히 드러나는 손이었다. 뒤러는 투박한 손 그림을 통해 동생의 희생과 사랑을 온 힘을 다해 그려 넣었을 것이다.

나는 어머니의 두 손 모으고 기도하시는 애절하고도 진지한 손을 그리려고 애를 썼다. 비슷해 보이지도 않았다. 어머니에 대해 송구스러움만 가득했다. 중간고사를 포기할 수는 없어 억지로 그린 숙제를 제출하기는 했어도 한참 못 미치는 그림이었다. 어머니의 간절한 기도의 마음을 읽지 못했으니 옳은 그림이 되었겠나. 지금도 그때를 회상하면 부끄러움만 다가온다. 선생님 말씀처럼 그림 대상을 진심으로 이해하지 못하는데 어찌 좋은 그림을 그려내랴. 겸손과 진정성이 담기지 않으면 좋은 그림이 되지 않는다는 말씀이 생생하게 다가온다. (2018. 6.)

고통은 축복이다

고통의 극단은 죽음이다. 그럼에도 이러한 고통을 극복하고 위대한 발자취를 남긴 사람은 수없이 많다. 스티브 잡스는 "죽음조차도 발명품"이라고 했다. 애플의 CEO로서 감탄사를 자아내게 한 아이패드2iPad2를 시연하고 가는 날까지 인류의 정보혁명을 위한 창의력에 온 힘을 다했다. 고통이 죽음을 재촉했지만, 일에 방해가 되거나 좌절한 것이 아니라 오히려 자극되어 목적을 이루었다는 메시지를 주고 있다. 슈베르트는 뜻하지 않은 매독 질환의 고통을 감내하며 요절할 때까지 많은 아름다운 곡을 인류에게 선사했다. 니체는 고통을 통해 초인이 되었고 불후의 명작 『자라투스트라는 이렇게 말했다』에서 슬픔을 통해 자기 영토를 확장해 나갔다고 고백하고 있다. 고통이 승화되어 만인이 칭송하는 아름다운 꽃을 피운 것이다.

나는 요즈음 '메멘토 모리Memento Mori'라는 말이 자주 떠오른다.

나이로 보아 죽음이 가까이 다가옴에 대한 암시 같기도 해 주춤하기도 한다. 몸은 사그라드는데 마음은 청춘이라며 여기저기 집적대는 꼴불견이 못마땅해서 주는 경고라는 생각이 든다. 나는 너무 포실하게 자란 탓일까. 노후로 오는 조그만 고장에도 죽음에 이르는 큰 고통이나 되는 것처럼 엄살을 부리니 얼마나 어리석은 짓이랴. 죽음이 다가오고 있으니 모든 것에 너그러울 수는 없는가. 모든 유혹 앞에서 무력하고, 충동에서 벗어나지를 못하니 늘 무거운 짐에 육신이 고통이요, 마음이 가볍지 않음을 어찌 잊고 있는가. 감성의 노예가 되지 말고 이성에 비춰보라는 소리가 들린다.

나이 먹는다는 것은 죽음에 다가간다는 역설이다. 건강하게 살다가 세상 등지는 게 바람이지만 어찌 마음대로 되랴. 자고 나면 육신이 쑤시고 기억력은 표나게 떨어지고 있다. 운동이라도 하면 좋아질까 해서 헬스장에도 드나들어 보지만, 후유증에 때로는 더 괴롭기도 하다. 설상가상으로 해로해야 할 아내도 건강에서 자유롭지를 못해 더욱 스산한 마음을 감출 수가 없다. 나보다 더 고통을 호소하는 경우에는 솔직히 겁이 난다. 언제인가는 둘 중의 하나는 혼자가 되겠지만, 그때의 고통을 어찌 감당할까가 두려운 것이다.

어느 노교수의 말마따나 나는 삶의 황금기도 지났다. 또한 힌두교에서 가르치는 고행기苦行期도 지나고 있으니 해탈을 추구하며 죽음을 준비하는 시기가 아닌가. 문제는 나이 들어서 오는 자연스러운 말기현상을 지혜롭게 견뎌내려는 노력이 부족하다는 것이다. 때로는 젊은 시절의 마음으로 돌아가 의욕적으로 나서보면 몸이 주저앉혀주어 실망하고 만다. 몸과 마음이 따로 노는 현상이 내 안에서 일어나고 있다. 앞으로 한 띠가 돌면 졸수卒壽가 된다. 장수시대라 하지만 건강하게 졸수까지 사는 것은 축복받은 삶일 것이다. 내게 무슨 복이 있어 그 수를 누리랴. 설사 그 수를 누린다 해도 한 띠라면 12년인데 그렇게 짧은 시간은 아니다. 그냥 앉거나 누워서 세월이나 까먹는 삶을 즐겨야 할까.

버킷리스트라도 작성해 놓고 점검하며 남은 세월 낚아볼까. 늦었다고 생각하는 지금이 기회가 아니랴. 나이 들었다는 핑계로 소극적이고 대접받으려는 행동에 익숙해지면 소외의 고통을 어떻게 견뎌내랴. 이제는 하지 않던 행동을 하면 그것도 이별을 준비하는 징후라고 주위로부터 오해는 받지 않을까. 새롭게 나서는 것도 의심받을 수도 있겠다 싶은 소극적인 생각에 소침해지기도 한다. 이러고 보니 걱정도 점입가경이다. 나이 들어 신심 관리 잘해야 한다는 말을 실감하며 사는 게 요즘의 모습이다. 유명인의 생애 글을 대하면서 법정 스님의 글이 생각난다. '무엇을 하든지 거기에 온몸을 던져라. 그러면 마음이 편해지고 삶이 자유로워진다.' 그래야 시도 때도 없이 찾아드는 죽음에 이르는 아픔의 고통도 잊을 것이다. 그래서 고통은 축복이라 했나 보다.

(2018. 6.)

4

양심 타령

웃음에 대한 소고

부교감신경의 작용을 강화하고 심신을 모두 편안하게 만들어주는 것이 바로 웃음이라고 한다. 그래서 소문만복래笑門萬福來, 일소일소 일노일노一笑一少一怒一老라 하지 않던가.

같은 직장에서 나보다 몇 년 늦게 은퇴한 L 교수는 기계공학을 전공한 분이다. 은퇴 후 노후를 즐겁게 보낼 양으로 웃음치료사 교육을 받고 웃음전도사로 활약 중이다.

한번은 모임에서 만나니, 과히 크지도 않은 얼굴에 큰 뿔테안경에 머리까지 분홍색 염색을 하고 나타났다. 그 자체가 웃음을 연발하면서 모인 사람들이 박장대소를 했다. 함박웃음을 지으며 연일 폭소를 유발하는 말들을 쏟아내니 온 시선이 집중되고 분위기를 완전히 압도한다. 은퇴자들의 모임이다 보니 주로 건강이나 여행이 주 화제에 오르지만 이분이 참여하는 때는 웃음바다에 푹 빠지고 만다.

기계공학을 강의하다 보니 정서도 메마르고 편리성만을 추구하는 기계형 인간이 되는 게 아닌가 싶더란다. 그래서 역발상으로 웃음치료교육을 받고 자격증까지 얻었다면서 어디든지 불러주면 단숨에 달려가 웃음을 선사한다고 한다.

나의 경우는 좋은 일이 있어도 웃음을 자제하거나 속으로 삭이는 경우가 대부분인 것 같다. 어려서 밥상머리 교육을 통해 사내가 웃음이 너무 헤프면 안 된다는 교육을 받고 자란 탓일까.

한편 어머니가 늘 편찮으신 걸 보면서 웃을 기분이 아니었다. 학교에서 돌아오면 반갑게 맞아 주어야 할 어머니가 방에 누워 계시거나, 괴로워하시는 모습을 보면서 자랐다. 마음이 우울하니, 좀처럼 웃을 기분이 나지를 않았다. 그래서일까, 웃음이 적다 보니 얼굴의 표정이, 좋게 말해 너무 근엄한 인상이라는 소리를 듣는다. 즉 첫인상이 선뜻 접근하기 쉬운 타입은 아니라는 평을 받아온 게 사실이다.

얼굴을 찡그리는 데는 72개의 근육이 작용하지만, 웃음 짓는 데는 14개의 근육이면 된다고 한다. 웃는 연습을 통해서 찡그리는 근육은 줄이고, 웃음 짓는 근육을 늘리면 미소의 얼굴을 만들 수 있다고 한다. 웃음을 달고 있는 사람은 평소에도 얼굴에 미소가 철철 넘친다. 첫인상이 좋아 대인 관계성도 원만하다. 어려운 문제도 잘 풀어간다.

거울 앞에서 눈 맞춤하면서 하루에 몇 번씩 연습하면 이미지 좋은 얼굴로 거듭나지는 않을는지! 웃음이 상품이 되고 미소가 재산이 되는 시대라고 한다. 상대에게는 유익이 되고, 나에게는 엔도르핀이 도는 웃음에 대해 진작 관심을 가졌더라면 하는 아쉬움이 남는다.

TV에 등장하는 사람들의 얼굴이 하나같이 화사하게 웃는 모습들이다. 내 얼굴도 덩달아 펴진다. 울적했던 기분도 싹 가신다. 웃음과 미소는 얽힌 문제를 풀어주는 부드러운 곡선이요, 복을 가져 오는 전령사임을 되뇌게 한다.

(2015. 4.)

인성교육이 별거인가

물건 제대로 정리할 줄 모르는 젊은이들이 많다고 한다. 퇴근할 때면 책상 위도 말끔하게 정리하고 치워야 하는데 말을 해야 겨우 움직인다는 회사 어느 팀장의 하소연이다.

이유는 간단하다. 어려서 가정에서의 가르침이 안 된 결과이다. 성장 과정에서 모든 것을 부모가 해주다 보니 해본 경험이 없다. 밖에서 돌아오면 실내복으로 갈아입는데 입던 외출복은 아무 데나 벗어던진다. 어느새 그 옷은 제대로 있어야 할 위치에 걸리거나 세탁기에 넣어지거나 한다. 막상 치워야 할 아이는 하지 않고 부모나 아니면 제삼자가 해준다. 아이에게는 기회가 주어지지를 않는 것이다.

이해 못 할 일은 함께 생활하는 부모의 태도다. 어려서부터 제대로 시켜야 할 부모가 다 해주고 있으니 자녀로서는 얼마나 편리하겠나. 어려서부터 이렇게 길들여지다 보니 성인이 되어도 제대로 정리 정돈을 모르는 것이다. 어려서의 행동이 무의식 속에 자리 잡고 조종하는 결과다 보니 웬만한 자극에는 고쳐지지를 않는다.

유치원이나 어린이집에서도 열심히 가르친다. 그러나 가정에서 부모가 호응하고 계속해 관심을 두고 가르쳐야 하는데 아이의 편리함만을 쫓다 보니 교육이 소홀해지는 것이다.

결국은 인간으로서 해야 할 최소한의 기본적 습관을 안 가르쳤다는 것이다. 그러나 이를 가볍게 넘길 일이 아님을 알아야 한다. 제대로 가르쳐야 한다. 싫어도 가르치고 좋아하면 더욱 잘하도록 강화해야 한다. 집에서 새는 바가지가 밖에서라고 안 새겠는가.

사람은 조직 생활을 통해 삶을 영위한다. 가정이라는 조직에서는 한 가족이니 무슨 짓을 해도 이해될는지 몰라도 사회조직 특히 직장이라는 곳에서는 이해되지 않는다. 자기 일은 말끔히 정리하고 처리할 줄 아는 사람이 환영받는다.

가정도 함께 생활하는 공동체이다. 서로가 제대로 치우고 정리하면 기분이 좋은 것은 인지상정일 것이다. 자식이 부모가 대신해주는 것을 당연시한다면, 훗날 부모를 대하는 것도 소홀할 수 있다는 사실을 유념해야 한다. 성장해가면서 자기 방 청소나 심지어 자기 빨래는 제 손으로 처리하는 게 바람직하다. 자기 잠자리도 자기 손으로 정리해야 한다. 자기 밥그릇도 자기가 씻는 게 옳다. 그게 안 되면 밥그릇은 개수대까지라도 넣도록 해야 한다. 최소한의 기본 도리다. 이러한 도리가 소홀이 되기 때문에 많은 젊은 사람들이 직장에서 적응하기가 어려운 것이다.

아무리 공부를 많이 하고 좋은 대학을 나와도 기본이 안 되면 적응하기 힘들다. 이직이 빈번하고 직장을 쉽게 포기하는 것도 이러한 이유가 대부분이다. 어려서는 귀여워서 못 시키고 학교 들어가면 공부 시간 뺏는다고 안 시키면 결국은 아이를 망치는 행위이다.

공부, 공부만 강조하지 마라. 인간의 기본도리가 최우선이다. 기본생활습관이 잘된 아이일수록 성장해가면서 인성이 바르고 주위로부터 인정을 받는다. 공부도 잘한다. 칭찬을 달고 자라기 때문에 얼굴이 밝고 매사에 긍정적이다. 친화력이 좋아 친구도 많다. 왕따 걱정할 필요가 없다. 사회에서도 우등생이 될 확률이 높다. 사회에서는 예의 바른 젊은이를 인정한다. 큰 꿈을 이루려면 기본생활습관부터 철저하게 가르쳐야 하는 이유이다.

요즈음은 자기 개성을 인정하는 경향이 강하다. 그래서일까. 자기만 생각하는 젊은이들이 많은 것도 사실이다. 남의 간섭이나 심지어 부모의 충고도 귀 밖이다. 제멋대로 하는 게 개성이 아니다. 자기만 아는 이기적 성격은 공동체에는 어울리지 않는다. 먼 산속이나 외딴섬에 들어가 혼자 살아갈 타입이다. 제멋대로 행동하는 것은 어느 사회도 거부한다. 가정이나 직장에는 지켜야 할 규범이 있고 규칙이 있다. 또한, 윤리 도덕이 있다. 이러한 것은 어려서부터 가정에서 터득해야 한다. 물론 유아교육 기관에서부터 배운다.

그러나 가정에서 부모로부터 제대로 보고 배우는 게 안 되면 모두가 허사다.

인성교육이 강조되고 있다. 어려서부터 기본생활습관만 잘 가르쳐도 인성 걱정할 필요 없다. 인성은 성품 즉 성격의 다른 말이다. 마음 씀씀이다. 좋은 인성은 어려서부터 가정에서 하찮은 일이라도 소홀하지 않고 제대로 가르치려는 부모의 태도에 의해 좌우된다.

인성이 성공을 담보하는 시대다. 성공 요인의 대부분을 인성이 좌우한다고 한다. 제대로 정리 정돈하는 것도 배려하는 마음이다. 좋은 인성을 만들기 위해서도 제대로 시키자. 조직 사회는 기본인 된 젊은 사람을 기대한다.

(2015. 7.)

괜한 걱정

신호대기 중인 내 옆으로 노랑머리를 한 여자아이 둘이 다가온다. 눈은 스마트폰에 맞추고 킬킬거리는 모습이 귀엽기도 하고, 한편으로는 고삐 풀린 망아지 같다는 생각에 걱정이 앞선다. 초미니 바지에 슬리퍼를 신은 것인지 발에 걸친 건지 구분이 안 된다. 얼굴에는 짙은 화장까지 해서 폼을 단단히 잡고 나선 모습들이다. 나도 주책없이 억지웃음을 보이며 쳐다보니, 여자아이 하나가 말을 붙여온다.

"할아버지, 우리 안 예쁘세요?"

"예쁘고말고. 우리 손녀 같아"

"손녀는 몇 학년인데요?"

"고등학교 일학년이지."

"저하고 같아요" 한다. 있지도 않은 말로 쳐다본 변명을 하고 나니 내가 왜? 이래야 하지? 하는 생각이 들었다.

이십 년 전 뉴욕주립대학에 갔을 때 나와 함께 지내던 교수분의 말이 무의식적으로 떠오르는 것이다. "특이한 차림을 했거나 별난 행동을 하는 사람이 있어도 절대로 정면으로 보거나 반응을 보이지 않는 게 좋다"고 당부하는 것이었다. 재수 없으면 곤욕을 치를 수 있다는 것이다. 그 후에는 꽁지머리 한 남성이건 한여름인데도 겨울 외투를 입은 사람이 지나가건 쳐다보지 않았다. 세계 온갖 인종이 다 모여드는 곳이고 개인주의가 우선하는 사회다 보니 별사람이 다 있으며 나와 이해 상관이 없으면 눈길을 주지 않는다는 것을 아는 데는 얼마가 걸리지 않았다.

이제는 우리도 내 하고 싶은 대로 하면서 남의 간섭이나 눈치를 안 보고 살아가려는 개인주의가 문화로 자리매김하는 것인가. 고등학교 일학년이면 사춘기를 벗어나는 연령대이다. 외모에 대해서 많은 관심을 가질 시기이기도 하다. 꾸미고 차리면서 주위에 관심을 얻으려는 내면의 욕구가 저런 모습으로 나타나는 것은 아닐까. 아니면 공부에 너무 시달려 스트레스 한번 날려보려고 나선 것도 같고, 생각이 복잡해진다. 십대 중반의 나이에 꾸밈이 완전히 성인의 모습 이상이고, 머리가 하도 노란색인지라 호기심에 쳐다본 것이 대화가 된 것이다. 용기도 대단하고 노랑머리를 하고 나서는 대담성에 혀를 내둘릴 지경이다.

요즈음 부모 세대들이 개방되었다지만 저렇게 꾸미고 나서는 딸을 보면서 귀엽다는 마음이 들까? 수수방관, 제멋대로 내버려 둔 걸까? 저렇게 입고 꾸미려면 돈이나 시간은 얼마나 투자를 했겠나? 그 시간에 책을 읽었으면 얼마나 좋았겠나? 배우는 학생답게 말이다. 하기야 꾸미고 가꾸는 것도 연습 없이 되겠나? 성인이 되면 자기 몸 하나는 확실하게 꾸미리라. 별생각을 다 하며 횡단보도를 걷는다. 슬리퍼를 질질 끌며 저만큼 앞서가는 두 여학생의 뒤 꽁지에 자꾸 눈길이 간다. 발랄하고 대담함에 귀엽기도 하고, 한편 우려스럽기도 하다.

요즈음 젊은 일부 여성들의 바지는 너무도 짧아 내 눈으로는 민망스러워 보기도 부끄러울 지경이다. 누가 보라나, 별 시비를 다 하네! 하겠지만 아름다움을 넘어, 쫓아가는 눈을 나무랄 수 없는 나에게는 안타까울 뿐이다. 너무 비약하는 것 같지만, 성희롱이나 성 관련 문제가 끊임없이 대두하는 데는 여성들의 꾸밈, 특히 의상에도 책임이 있다고 본다. 아무리 개성을 강조하고 자유분방한 시대라 하지만 너무 자극적인 태도나 의상은 고려해보는 게 옳지 않을까 싶어서다.

한때는 무릎에서 치마 끝이 몇cm나 올라갔는지를 경찰이 재던 때도 있었다. 이유는 너무 선정적이며 미풍양속을 해치는 행동이라는 것이었다. 세월 따라 의식이나 문화가 변화되고 있는데 나만이 고루한 생각에 헤매고 있는 것은 아닌지. 최근 기사를 보니 미국 뉴욕에서는 젊은 여성들이 중심이 되어 유방 노출 캠페인을 벌이며, 허용하는 법까지 제정하라는 대규모 시위를 했다고 한다.

내가 대학 일학년 여름 방학 때에 본 영화가 생각난다. 섹시의 여왕 메릴린 먼로가 출연했던 영화 '7년 만의 외출'에서 극적으로 허벅지를 노출하는 장면이 나온다. 그것도 지하철 송풍구에서 나오는 바람이 그녀의 치마를 밀어 올린 것이었다. 이 장면이 세계 뭇 남성들의 가슴을 쿵쾅거리게 하였고 그녀는 일약 대스타로 군림했다. 그게 반세기쯤 전인가 보다. 지금쯤 그러한 장면이 나온다면 눈길이나 주었을까. 어디 변하는 게 한둘일까마는 몸에 걸치고 꾸미는 장난이 너무한다는 생각은 지워지지를 않는다.

그러나 세상이 달라지고 있는 것은 인간이 그만큼 진화한다는 의미가 아니랴. 인간들이 하는 행동이 바로 그 사회의 문화가 아니겠는가. 젊은 여성들의 튀는 염색, 초미니스커트나 바지는 보편화하는데 이를 이해 못 하는 내가 사회의 부적응자는 아닌지? 손녀가 할아버지를 피하려는 것도 이해됨 직하다.

"이 세상에서 가장 쉬운 일은 남에게 충고하는 일이고, 가장 어려운 일은 자기 자신을 아는 일이다"라고 그리스의 철학자 에피쿠로스는 말하지 않았는가. 나는 변하지 않으면서 남을 다루려는 어리석은 짓은 하지 않아야겠다는 생각이 머리에 꽂힌다.

(2015. 9.)

양심 타령

양심 불량인 사람이 너무 많아! 헬스장에서 함께 운동하는 팔십대 노인의 하소연이다. 나는 이분을 김 어른이라고 부른다. 어른이라고 부르는 데는 그럴만한 이유가 있다. 운동하는 사람 중에서 나이가 가장 많고 체구도 건장하며 남녀노소를 불문하고 붙임성이 좋다. 많은 나이에 카리스마적인 기질까지 있어 대놓고 나무라도 오해 없이 잘 받아들인다.

운동기구가 널려져 있으면 제 위치에 정돈한다. 전기절약은 물론, 환경미화원의 부실이 보이면 성의껏 하도록 채근이다. 아파트 단지의 운동시설이라 자체적으로 운영한다. 서로가 아끼고 정돈함이 마땅하나 개중에는 무관심한 사람이 있는 것도 사실이다. 김 어른은 솔선해서 앞장서고 따라주지 않는 사람에게는 대놓고 양심을 들먹인다.

나이 먹은 사람이 앞장서면 따라 주어야 하는데 개중에는 똑

같은 짓을 반복한다. “자기 편한대로만 행동하니 양심이 있기나 한 건지.” 하며 개탄이다. 이제는 운동하는 사람들의 성향까지도 꿰뚫고 있는 듯하다. 특히 욕실 안에서 과도한 물의 낭비나 욕조 도구 정돈을 안 하면 그대로 면박을 주기가 다반사다. 탕 안이 늘 깔끔하고 깨끗하게 유지됨은 물론이다.

사람은 양심에 따라 스스로 생각하고 행동할 수 있는 상상력과 판단력을 갖고 있다. 양심이라는 것이 옳고 그름, 선과 악을 구별하는 도덕적 의식이나 마음이라면 이를 판별해주는 옳은 가치적인 기준이 내면에 굳게 자리하고 있어야 한다. 그러면 그 가치 기준에 비추어 행동하게 되므로 그 결과는 양심적인 행동이 되는 것이다. 이러한 가치 기준은 환경을 통해서 획득된다. 어려서는 가정에서요, 청소년기를 거치면서는 학교 교육을 통해 대부분 습득한다. 또한, 사회공동체 생활을 통해 배우고 익히기도 한다.

이러한 내용이라는 게 거창한 것들이 아니라 우리가 함께 살아가는 데 필요한 가치적인 것들, 즉 각종 규범이나 규칙, 법 등을 일컫는다. 또한, 윤리 도덕 등을 제대로 배우고 익혀서 내면에 자리할 때 올바른 가치적 기준이 되며 이에 따라 행동할 때 정직한 행동, 양심적 행동이라고 한다.

양심을 저버린다는 것은 이러한 내면의 가치를 무시하고 자기 욕구대로 행동하는 것이다. 염치없는 사람이다. 사리사욕에 얽매이고 이기적인 행동을 하는 것은 다른 동물적 행동과 다름이 없다. 더불어 살아가는 사회에서 사리사욕만을 앞세워 이기적인 행동을 하는 사람이 많을수록 저급한 풍토를 만들고 서로 간의 불신과 불편을 낳게 한다. 그래서 많은 법이 만들어지고 결국은 자유를 속박하는 경지에 이르는 경우도 생기게 된다. 양심대로만 살아가면 법이 필요 없다고도 한다. '저 사람은 법 없이도 살 사람이야.'라고 하는 경우가 있다. 그런 사람은 이기적이거나 사리사욕이 아닌 내면화된 옳은 가치 기준에 맞게 행동하므로 양심적인 인정을 받는 것이 아닐까.

나도 자신만을 위해서 양심에 걸리는 많은 행동을 해왔다. 때로는 고해소에서 고백하고 참회를 가져도 마음속에 꺼림칙함은 늘 있다. 하기야 이러한 꺼림칙함은 두 번 다시 반복하기 싫은 동기가 되니 행동에 도움이 된다. 고해성사를 본다는 것이 얼마나 다행스러운가. 양심의 성찰을 통해서 반성하고 다시는 반복하지 않겠다는 결심을 하는 것이다. 사회에서도 종교계를 중심으로 양심적으로 살자는 운동을 하고 있다. 예를 들면 "내 탓이요." 또는 "답게 살겠습니다." 하는 운동이다. 개개인의 마음을 옳게 아우르고 공동체 삶의 질을 개선하고 높여가자는 것이다.

보도되는 뉴스의 절반은 사람의 비 양심으로부터 일어나는 슬픈 내용이라고 한다. 범죄 대부분은 물론이고 교통사고도 예외는 아니다. 일부 공무원의 부정이나 정치가의 옳지 못한 처신도 자신의 양심을 속이는 데서 일어난다. 개탄밖에 별 뾰족한 방법이 없는 것이 서글플 뿐이다. 김 어른처럼 남녀노소 가릴 것 없이 나무라도 말없이 따라주는 지도자가 나오기를 바랄까. 김 어른도 그 나이에 사심 없이 공동체의 일에 헌신하는 모습이기에 양심 불량 소리를 대놓고 해도 주민들이 말없이 따라주는 것이다. 사심 없는 양심적인 지도자가 나오기만을 고대하는 현실이 안타깝기만 하다. 김 어른의 양심 타령이 먹혀드는 나의 아파트 공동체, 솔선하고 아끼려는 분위기가 더욱 확산되기를 빈다.

(2016. 2.)

가꾸는 보람

유아들이 화단에 옹기종기 달라붙어 있다. 화분에 꽃삽으로 흙을 넣는 모습이 싱그럽고 활기차다. 잔돌까지 주워내는 고사리 같은 손놀림이 바쁘다. 꽃씨를 뿌리기도 하고 한두 개씩 조심스럽게 심기도 한다.

꽃 이름, 파종일. 화분 주인 이름, 반까지 써넣은 명판이 붙여지니 확실한 주인이 드러난다. 봉선화, 맨드라미, 백일홍, 코스모스, 해바라기, 샐비어, 금잔화, 채송화 등 가지가지의 꽃이 피어날 것을 생각하니 마음이 설렌다.

"거름도 넣어야지."

"너무 많이 넣으면 새싹이 죽는대."

"흙을 살짝 눌러 주래."

"물을 주어야 싹이 잘 튼대."

재잘거리는 말마다 배움이 그대로 배어난다. 지켜보고 있는 선생님의 흐뭇한 미소가 행복해 보인다.

1950년대 내 초등학교 시절에는 가을이면 잔디 씨, 싸리 씨 채취하러 들이나 산을 오르내렸고, 중학생이 되어서는 4월 초만 되면 괭이나 삽 들고 민둥산에 나무 심는 일이 수업이었다. 땔감을 나무에 의존하다 보니 낮은 산부터 함부로 남벌만 했으니 높은 산에나 나무가 보일 정도였다. 휴전되고 정부가 안정을 찾으면서 조림사업에 관심을 두어 식목일을 공휴일로 제정하고 나무 심기를 대대적으로 추진했다.

산에 올라 주로 소나무 묘목을 심었다. 처음에는 정성을 다해 심기도 했지만 몇 시간 심고 나면 더운 날씨에 지치게 된다. 할당량을 빨리 끝내려고 성의 없이 심었다. 제대로 살려는지 의심이 되었다. 심은 후에 물을 준 적은 없었다. 비가 와주면 좋으련만, 가뭄이 이어지면 거의 말라 죽어 안타까움만 더했다.

유아들이 선생님에게 배운 대로 꽃씨를 심고 있는 것을 보면서 중학교 시절 성의 없이 묘목을 심던 일이 부끄러움으로 다가온다. 지금이야 산림이 울창해 대대적인 조림사업은 안 하지만, 아직도 함부로 베거나 파헤치는 일이 많아 때로는 걱정이 앞서기도 한다. 한편 부주의로 울창한 산림을 잿더미로 만드는 일이 자주 일어나고 있어 걱정된다.

화분의 꽃씨가 제대로 싹이 트게 하려면 이삼일마다 물을 주어야 한다. 자라면서 솎아도 주고 풀도 뽑아주어야 튼실하게 자란다. 부지런함과 정성이 깃들지 않으면 부실하거나 키우기에 실패한다.

꽃을 기르는 과정은 교육의 종합세트다. 스스로 깨우치고 익힘이다. 사랑하는 마음이 깃들지 않으면 부실하게 자란다. 요즈음 화두인 인성교육도 걱정할 일이 아니니다. 배려를 배우고 질서를 익히며 정리정돈에 뒷마무리까지 모든 것을 배운다. 하나의 주제를 가지고 유아들의 관심에 따라 이끌어가는 교육을 '프로젝트 수업' 이라고 한다. 과목의 구분 없이 자연스럽게 유아들이 주체가 되어 진행하는 방법이다. 물론 교사의 수업목표에 따라 치밀한 계획이 있고 철저한 평가가 병행되어야 한다. 교사의 주도적 능동성과 성의가 있어야 성공할 수 있는 수업형태이다. 꽃씨를 심고 결실을 거두는 교육과정은 몇 개월간 계속된다. 잠시도 소홀할 수 없다.

유아들과 함께한 지도 어언 25년이 지나고 있다. 잠시라도 방심하면 소홀해질까 싶어 지금도 교사들을 독려하고 평가하는 일은 계속하고 있다. 유아들이 변화되는 모습을 보면 감탄을 금치 못한다. 정성을 쏟는 것만큼 보답한다. 오늘도 선생님들과 하루의 평가로 유아들의 변화를 점검한다. 유아교육의 보람이다.

(2016. 3.)

전쟁이 나던 해

동네에 전쟁 소문이 돈 것은 6월 25일 일요일 오후였다. 라디오 한 대도 없는 20여 호 되는 마을에 소식은 입소문이 전부였다. 월요일 조회에 학생들이 불안한 마음을 달래며 운동장에 모였다. 교장 선생님이 심각한 표정으로 북한군대가 삼팔선을 넘어 쳐들어 왔다며 우리 국군이 잘 막아낼 것이라고 하셨다. 그러면서 학교에서 연락할 때까지 농번農繁기 방학을 한다고 하셨다. 그해에 나는 초등학교 3학년이었다. 그때는 새 학기가 6월 초였다. 한 달도 못 다니고 전쟁을 맞은 셈이었다.

북한군이 쳐들어오는데도 산골인 우리 동네엔 동요하는 기색 없이 농사에만 열중이었다. 서울이 북쪽으로 삼백 리 길인데도 대포 소리가 은은하게 들려왔다. 놀라 걱정을 하게 된 것은 며칠이 지나서였다. 면에 다니시는 집안 형님이 전쟁이 나서 서울이 함락되고 우리 국군이 적에게 밀리면서 위태하다고 알려주었다.

대포 소리는 점점 더 크게 들려오고 멀리 내려다보이는 신작로에는 평소보다 빈번하게 남쪽으로 차가 먼지를 일으키며 내달리는 게 긴장을 높여가고 있었다. 7월 초가 되니 피란 가야 한다며 공무원인 형님 가족이 떠나고부터 동네가 불안에 휩싸였다. 밤이 되면 대포 소리는 더욱 크게 들려오니 집에 있다가는 포격이라도 맞는다며 뒷산으로 올라가 밤새우는 이들도 있었다. 낮에는 들일은 제쳐놓고 방공호 만든다고 야단들이었다.

할아버지는 해방되기 2년 전에 일본 징용으로 끌려가셔서 탄광에서 사선을 넘나드시다 살아오셨다. 전쟁을 직접 체험하셔서인지 나라는 물론 가족들 안위에 걱정이 태산이셨다. 서울서 온다는 피란민이 동리에 들어와 잠자리를 청하기도 했다. 전쟁이 아주 불리하게 돌아가고 있다며 비관하는 모습들이었다. 우리도 피란을 가야 한다며 짐을 챙기고 나머지 곡식은 땅에다 묻으시며 서둘러 피란대열에 섰다. 7월 10일쯤 집을 나서서 산길을 따라 남쪽으로 목적지도 없이 가는 것이 어린 내 눈에도 이상했다. 결국은 외갓집 동네 근처에서 더욱 깊은 산동네로 가기 위해 고개에 이르니 붉은 별을 단 모자를 쓴 북한 군인들이 나타났다. 아주 친절한 말로 해방이 되었으니 빨리 집으로 돌아가 농사일 하라며 당부를 하는 게 아닌가. 날씨는 덥고 지게에 짐이 가득한 어른들은 지친 모습에 죽일 것만 같던 북한 군인이 친절하게 대해주니 어안이 벙벙한 듯했다. 결국은 북한 군인이 우리보다 먼저 산을 타고 남쪽으로 내려가고 있었다. 국군은 보이지 않았다.

서둘러 3일 만에 집으로 돌아왔다. 피란 가시지 않은 노인들에게 북한 군인이 동네를 지나가면서 해방되었으니 기뻐하라며 좋은 말로 대하더라고 하셨다.

저녁으로 호롱불도 켜지 못하게 했다. 비행기 폭격이 무서워서였다. 면사무소에서 나왔다며 집집이 조사를 해가는데 청년들이 있는 집들은 걱정이 태산이었다. 아니나 다를까. 청년 3명이 의용군으로 끌려가고 그 후로 행방이 묘연해 가족들이 애태우는 모습이 너무 슬펐다. 이제는 그 청년들의 부모님들은 한을 품은 채 돌아가시고 몇몇 형제들만이 뿔뿔이 헤어져 생존해있다. 저녁으로 동네 어른들 모아놓고 공산주의 체제교육을 하기도 했다. 낮에는 유엔군 비행기가 굉음을 울리며 하늘을 오가니 밤에만 사람을 모아 학습을 하는 것이었다. 나는 학교도 가고 싶었지만, 곧 여름방학으로 연장되었다. 또래들과 어울려 총 놀이나 술래잡기 아니면 산과 개울에서 뛰어놀거나 수영하기 바빴다.

B29 전투기 편대가 수시로 북쪽으로 내달으면서 요란한 소리를 내지만, 공산군 격퇴하는 것이라고 알고부터는 손을 흔들며 자랑스럽게 여겼다. 아이들은 그 비행기를 쌕쌕이라고 불렀다. 한번은 친구들과 뒷동산에서 노는데 쌕쌕이 2대가 남쪽 산 너머에서 나타나더니 뒷산 높은 골짜기에 기관총을 퍼부으며 사라졌다. 우리는 놀라 나무 밑에 바싹 엎드렸다가 쏜살같이 마을로 내려왔다. 할아버지는 “북한군이 남쪽에서 국군과 치열한 전투를 하면서 새로 보충되는 인민군을 산 숲을 따라 싸움터로 보내고

있다."라고 말씀하셨다. 그래서 "유엔군 비행기가 깊은 산에 총을 쏘는 것 같다."며 뒷동산에 가지 말라고 타이르셨다. 하늘에는 B29 편대가 수시로 나타나고, 큰 날개를 펼치고 북쪽으로 날아가는 수송기의 모습은 사람들의 걱정을 덜어주었다. 어른들 말로는 북한군 비행기는 유엔군 비행기에 대적이 되지 않는다고 했다. 그러고 보니 북한 비행기는 본 적이 없었다.

하루는 대낮에 비행기 폭격이 요란하고 금방이라도 우리 집에도 폭탄이 날아들 것 같은 굉음에 혼비백산할 지경이었다. 모두가 방공호로 대피하면서 공포에 질렸다. 비행기 편대는 사라지고 조용했다. 멀리 보이는 동네 앞 숲에서 검붉은 불이 치솟고 있었다. 숲에 숨어있던 북한군의 탱크에 정확하게 폭격을 한 것이었다. 폭격 맞은 탱크와 동네하고는 개천 하나 사이였다. 동네 사람들이 얼마나 놀랐으면 나중에 들은 이야기로는 고막이 찢어지거나 정신이상을 호소한 사람도 있었다고 했다. 농사짓는 일이 전부인데도 들에 나가기도 겁이 나서 안절부절못했다.

남쪽에서는 전쟁이 치열하다는 소문에 사람들은 걱정이 태산이었다. 인민공화국에 협조하지 않으면 인민 공개재판에 죽는다는 말도 떠돌았다. 읍내 다리 밑에서 공개재판이 열리기도 했다는 구체적인 이야기도 돌았다. 청년들이 의용군으로 끌려가고는 더욱 불안에 떨며 전전긍긍이었다. 집성촌이지만 타성을 가진 집도 있었는데 그 집 청년은 결혼한 지 2개월 만에 의용군에 강제로 끌려 입대했다. 결국, 생사는 오리무중이고, 그 부인은 아들을 낳아 평생을 그 유복자와 살다가 86살로 타계했다. 이제나저제나 돌아오기를 기다리며 수절한 삶이 전쟁의 비극이 아니랴. 그 아들이 지금 66살이 되었으니 흐르는 세월은 말이 없는가 보다.

여름방학이 끝나도 남쪽에서 전쟁은 더욱 치열했다. 학교는 문 열 기미도 보이지 않으니 집에서 노는 것도 지루했다. 9월 중순이 되면서 비행기 출현은 더욱 잦아졌다. 북한군의 전황이 불리하다는 소문이 돌면서 사람들이 안도하는 모습들이었다. 그런데도 면에서 나온 사람들이 논에서 벼 이삭을 세면서 공출 물량을 정하느라 바쁘게 돌아다닌다며 모두 뺏어갈 모양이라고 걱정들이었다.

우리 군과 유엔군이 하루빨리 북한 놈들을 밀어붙여야 한다며 울분을 토하는 이들이 많았다. 다행히도 우리 마을은 하나같이 공산당을 싫어했다. 어느 마을은 패가 갈려 싸움도 했다며 어른들이 걱정하기도 했다. 9월이 다 갈 무렵 서울이 수복되고 북한군의 퇴각이 우리 마을에도 알려졌다. 우리 군인들과 유엔군을 태운 차량이 북쪽으로 내달리며 태극기를 휘날리는 모습은 감격 그 자체였다.

공산당원은 어느새 자취도 없이 사라지고 악몽 같던 속박에서 벗어났다. 10월 중순에 학교도 다시 문을 열고 일상의 대한민국으로 돌아왔다. 의용군으로 끌려간 청년들만이 소식이 없어 가족들이 눈물로 지탱하는 모습이 애처로움을 넘어 비극이었다. 친구들은 다 보이는데 담임선생님을 비롯해 젊은 선생님들은 보이지 않았다. 교감 선생님이 임시 담임을 하셨는데 대부분 전쟁 이야기만 해주셨다. 그것도 2개월 정도였다. 겨울방학이 되면서 전쟁은 더욱 치열해지고 불안에 떨던 시절, 그해는 2개월 정도 학교생활이 전부였다. 그것도 선생님 없는 날이 대부분이었다. 전쟁은 비극적인 상처만 남기면서 진행 중이었다. 1950년 겨울 담벼락에 붙은 붉은 벽보의 섬뜩한 구호가 채 지워지기도 전에 또 피란의 악몽이 다가오고 있었다. 혹독한 눈보라와 함께.

(2016. 8.)

사랑의 문

바티칸시티의 성 베드로 대성당은 건물배치가 천국 문을 여는 열쇠 모양이다. 이는 예수의 수제자인 베드로에게 천국 문의 열쇠를 주고 교황권을 맡긴 것을 상징한다. 베드로 대성당에는 25년에 한 번 열리는 문이 있다. '희년禧年의 문'으로, 열리는 동안에 속죄의 마음으로 들어가면 모든 죄가 사赦해진다고 한다. 그래서 속죄의 문, 사랑의 문이라고도 한다.

희년은 성경에서 유래한다. 고대 유대교에서는 50년마다 희년을 지냈다. 그해에는 노예를 풀어주고 빚을 탕감해주며 용서와 자비를 바탕으로 모든 신분과 재산이 원점으로 돌아가게 했다. 그래서 약자에게는 기쁨을 주인에게는 회계하는 문을 여는 해로 지냈다는 데서 유래한다.

가톨릭 신자는 대다수가 희년의 해를 맞으면 성 베드로 성당의 그 문을 들어가 보기를 희망한다. 나 역시 로마를 방문했을 때에 꽉 닫혀있는 문에 두 손을 대고 지금까지 안고 온 모든 죄를 사해주시기를 빌었다.

전남 순천에 가면 동화작가인 정채봉 님의 문학관에 하늘나라로 보내는 편지를 넣는 빨간 우체통이 있다. 순천만의 아름다운 풍경과 환상적인 정원, 푸른 하늘과 부드러운 곡선으로 어우러진 9채의 초가집으로 된 앙증맞은 문학관이다. 싱그러운 봄을 맞이해 울긋불긋 다투어 피어나는 꽃이 발걸음을 잡는다. 하늘나라의 문으로 들어온 마음을 갖게 한다. 평화로움을 느낀다.

'하늘나라 우체통'이 예사롭지 않다. 동화 체험을 하면서 하늘나라에 있는 작가에게 보내는 편지를 부치는 우체통이라고 한다. 나도 손자와 함께 편지를 써서 넣었다. 꼭 받으실 거라는 손자 같은 생각을 하면서……. 그런데 손자가 묻는다. "하늘 문을 열고 전해질까요?" "이미 받으셨는지도 모르지?" 아이 눈이 휘둥그레진다. "네가 쓴 편지내용을 배달부 아저씨가 '카톡'으로 보낼 수도 있으니까 말이다." 이해가 되는지 고개만 갸우뚱한다.

동심童心은 영혼의 고향이라는 작가의 정신을 그린 애니메이션을 본 아이들의 표정이 행복해 보인다. "오세암"의 동화를 모르는 아이들은 없을 것이다. 천진난만한 동심과 자연과의 교감을 그린 동화를 읽고 천국에 계시는 작가를 상상하며 쓴 편지, 천국의 문을 열고 꼭 배달되기를 바라는 마음, 얼마나 순진하고 아름다운가. 아이와 같은 마음이 아니면 천국에 문을 들어가기 어렵다는 성경의 구절이 마음을 흔든다.

사순四旬 시기를 맞아 그간의 생활을 돌아보며 허영과 위선에 가득 찬 나 자신을 회개하고 고치겠다고 결심은 수없이 했다. 그러나 한낱 염치없는 말장난이었다. 사랑의 의미를 되새기고 새롭게 변화되어 성숙의 바탕을 마련하겠다는 결심을 다시 해본다. 천국 문을 여는 열쇠가 결국은 사랑인 것을.

(2017. 4.)

오해

"선생님이 학생들을 집으로 데리고 갔다는데 사실입니까?"

"아닙니다. 학생들이 뒤를 밟아 따라서 온 거지요."

"내가 오해를 하고 있습니까?"

"선생님이 오해하시고 계십니다."

M 여자고등학교 2학년 5반에서 교생(교육실습교사)으로 있을 때였다. 나이 든 학생도 있고 공부에 관심 없는 학생이 더 많았다. 수업 분위기에 여간 신경이 쓰이지 않았다. 담임교사는 S대를 나온 노련한 선생님으로 학생과장을 겸하고 있었다.

담임교사는 후배 교사가 될 나에게 철저히 지도해야 한다는 사명감이 넘쳐났다. 교생의 멘토로 교수법에서부터 학생을 지도하고 상담하는 것까지 꼼꼼히 챙겼다. 3주째 되는 어느 날 여학생 3명이 퇴근하는 내 뒤를 몰래 따라왔다. 학교에서 2km 정도 되는 을지로 2가에 있는 건물 5층 주택에서 가정교사로 있을 때였다.

학생을 지도하고 있는데 주인아주머니가 선생님 대학 여자 친구들이 왔다며 불렀다. 정장한 아가씨 3명이 거실에 앉아있지 않은가. 교복을 갈아입고 대학생티를 냈다. 이런 낭패가 다 있나! 멘토인 담임선생님 얼굴이 먼저 떠올랐다. "빨리 집으로 돌아들가고 내일 교실에서 만나자."며 밀어내다시피 해 돌려보냈다. 주인아주머니에게는 교생을 하는 학교 학생들이 변장하고 뒤를 밟아온 것이라고 해명을 해 오해를 풀었다.

교생 첫날에 교장 선생님을 뵈었다. 교사의 책무를 철저히 해주기를 당부하면서 학생 관계에서 오해 살만한 일은 없도록 냉정하게 해줄 것을 강조했다. 교생은 대학생 신분이다. 그래서일까. 지나치리만큼 집착하며 질투하고 없는 말을 만들어 내며 애를 먹이는 학생이 있다는 소리도 들렸다.

주말이 지나고 나서 반에 소문이 돌았다. 교생 선생님이 빌딩에 사는 부자이고 누구누구가 선생님 집에 갔다 왔다며 소문이 파장을 내고 있었다. 소문이 담임 귀에 들어갔다. 멘토 역할을 하던 선생님이 나를 대하는 태도가 달라지고 교생실습 점수도 고려하겠다는 암시까지 하며 불편한 심기를 보였다. 오해를 단단히 했다. 진실을 말해도 의구심은 여전했다.

그때 교장 선생님은 교육부에서 편수국장을 하면서 우리나라 학교 도덕교육에 틀을 놓은 이름 있는 심○○ 교장이었으며 나의 고향 분이었다. 향우회에서 인사를 드릴 때 모 대학에서 교육학을 전공하고 있다니까 학교로 찾아오라고 하시던 분이었다. 사실은 그래서 M 여자고등학교로 교생을 택했다. 학과 조교가 왜 하필 그 학교냐며 평판 있는 학교를 권했지만, 특별한 인연이 될 수 있으리라는 기대에 결정한 학교였다.

담임교사에게 해명을 몇 번 하고 오해를 풀기는 했지만, 실습이 끝나고 나서 점수 때문에 신경이 쓰였다. 교사자격증 취득이 안 되면 교직에 가기는 어렵다는 생각에 미치면 잠이 오지를 않았다. 가진 것도 없으니 잃을 게 뭐 있으랴. 어차피 맨손으로 살아가고 있지 않은가. 용기가 났다. 학교로 교장 선생님을 찾아갔다. "실습도 끝나고 해서 인사드리려고 왔습니다." 하니 반갑게 대해주었다. 이야기 중에 "여학생들이 집에 찾아와 물의를 일으켜 죄송합니다."고 하니 알고 있다며 괘념치 말라고 했다. "인기가 있었군." 하며 안심까지 시키는 게 아닌가.

역시 큰일을 하신 분이 다르다는 인상을 깊게 받았다. 포용이 얼마나 사람을 편안하게 하는가도 실감했다. 그때 교장 선생님이 나의 잘못됨을 이야기했다면 나는 교직을 포기했을지도 모른다. "인기가 있었군." 하던 한마디가 교장 선생님을 더 흠모하게 되고 닮아가겠다는 생각을 무의식 속에 각인시켰다.

멘토로서 철저한 역할을 다하며 하나라도 가르쳐주려고 했던 담임선생님의 모습도 내 평생 살아오면서 모델이 되었다. 얼마나 치밀한지 내 시간이면 교실 뒤편에 앉아 언어부터 행동 하나하나 점검해 지적하면 골탕을 먹이려고 작정을 하는 것은 아닌지 오해도 했다. 당시에는 정말 피곤하고 힘들었다.

내가 교단에 서면서는 멘토 교사의 생각이 나면서 몸을 가다듬고 말에 대해 조심을 했다. 나는 일반 수학을 가르쳤는데 고등학생 개인 지도를 하다 보니 자신이 있었다. 지식만 있으면 교사 노릇을 하는 줄로만 알았다. 현장에 첫 경험을 하면서 가르침이 지식만 있다고 되는 것이 아님을 알았다. 우선 교사라는 사명감이 있어야 하고 철저한 준비가 있어야 함을 배웠다. 자세히 살피지 않으면 놓치거나 오해하기 쉬운 것들이 많았다. 정확히 보는 노력이 중요함도 깨달았다. 나무를 보되 숲도 보는 지혜도 배웠다.

어설픈 행동이 오해를 부르고 파문을 일으켜 밤잠 못 자고 고민을 했지만, 그러한 자극이 사회를 바라보고 도전하면서 나 자신을 연마하는 계기가 되었다. 심 교장 선생님은 날 보고 모교에 가 후배 지도하라고 추천까지 했지만, 시골이라고 가지 않은 것이 지금 와서도 송구스러움으로 다가온다.

(2017. 4.)

할아버지 그림자

마른하늘에 흰 구름 한 자락 두둥실 밀려온다. 할아버지의 그림자가 어른거린다.

휴전되기 전 어느 여름 오후였다. 쌕쌕이 편대가 산 너머에서 쏜살같이 날아들더니 뒷산 숲에 총알을 쏟아붓고 사라진다. 고욤나무 그늘 평상에서 장죽 담뱃대 무시고 조시던 할아버지가 놀라 펄쩍 일어나신다. 이제는 내성이 쌓여 지나가는 일쯤으로 여기시는지 도로 여유로우시다. 조용하던 말매미들의 합창도 오후의 식곤증을 더욱 재촉한다.

할아버지는 내가 태어나던 이듬해 일본을 자청해 가셨다고 한다. 태평양전쟁에 광분하는 일본은 우리나라에서 군대는 물론 노무자, 심지어는 젊은 여성들을 차출해갔다. 그러면서 적정한 노임을 받으며 돈을 벌 수 있다고 감언이설로 꾀었다. 논 몇 마지기와 사래밭 한 뙈기, 농사일은 두 자식에게 맡기고 손자 공부시킬 땅을 사야 한다며 43세 되던 봄 일본 땅을 밟으셨다.

땅의 소득이 삶의 질을 좌우하던 시대, 학교를 보내려면 땅이 있어야 하니 땅 살 돈이 어디서 나오랴. 적진이라도 돈이 되면 목숨 담보하고 갈 수밖에 없다고 생각하셨던 것 같았다. 중학생이 되면서 공부에 소홀하고 게을리하는 짓만 보이면 어머니는 할아버지 이야기를 꺼내곤 하셨다.

네가 아무리 철없다 해도 알 것은 알아야 사람 구실 한다며 정말 매섭게 몰아붙이셨다. 할머니 일찍 여의시고 성하지도 않은 자식을 포함해 둘을 키워 내신 할아버지는 오직 손자들만 바라보며 사시는 삶이라고 하셨다. 그러면 어린 마음에도 책을 들어야 하고 저녁이면 할아버지 방으로 가서 팔다리 주물러 드리며 잠을 자곤 했다.

중학생이 되자 할아버지는 너의 성격이 잘만 가다듬으면 교사가 될 수도 있겠다며 방향을 제시해주셨다. 그다음부터 사범학교에 뜻을 두고 공부를 한다고 했지만 뜻을 이루지 못했다. 어머니의 실망이 크셨다. 할아버지는 도시에서 손자 밥해주며 자취라도 하려고 생각하셨던 것 같았다.

지금 와서 돌아보니 어른들의 말씀에 귀 기울이며 꿈을 키우려는 마음이 들곤 했다는 생각이 든다. 실패는 했지만, 말씀은 잊지 않고 대학전공에도 영향이 미쳤고 사회에 나와서도 그 방향으로 가게 된 것은 할아버지의 그림자가 늘 어른거려서라는 사실을 부인할 수 없다.

이제는 나도 할아버지보다 더 많은 나이 아닌가. 손자 손녀들을 위해 몸 사를 일도 없지만, 설령 그러한 용기를 낼 수 있을까. 한편 손자들이 내 말에 귀 기울이고 마음에 새기며 앞을 내달리는 모습을 조금이라도 가져주겠나 하는 생각을 해보지만 어림없는 일이지 싶다.

시대의 변화 앞에 서운한 것이 어디 한둘이던가. 개성만을 강조하며 부추기는 교육이 어찌 노인의 말이라고 무게 있게 받아들이랴. 내 바람을 품고 가기를 기대도 해보지만, 한낱 기우에 지나지 않는 것을. 할아버지의 그늘을 생각하며 내 처신을 돌아보니 더욱 왜소함만 다가온다.

패러다임의 변화에 연연하기보다는 느긋하게 몸 가는 대로 마음 주며 따라갈 내기지, 조바심도 한낱 욕심이요, 거품이 아니랴. 늙음에서 오는 장점이 느긋함이요, 여유로움이며, 넉넉함이 아니던가. 푸른 하늘 두둥실 구름 한 자락, 여전히 어디론가 바삐 내닫는다.

(2017. 5.)

맷돌 앞에서

민속박물관에서 맷돌과 마주쳤다. 어려서 보아오던 마루 한편에 놓여있던 맷돌이었다. 정교하게 조탁 된 대리석이 아니라 둔탁하면서도 소박함을 풍기는 맷돌…….

얼마나 오랜 세월을 버티어 왔기에 저리도 반들거리도록 닳았을까. 혹시 우리 집에 있던 맷돌의 사촌쯤은 아닐까. 크기도 비슷하고 때깔도 닮았다. 아무런 멋 부림도 없이 담담히 조상님들의 체온과 순박한 마음을 고스란히 안고 있는 듯하다.

어려서 고향 집, 대청마루 한편에 놓여있던 맷돌을 회상해본다. 어머니는 둔탁한 맷돌이 조상님들이 물려준 유일한 재산이라며 소중히 다루도록 주의를 주시곤 했다. 장난이 심한 동생과 나는 맷돌에 올라서 뛰기도 하고 어처구니를 빼서 놀다가 아무 데나 놓아버렸다. 맷돌을 돌리려니 어처구니가 보이지 않아 찾는 것도 일이었을 것이다.

맷돌이 언제부터 우리 집에 있었는지는 잘 모른다. 몇 대를 이어온 것만은 틀림없었다. 어머니는 가끔 아버지에게 힘이 덜 드는 맷돌을 마련하기를 당부하셨다. 아버지는 혼자 돌리지 말고 아이들과 함께 하라며 마련할 기미를 보이지 않으셨다. 어린 내 짐작으로는 일찍 돌아가신 할머니하고 맷돌에 얽힌 모정 때문이라는 생각이 들었다. 한편 아이들과 함께 어처구니 잡고 돌리면서 소통 좀 하라는 아버지의 속 깊은 의중은 아니었을까.

동네 아주머니들이 가끔은 우리 맷돌을 이용했다. 이유는 맷돌이 크고 무겁다 보니 정교하게 갈아서 가루를 내는 곡식용으로 안성맞춤이라는 것이었다. 두서너 명이 둘러앉아 웃음꽃을 피우며, 넣고 돌리고 하는 모습이 평화롭게 다가왔다. 입담 좋은 아주머니의 말 한마디에 까르르거리던 박장대소는 고단한 삶의 활력소며 소화제였다. 아귀가 잘 맞아야 부드럽게 돌아간다며 어디 맷돌만 그러하겠나. 사람 사는 모습이나 사랑에도 그렇고 가족 간에도 서로가 잘 맞아야 화목하고 우애가 넘친다며 맷돌의 손맞음을 강조했다.

맷돌을 마련하고 남겨두신 조상님들은 영겁의 세월 속으로 떠나셨다. 그분들의 혼과 얼은 내 뇌리에 남아 변함없는 모습을 보여준다. 맷돌은 내 가계와 인연이 되어 호불호를 가리지 않고 필요하면 몸을 살라 봉사하지 않았는가. 시대가 좋아져 날렵한 후배가 등장해도 옛정이 좋다고 내치지 않아 터줏대감 노릇하며 대를 이어왔다.

내가 뵙지 못한 고·증조부님의 얼이 묻어나고 대대로 가족의 희로애락을 다 지켜본 맷돌이었다. 무언가 이야기를 전해줄 것만 같은 맷돌 앞에 앉아 있으니 내 마음은 먼 조상님을 만난다.

세상이 변했다고 거들떠보지도 않더니 마루의 한구석 자리도 거추장스럽다며 뜰로 밀려났다. 이제는 쓸모없는 돌에 지나지 않는다는 홀대에 서운함이 있어도 세상 순리가 아니랴. 침묵이 금이라는 말을 되새기며 때를 기다리는 수밖에 없다는 맷돌의 하소연이 들리는 듯했다.

자식들 도회지로 나가고 애지중지 돌보시던 어머님이 일찍 떠나셨다. 아버지마저 돌아가시니 누가 지켜주며 관심을 두었겠나. 결국은 주인 잃은 맷돌은 어느 손에 잡혀 어디로 갔는지 모른다. 마음속에나 있으니 애석하기만 하다. 박물관에라도 자리를 잡았다면 나 같은 사람 만나면 속정이라도 두고 갈 테지만, 음식점 돌계단이나 거리 징검돌에 끼였다면 온 사람의 밟힘에 얼마나 고통스럽겠는가.

가족의 애환을 지켜보며 몇 대 봉사에 좋은 일 많이 한 맷돌이 아니던가. 어느 박물관 2층쯤 의젓이 한 자리 차지하고, 보낸 세월 돌아보며 영원히 남아있기를 빈다.

(2017. 5.)

푸른 잔디를 누비며

많은 남녀 실버들로 활기가 넘쳐난다. 일렁이는 바람 타고 고운 목소리가 귓전을 스친다. 넷이 한 팀이 되어 1번 홀에 들어선다. 힘차게 내닫는 공이 푸른 잔디를 타고 홀을 향해 구른다.

나이 들면 어느 운동보다도 좋으니 함께 하자는 지인 따라 시작한 파크 골프였다. 이제 조금은 익숙해지는 듯 '나이스 샷' 소리도 가끔은 들으니 우쭐해지는 기분이다. 푸른 잔디에서 펼치는 공놀이로서 남녀노소가 다 즐길 수 있는 야외 스포츠다. 준비물도 클럽과 공만 있으면 된다. 골프장은 지자체에서 만들어 관리해주니 시설이용 경비는 들지 않는다.

30년 전에 일본서 시작된 파크골프는 게이트볼과 골프를 접목한 운동이라고 한다. 대구만 하더라도 동우회원이 비공식 집계로는 2만 명이 넘으며 하루가 다르게 늘어간다고 한다. 구장에서 지도하는 연수 장에는 수십 명씩 모여들고 있다. 건강을 지키려는 마음들이 붐 조성에 한몫하고 있다.

자연과 어우러져 여러 사람과 함께 즐기는 운동이라 지키고 따라야 할 규칙이 꽤 많다. 특히 공을 쳐서 홀에 넣는 운동이라 클럽과 공, 정신이 하나로 집중되어야 한다. 정숙한 행동이 요구된다. 자기 흥에 도취하여 제멋대로의 모습은 남을 방해하는 행동이 되어 좋지 않다.

나도 아직 모든 규칙을 익히는 중이지만, 말조심 몸조심해가며 배우려고 노력 중이다. 한 번에 다 배우려는 자세보다는 함께 하면서 하나하나 익혀가는 것이 더욱 재미를 안겨준다. 정식 골프장의 작게는 100분의 1밖에 안 되는 구장에서 구르는 공이 어디로 튈지 모르니 몸가짐에도 신경을 써야 한다. 잘못하면 남에게 피해를 줄 수도 있고 한편 당할 수도 있다.

어려서 동네 친구들과 구슬치기할 때의 집중력을 떠올리며 치는 공, '나이스 샷! 굿 샷!' 소리를 들으니 더욱 기분 짱이다. 18홀을 돌고 나면 한 시간 이상 걸리니 땀도 흐르고 갈증을 느낀다.

잠시 휴식시간, 누구랄 것도 없이 준비해온 곁두리를 풀어놓는다. 기껏해야 놀면서 먹는 참이라 파크 장 주위 들판에서 작물 가꾸는 농부들을 생각하면 미안한 마음이 다가온다. 생각은 유년 시절로 다가간다. 6월은 모내기 끝내고 밭작물 가꾸는 바쁠 때이다. 김매시는 아버지에게 곁두리를 날라드리는 것이 싫어 도망 다닌 일을 생각하니 더욱 안쓰러움이 스친다. 나누는 곁두리가 잘 넘어가지를 않는다. 미안함을 안고 또 필드에 선다. 공이 멋대로 구른다. 집중이 안 된다.

왜 갑자기 아버지 생각이 앞을 가릴까. 내가 즐기고 여유롭게 보내는 삶이 아버지의 피땀 어린 바탕이 아닐까. 밀짚모자 눌러쓰시고 타들어 가는 고추를 걱정하며 풀을 뽑고 북을 돋우시던 잔상이 지워지지를 않는다. 안 계시니 철이 드나. 애잔한 마음이 앞을 가린다.

“선배님 무슨 생각 하세요? 공 칠 차례예요.” 후배의 재촉이 날아든다. 공이 선 밖으로 구른다. OBOut of bounds라며 벌타 2점이 추가됨을 알린다. 그렇다고 불편하거나 행동의 구속이라는 생각은 들지 않는다. 원활한 경기의 흐름, 서로의 편의와 안전, 자연보호를 위한 장치이다. 개중에는 이를 등한시하는 예의 없는 사람도 보이는데 많은 사람이 주목하게 되어 기피 대상이 될 수도 있다.

나는 운동신경이 무뎌서인지 운동이라고 제대로 하는 게 없음을 아쉬워해왔다. 늦은 나이에 클럽 잡고 잔디 위에 서 보니 너무도 기분이 좋고 자신감이 붙는다. 아마도 어려서 자치기, 구슬치기 등을 열심히 한 경험이 있어서인 듯하다. 36홀을 돌고 나면 만 보 가까이 숫자가 찍힌다. 종아리 근육이 탱글탱글 힘이 솟는다. 친구들과 어울리고 건강 챙기며 새로운 사람들과 교우할 수 있으니 더없이 좋은 것을. 은퇴한 후의 여가활동으로 최상의 운동임은 틀림없다. 푸른 잔디를 구르는 공 따라 마음도 몸도 한껏 부풀어 오른다. 푸른 하늘에 흰 구름 한 조각도 내 마음을 아는가. 여유롭게 서서히 움직인다. (2017. 6. 사학연금 10월호 게재)

여행에서 맛보는 행복

수필과지성 아카데미회원들이 <일본 문학기행>을 가는 날이다. 비행기에 오르니 번잡하고 우울하던 생각이 스르르 밀려나고 마음이 가벼워진다. 이게 바로 여행의 묘미일 것이다. 비행기 아래 펼쳐진 구름도 서서히 걷히고 가물가물 바다와 육지가 눈에 와 닿는다. 내 마음도 한결 가벼워지며 여유가 다가온다. 그 자리에 새로움에 대한 기대와 호기심이 끼어드는가. 눈과 귀가 바빠진다.

7월 염천의 폭염은 오사카도 예외는 아니었다. 간사이공항을 빠져나오니 후덥지근한 바람이 몸으로 밀려든다. 이 더위쯤이야 '대프리카에서 달구어진 몸인데 하는 오기가 발동한다. 국가는 부자이지만, 국민은 가난하다는 일본, 그러나 그러한 말을 만들어낸 사람의 의도는 따로 있지 않을까. 일본인들의 검소한 생활관과 철저한 공공우선주의가 오도된 말인 듯하다. 섬나라답게 바다의 날을 공휴일로 정하고 축제를 즐기는 공휴 연후에 찾아온 것이 우연일까. 교통은 막혀도 볼거리를 덤으로 얻었으니 축복이 아니랴.

일본의 최초로 「설국」의 작품으로 노벨문학상을 받은 가와바타 야스나리(1899~1972)의 문학관을 찾았다. 부모를 일찍 여의고 조부모 슬하에서 문학의 꿈을 키우며 고등학교까지 공부하던 이바라키시의 근교 조용한 곳이다. 1985년에 개관을 하면서 저서, 원고 등 문학과 관련 있는 400여 점의 유품을 전시하고 있었다. 아름답고 섬세한 표현의 문체로 뛰어난 그의 작품들이 우리에게도 많이 읽혀서인지 함께한 글벗들의 관심도 날씨만큼이나 뜨거웠다.

일본 제국주의가 일으킨 전쟁을 목격하고 대지진 때의 참상을 보면서도 그 시대의 부당성에 대한 고발의 글 한 편도 남기지 않았다고 한다. 천황제를 주창하고 평화헌법을 폐기하자며 할복자살로 세계의 충격을 던진 극우파의 별종 미시마 유키오를 추천해 등단시킨 인연이 극우파는 아닐까 하는 의구심도 받을만하다고 느껴졌다. 조실부모하고 성장하면서 내면으로야 어찌 고민이 없었으랴. 그래서 더욱 인간의 허무와 고독을 꿰뚫어 보며 아름답고 섬세한 문체로 독자에게 다가갔는지도 모른다. 결국은 본인 자신도 허무와 고독의 늪에서 헤어나지 못하고 쓸쓸하게 가스 자살(?)이라는 비극적인 삶을 마감했으니 어찌 인생무상이 아니랴.

교토 시내의 동지사 대학교 이마데가와 교정을 찾았다. 정지용과 윤동주의 대표적 시를 몇몇 글벗들이 낭독하고 노래로 부르며 찾아간 시비, 비 앞에 서니 더욱 숙연함이 다가온다. 나라 잃은 학생으로 침략자의 땅에서 생활하며 공부한다는 것이 뭐 그리 탐탁했으랴. 자나 깨나 처참히 무너진 조국의 걱정에 시로 울분을 달래며 국민의 가슴에 불을 지르려 했던 선각자의 모습이 아른거린다.

정지용은 윤동주보다 훨씬 선배로 작품에 많은 영향을 주었다고 한다. 윤동주가 대학 생활 일 년도 못 채우고 독립운동을 했다는 죄로 끌려가 옥사함을 안타까워하던 시인 정지용. 두 사람의 시비가 이웃하며 놓여있어 지하에서나마 서로 위로하며 지낼 것 같은 생각도 들었다. 가끔 찾아드는 모국의 후배 글벗들이 얼마나 반가우랴. 철없이 히히거리며 사진 박기에 모두를 걸지만 귀엽게 봐 주시리라.

이웃 국가를 강탈하고 괴롭힌 죄벌로 원자폭탄 세례를 맞으며 패망한 일본이 아닌가. 그런데도 모든 국민이 한마음이 되어 옳은 가치관을 바탕으로 국가를 부강하게 하고 세계가 인정하는 인성 바른 국가로 거듭나지 않았는가. 우리나라 국민의 10분의 1이 해마다 방문한다는 일본, 과거의 치욕은 다 잊었는가. 너나 할 것 없이 일본인들의 준법정신이나 공공의식, 검소함을 배워왔으면 하는 생각을 해본다. 전신주와 담벼락에 광고 쪽지 한 장 붙지 않고 길에 담배꽁초 하나 보이지 않는 거리 풍경, 어디를 봐도 모두가 제자리에 있다. 시기심마저 든다.

나라가 힘이 없으면 영원히 후손들에게 쓰라림을 주나 보다. 귀 무덤 앞에 서 있는 글벗들의 얼굴에 비장함이 감돈다. 묵념으로 420년 전의 전리품으로 처참히 죽어간 조상들의 영혼을 만난다. 독한 자들의 야만은 아직도 진행 중이다. 침략자의 땅에 고혼들이 방치된 채 구천에 떠돌 영혼들을 생각하니 부끄러움이 다가온다. 귀 무덤 옆길 건너에는 침략의 원흉을 기린다는 대규모의 신사가 자리해 더욱 슬픔을 자아낸다. 원혼의 기를 누르기 위해 무덤 위에 돌탑을 세웠다니 섬나라의 편협한 근성이 아니랴. 무덤을 고국으로 옮기려는 노력은 하고 있다지만, 말뿐인 듯 진척이 없다고 한다. 고국으로 모셔 넋을 기리며 국가와 민족의 중요성을 일깨우는 교육의 성지로 만들 수는 없을까. 그리고 일본 땅에서는 흔적을 지워야 한다. 아직도 우리 민족을 비하하고 욕보이는 우월감은 이런 곳에서 나오는 게 아닐까. 나약했던 우리 민족, 슬픈 한반도 역사의 현장을 확인하는 시간이었다.

보고 즐기는 여행도 나름대로 의미가 있지만, 민족의 애환이 있는 역사의 현장을 찾으며 나를 돌아보는 의미 있는 여행, 느낌이 새로웠고 삶의 처신에 대한 인식을 바꾸어야 한다는 생각이 다가왔다. 허전했던 마음의 한구석이 채워진 느낌, 여유의 반전인가. 그래서 여행은 일상적인 집착에서 비켜서서 새로움을 채우며 인생의 아름다움을 느끼는 것이라 했나 보다.

(2017. 7.)

무관심

신부님이 강론 중에 고독사하신 할머니 이야기를 하셨다. 봉성체를 주시려고 성당 구역의 거동이 불편한 환자와 노인 신자 집을 방문하는 중이셨다. 혼자 사시는 할머니 집 방문을 열었다. 유명을 달리한 지가 며칠은 됨직한 할머니를 발견하고 놀란 가슴을 쓸어내렸다며 애석해하시는 신부님, 우리의 무관심을 개탄하셨다.

뉴스 시간에 가끔 보도되는 고독사를 접하기는 했어도 같은 성당 교우가 고독사했다는 말을 들으니 더욱 처연함이 다가왔다. 머지않아 이 문제가 자신에게 오지 않으리라는 장담을 할 수 있겠는가. 그래서 더욱 연민의 정은 물론 불안한 마음이 다가오는 것이다.

어찌 소외계층의 문제로만 치부하랴. 자식들 출가시키고 둘이 살다가 앞서거니 뒤서거니 하다 보면 혼자 사는 것이 대세거늘 어찌 나만 예외이랴. 자식들과 소통은 점점 뜸해지는 것 같고 이웃사촌이란 말은 퇴색된 지 오래 아니던가. 나이를 더해갈수록 마음은 약해지고 변하는 세상 인정에 적응하지 못하는 노인들, 소외감을 곱씹으며 세상 탓만 한다고 될 일이던가. 이게 오늘을 사는 많은 노인의 자화상이 아닐까.

내 주위에도 혼자 사는 친구가 있다. 나이가 들면서 숫자가 늘어가고 있다. 자식 집으로 옮기라고 해도 혼자 사는 게 편하다며 고독을 감수한다. 한 친구는 부인이 요양병원에 입원한 지 5년이 된다. 매일 아침저녁으로 들러 눈 맞추고 손등이라도 만져주며 일편단심 지극정성을 다한다. 소통이 되지 않으니 눈과 마음으로 대화한다며 애잔함을 드러낸다. 자식들이 있은들 떨어져 살아가기 바쁘니 틈나는 대로 휙 다녀갈 뿐이지 그 이상 어떻게 하겠나. 우리 부모세대만 해도 대부분이 집에 모시면서 지극정성을 다했건만 이제는 흘러간 옛 추억이 된 지 오래지 않은가.

결혼한 자식 셋인 나도 가끔은 뚱딴지같은 생각이 들 때가 있다. 아직은 둘이 같이 살지만, 만약 하나라도 먼저 가고 나면 자식과 함께 살고 싶은 마음이 없다는 데 공감한다. 자식들이 잘하지 못해서가 아니라 늙어서 짐이 되지 않으려는 생각이 앞서기 때문이기도 하다. 자식들이 전화해도 안 받으면 우려하기보다는 볼일이 있거나 운동 중일 거로 생각하겠지만, 더 나이 먹어 힘들 때도 그렇게 여긴다면 죽고 난 후에 알게 될는지도 알 수 없겠다는 경망스러운 생각도 든다.

혼자 사는 거야 팔자라고 생각할 수 있으나 고독사는 끔찍하다는 친구도 있다. 배웅받으며 헤어지는 것이 더 아름다워 보이듯 영원한 이별의 순간인데 어찌 혼자 눈을 감으랴. 그러고 보니 반세기 전으로 꽂히는 기억에 우울해진다. 어머니는 오랜 치매로 고생하시면서 요양원에서 쓸쓸히 돌아가셨다. 장남으로 임종하심을 지켜보지 못했다. 한으로 남는 까닭이다. 어머니 생각만 나면 눈시울이 젖어 든다.

나는 아직 크게 아프거나 성인병을 가진 것은 없다. 건강 유지하면서 살다가 며칠 병원에 입원한 후 죽는 것이 꿈이다. 어찌 생각대로 되랴. 오늘도 친구와 파크 골프장으로 달려간다. 남녀 시니어들의 활기찬 놀이터, 생동감이 돈다. 적은 나이가 아니면서, 함께할 수 있다는 것이 얼마나 감사한 일인가.

새벽에 깨어나면 감사하다는 말이 자연스럽게 나온다. 건강하게 또 하루를 시작하도록 허락해주시는 하느님, 나약해져 가는 마음을 잡아주고 이끌어주시는 하느님이 있어 활력을 얻는다. 둘이나 셋이 모여 기도하는 곳에 함께하시겠다는 하느님, 더불어 지내며 서로 지탱해주고 사랑하라는 메시지가 아니랴. 관심은 사랑이라 하지 않던가. 서로 관심의 사랑을 베풀면 우리 이웃의 고독사는 막을 수 있으리라.

(2017. 12.)

* 봉성체(奉聖體) : 거동이 불편한 환자나 노인을 방문하여 성체를 드리는 천주교 예식.
* 성체(聖體) : 빵과 포도주의 외적인 형상 속에 실제로, 본질적으로 현존하는 예수 그리스도의 몸과 피를 상징함.

고독의 주범

지하철을 타도 조용해서 좋다. 열에 일곱은 고개를 숙이고 스마트폰 삼매경을 연출한다. 휴대폰이 보급될 때는 너나 할 것 없이 큰 소리로 통화하는 바람에 시끄러워 대중교통 이용하기가 편하지 않았다. 이제는 때와 장소를 가리지 않고 스마트폰과 일심동체다. 옆 사람이 뭘 하든 관심 밖이다.

스마트폰이 울린다. 딸의 전화라며 화색이 달라진다. 문자 및 통화에 하루가 멀다고 대화하는 게 때로는 시샘이 날 때도 있다. 자식, 며느리들 돌아가며 통화하느라 어느 때는 보던 연속극도 끄며 수다를 떤다. 나에게는 그렇게 말을 아끼면서 언제부터 저래 수다쟁이가 되었나. 자식들이 나하고 통화하기를 정말 꺼리는 걸까. 부부 일심동체라고 굳게 믿는 구석 때문인지는 몰라도 섭섭함이 다가오는 건 숨길 수 없다.

때로는 왕따 되는 기분이라고 서운함을 나타내면 반색을 하며 입을 막는다. 당신은 애들이 다 어려워한다나. 만나면 타이르는 말뿐이니 어찌 다가오려 하랴. 아이들도 다 자식들 키우는 어른인데 제대로 성인 대접을 하라며 속내를 드러낸다. 요즘 같은 스마트한 세상에 한 세대 전의 생각에 헤매는 내가 자기 보기에 답답해 보인단다.

옛적에 끗발 좋던 시절 잘나가던 전화기는 맵시 좋은 자태로 변신해 거실 한구석에 자리 잡고 있다. 신호가 와도 무시하고 만다. 반가운 전화일까 해 성큼 받고 보면 대박 나는 부동산광고, 여론조사 등 기분 잡치기 딱 맞는 것들이다. 스마트폰이 없을 때는 신호가 울리면 내가 먼저 받아 수다도 떨고 정보도 공유했는데 이제는 찬밥신세가 되어 있으니 동병상련同病相憐의 아픔을 느낀다.

카톡이 날아들었나 보다. 기대된다며 너스레를 떤다. 시어머니 생일 선물로 최신 스마트폰을 바꿔준다고 한다. 쓸데없는 생각 접고 사양하는 시어머니가 되라며 한마디 던지니 바꿔준다고 할 때 받아야지 사양할 일이 아니란다. 첨단기기일수록 서툴게 다루면 고장이 잘 나는 법이라며 구관이 명관이라고 역습을 해보지만, 허공에 메아리일 뿐이다. 공무원이 너무 나가는 것 같은데, 시어머니에게 뭐 잘 보일 일이 있다고 그 비싼 최신 스마트폰이야. 고맙긴 하지만 시아비로서는 서운 안 하다면 거짓말이지.

반세기가 다 되도록 살아와도 이렇게 이질적인 내가 때로는 한심하다는 생각도 들지만, 이게 부부인지는 아직도 종종 헤매는 중이다. 부부는 돌아누우면 남이라는 말이 때로는 실감 나기도 한다. 나이 들면서 더 닮아간다는데 우리 부부는 정반대로 가는 것 같다.

내 스마트폰이 화상통화를 하잔다. 해외에 있는 막내 수녀 동생이 화상 카톡 신호를 보내온다. 얼마나 반갑던지. 목청을 높여 여봐란 듯이 대화한다. 연속극 시청에 방해가 되건 말건. 언니 바꾸라지만 내가 전해주면 되니 나에게 다 말하라며 무시해버린다.

속 좁은 줄은 진즉 알았지만, 어찌 나이가 드시는데도 한결같으니 알다가도 모를 일이란다. 생각 없이 살아온 게 천만다행이라며 앞으로가 걱정된다지 않는가. 제발 좀 더 너그러워지란다. 아이들에게 살갑게 대하고 스마트한 세상을 살아가면서 눈높이에 맞추라며 당부 아닌 당부를 하네요. 늙어가면서 어른 노릇하기 쉽지 않음을 실감한다. 아이들 핑계 대며 자기에게 잘하라는 말인 것을 내 어찌 모르랴.

나이 드니 얼굴 마주 대고 이야기하는 시간이 줄어드는 건 사실이다. 더군다나 똑똑하다 못해 만능의 스마트폰이 간극間隙을 더 넓혀 놓는 것 같다. 모였다 하면 왁자지껄하던 모습은 사라지고 스마트폰 열애에 빠져있으니 절간이 따로 없다. 진솔하고 구수한 대화를 기대하는 건 어불성설이다. 고독이라는 게 무엇인가. 말이 없으니 통할 리가 없지! 의지할 데라고는 일 순위가 가족이거늘 더 똑똑한 스마트폰에 빠졌으니 이 우둔한 늙음이 어찌 고독하지 않으랴.

고독을 이기며 살아가는 방법을 찾아야 하지 않을까 싶다. 스마트폰과 열애하고픈 생각은 추호도 없다. 혼자 있으면 저절로 생각이 많아진다. 철학자의 고독이라는 게 괜한 말은 아닐 것이다. 모두가 스마트폰에 빠져있을 때 책 읽으며 생각에 몰두하면 철학자 흉내는 물론 글 쓰는 데에도 도움이 되리라. 회심의 미소를 짓는 내가 대견해 보인다. 제멋에 사는 게 인생이라지 않는가.

(2017. 9. 대구문인협회 겨울문학제 게재)

마음의 거울

죽는 날까지 하늘을 우러러/ 한 점 부끄럼이 없기를/ 잎새에 이는 바람에도/ 나는 괴로워했다./ 별을 노래하는 마음으로/ 모든 죽어 가는 것을 사랑해야지/ 그리고 나한테 주어진 길을 / 걸어가야겠다 / 오늘 밤에도 별이 바람에 스치운다. －윤동주의 <서시>

내가 이 시를 본 것은 1960년대 초 대학 생활을 시작하면서였다. '감옥에서 옥사한 천재 시인 윤동주 동문의 문학'이라는 타이틀을 달고 학보(연세춘추)에 연재되는 국문과 교수의 글을 유심히 본 기억이 떠오른다. 나는 시인이 공부한 문과대학의 같은 교실에서 공부한다는 자부심도 있었다.

지금이야 시집도 많이 보급되고 근래에는 고등학교 교재에도 소개되고 있지만, 당시에는 별로 접할 기회가 없었다. 유고시집을 본 것도 대학 도서관에서였다. 정음사에서 펴낸 윤동주의 ≪

하늘과 바람과 별과 詩≫ 시집에서 처음으로 <서시>를 읽었다. 몇 번을 읽어도 신선함이 더해지면서 막연하게 좋다는 생각이 떠나지를 않았다. 일제 군국주의에 의해 희생된 최후의 민족 시인이라는 평과 서정성과 저항정신이 강한 느낌을 주는 것 같았다. 그 당시 내가 시를 읽은 것은 교과서에 소개된 조지훈의 <승무>, 이은상의 <가고파> 정도였다.

내가 윤동주 서시를 분석하거나 어떤 배경을 가지고 썼는지를 밝히려는 것이 아니다. 시를 접하면서 나의 심금을 울렸고, 그 후로도 내 마음 한구석에 위안이 되는 글로 남겨져 왔다는 느낌을 말하려는 것이다. '하늘을 우러러 한 점 부끄럼이 없기를' 하는 연이 큰 감동이었는데 아마도 내가 가톨릭 신자로 마음에 꺼림칙한 행동을 하거나 교리를 거스르는 일이 있으면 고해성사를 봐야 하는 부담을 가진 것이 아닌가 싶기도 했다. 이를테면 양심성찰로 다가왔다. 하늘에 부끄럼 없는 생활이라는 게 그리 쉬운 것은 아니지만 그렇게 살아야겠다는 생각은 했다. 그리고 나한테 주어진 길을 뚜벅뚜벅 걸어가야 한다는 각오도 이 시를 대하면서 굳혀진 것은 아니었을까 싶었다. 그래서 가끔은 시를 연상하면서 확신과 의지를 불태우기도 했다.

지금도 시의 구절을 되새기며 나의 삶을 반추하면서 성찰하는 거울의 역할을 하고 있다. 윤동주 시인은 아버지와 태어난 해가 같다. 아버지가 살아계신다면 올해가 100살이 되신다. 또한 이 <서시>를 썼던 해가 내가 태어난 해였다. 그래서 더 좋아하지 않았을까 싶다.

죽는 날까지 부끄럼 없이 세상을 살겠다는 것은 이상일는지 모른다. 그렇게 산다는 것이 얼마나 어려우랴. 그러나 살면서 양심에 저버리는 행동은 하지 않아야 한다는 생각은 늘 마음을 지배해왔다. 잎새에 이는 바람에도 괴로워한 시인의 그 마음이 얼마나 여리고 순수한가. 잘못이나 실수에도 가슴이 콩닥거리고 부끄러워한 것은 이런 시의 구절을 거울삼아 뉘우치며 오는 반사였다.

그는 암울한 식민지 시대에 태어나서 스스로 부끄럽지 않게 열심히 살려고 했지만, 현실은 괴롭기 그지없었을 것이다. 조국의 비참한 현실 앞에 닥치는 고통과 지식인으로서의 무력감, 자괴감 등을 우회적으로 시를 통해 토해낸 것은 아니었을까. 나의 현실은 어떠했는가. 단순히 공부하기 위해 생활의 어려움에 고민하는 소인배적인 생각에 매몰되어 있던 때였다. 주어진 현실이 운명이라면 뚜벅뚜벅 걷다 보면 해결이 되겠지 하는 낙관적 생각도 가지게 된 것은 시의 영향도 있었다. 그래서 이 시가 나에게 용기를 주고 삶을 밝히는 등불이며 비추어보는 거울이라고 생각했다.

시에서 풍기는 감상적이며 서정적인 맛이 나의 감성과 맞아 공감을 더했다. 그래서 오늘도 이 시를 외워보지만 이제는 자꾸 더듬거린다. 세월의 누름은 피할 수 없나 보다.

(2017. 12.)

고추장남

'고추장남'이라니 무슨 소리요? 매운 음식 잘 먹는다고 하는 말인 줄 알았다. 아내는 백화점에서 봄옷 한 벌 샀다며 입어 보란다. 내 입이 요사스러워서일까. "고맙소" 한마디 하면 될 것을 시큰둥한 반응을 보였으니 어찌 좋은 말을 기대하랴. '된장녀' 소리는 들었어도 생소한 말이라 어리둥절했다. '고추장남'은 궁상떠는 초라하고 꾀죄죄한 남자를 빗대어서 하는 말이라며 설명까지 해준다.

"이제는 대놓고 말을 하기요. 어째 듣고 보니 서운하네"

"나이 먹을수록 깔끔해야지 왜 궁상을 떨어요. 당신은 어렵던 시절에 갇혀 사는 사람 같아요."

늙는 것도 추레한데 옷까지 누추해서야 되겠냐며 아이들 키울 때는 안 보이던 남편이 나이 드니 보인다며 어른다. 무슨 말을 더하랴.

아내는 가끔 뜬금없는 말을 했다. 내 듣기에는 그렇게 들렸다. 큰길 건너 '스타벅스'에 한번 들러보라는 기억이 났다. 친구를 만나 "비싼 커피 한잔함세" 하며 찾아갔다. 주위에 외제차가 즐비했다. 아늑한 넓은 홀, 구수한 커피 향에 꽃향기가 가득했다. 빈티지한 느낌을 주는 소품들이 편안함을 더해주었다. 주중인데도 화사하게 차려입은 중년의 여성들이 끼리끼리 모여앉아 시시덕거리고 있었다. 친구와 나는 멋쩍은 표정을 지으며 구석 자리로 가 앉았다. 살피는 눈이 즐겁기는 한데 기분은 찜찜했다.

나나 친구의 옷이 너무 칙칙해 보였다. 밝은 홀의 분위기와 여자들의 화사한 의상과는 너무 안 어울렸다. 아내의 얼굴이 스쳤다. 고도의 수법으로 나를 부끄럽게 하고 있었다. 그렇다고 화낼 수도 없다. 아무 소리 없이 사주면 고맙다고 하면서 입어주면 된다. 이제는 너무 자린고비의 생각을 버리자. 오만가지 생각이 순간을 파고든다. 나 혼자 웃는 모습에 친구도 어색하긴 해도 젊어지는 기분이 든다며 따라 웃었다.

옷이 날개라 하지 않던가. 새 옷을 입고 나서면 마음도 뿌듯하고 기분이 한껏 부푼다. 어울린다거나 세련돼 보인다는 말을 들으면 기분이 좋아지는 것도 사실이고……. 직장 생활할 때는 그랬다. 일을 놓으면서 나태해지고 편한 게 좋다면서 마음이 풀렸음을 실감한다. 괘념치 말자. 헛된 늙음에 초점을 맞추지 말자. '자랑스러운 주름살'에 자부심을 갖자.

어느 한쪽만 부여잡고 산다는 것은 그만큼 내 운신의 폭을 좁

힐 뿐이다 '고추장남' 소리는 듣지 않아야겠다. 비싸지 않은 옷이라면 "고맙소" 소리 질러가며 받아들고 춤이라도 추어주자. 아직은 옷걸이가 쓸만하니 아무 옷인들 좋아 보이지 않으랴. 말과 행동에서 품위가 있다면, 옷도 명품으로 보이지 않을까.

(2018. 4.)

설 자리가 없다

"우리 아이들 담배 냄새 싫어해요. 쉼터를 옮겨주세요" 누군가가 자비로 현수막을 걸었다. 며칠을 계속해 들리는 금연방송에 짜증이 날 정도였다. 얼마 후 아파트 단지 전체가 금연구역이라는 포스터가 곳곳에 나붙었다. 비상계단에서 흡연한다는 옆집 젊은이의 얼굴이 떠오른다.

고등학교 시절이었으니 60여 년이 되었다. 나라는 어수선하고 사회와 가정도 어렵던 시절이었다. 불안과 근심을 떨칠 수 없으니 여유도 없고 즐길만한 곳도 별로 없었다. 특히 농촌에서 위로가 되고 무료함을 달래주었던 것이 담배였다. 이제는 혐오품이 되었지만 그때에는 기호품이었다. 그래서일까. 담배를 '심심초' 또는 '구름 과자' 라고 부르기도 했다.

나도 그 무렵 뻐끔담배로 시작해 제법 멋 내는 경지에 도달했었다. '파고다' 한 갑 책가방에 감추며 나이 든 학생들과 함께 입의 거부도 아랑곳하지 않고 피워댔다. 냄새에 예민하신 어머니에게는 담배 피우는 학생들과 어울려 그렇다며 시침을 떼기도 했다. 부모님을 속여 담배를 사고 선생님을 피해가며 피운 담배 맛과 행동이 단순한 호기심만은 아니었을 것이다.

영화장면도 담배 피우는 것을 부추기었다. 서부영화 '석양의 건맨' 주인공 클린트 이스트우드의 궐련 꼬나물고 총 잡고 먼 곳을 응시하는 장면이나 70년대에 TV 시리즈로 방영된 ≪형사 콜롬보≫ 에서 형사역의 피터 포크의 외롭고 멍청해 보이지만 예리한 추리력은 비상했는데 입술 한쪽에 담배 물고 무엇인가 생각하는 그 모습의 매력이 젊은이들을 사로잡았다. 담배만 물면 아이디어가 번득이고 어려운 고민이 해결되는 듯 착각하면서 따라 하던 시절이었다.

식사 후에 담배를 피우면 소화가 잘된다. 울적할 때 한 대 빨면 기분이 좋아진다. 잠 안 올 때는 좋은 벗이 된다. 고민이 있으면 담배 연기에 날려 보내라. 대화할 때 담배가 윤활유 역할을 한다는 등 담배예찬이 어디 한두 가지던가. 저녁이면 궐련 내기가 유일한 오락이며 즐거움이었다.

군대에서도 매월 한 사람에게 화랑 15갑을 지급했다. 안 피우던 사람도 군인만 되면 골초가 되는 구조였다. 취침 점호 시간에는 화재 예방 차원에서 담배꽁초 처리를 특별히 강조했다. 주말이 되면 외출 보낸 병사가 소대장에게 신탄진 담배 한 갑씩은 들고 왔다. 새로 나온 지 얼마 되지 않은 고급담배였다. 열심히 입에 물곤 했다. 멋이었는지, 불안 해소의 방법이었는지는 지금도 헷갈린다. 제대할 무렵 서서히 담배를 줄였다. 그리고 결혼 전에 금연했다. 골초가 되기 전에 끊어야 한다는 마음을 먹으면서 담배 맛이 쓴맛으로 바뀌는 걸 체험했다. 끊기 어렵다는 금연에 성공하면서 젊은 사람 의지가 강하다는 말도 들었다. 조절 잘하면 한가락 하겠다는 생각도 했다. 방향을 잘못 잡아 인생 막바지가 매끄럽지 못함이 안타까울 뿐이다.

자식 둘이 군에 갔다 오면서 담배 피운다는 소리를 아내에게서 들었다. 해롭다는 담배를 꼭 피워야 하는가. 그래서 불러놓고 안 피우면 좋겠다고 했다. 큰애는 바로 끊었다. 작은애는 몇 년을 끙끙대더니 아직도 지지부진한 모양이다. 손녀가 옆에 오지 말라며 밀치는 걸 보면서 공무원도 꽤 스트레스를 많이 받는가 하는 생각이 든다.

간접흡연도 건강에 치명적이라는 사실은 상식이 되었다. 어찌 흡연자를 고운 시선으로 바라보겠나. 숨어서 피워야 하고 냄새에 전전긍긍하는 걸 보면 격세지감을 느낀다. 좋은 시절 오기는 힘들고 점점 더 입지가 좁아지지 않을까. 이제 와 보니 일찍이 금연 잘했다는 생각이 든다. 아파트 젊은 부인들이 앞장서 금연 감시를 한다는 소문이 돈다. 내 작은애에게 금연하도록 다시 한번 권해야겠다. 옆집 젊은이도 금연대열에 섰으면 싶다.

(2018. 5.)

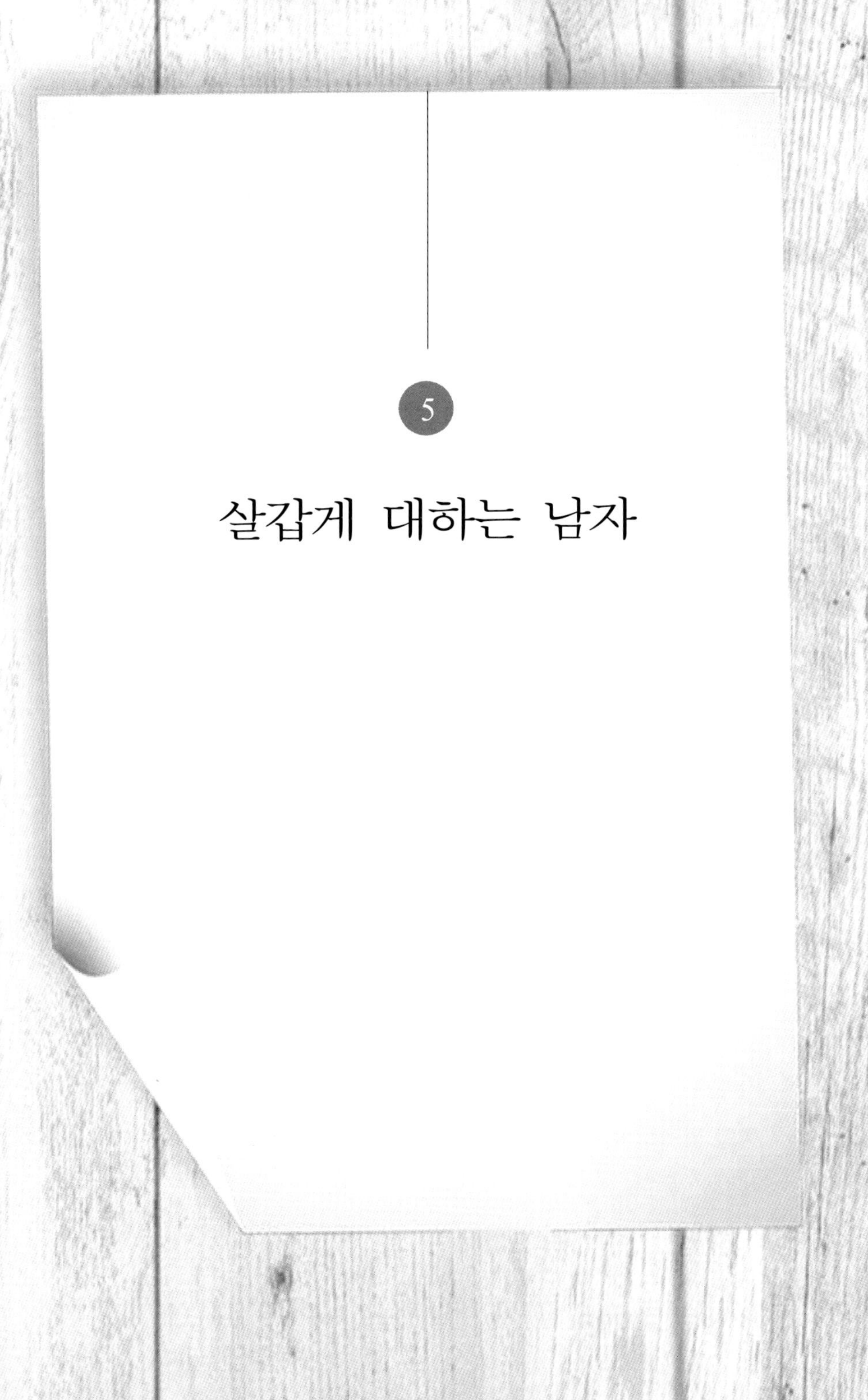

5

살갑게 대하는 남자

기분 좋은 또 하루의 출발

어제보다는 오늘은 뭐 좀 달라져야 할 텐데……. 시간의 흐름이 더 보태질 터이니 변화라면 변화이겠지! 나 혼자 구시렁거린다.

매일 거의 같은 시간에 일어나 집 주위 돌아보고 조간신문을 챙긴다. 제목만 보고도 내용은 대충 짐작이 된다. 웃음보다는 우울하게 하는 기사가 더 많이 보인다. 그래도 사설은 제대로 읽으려 한다. 주장글이다 보니 나와 의견이 다른 것도 있지만, 요즈음은 내 생각과 일치하는 것이 많은 것 같다. 하기야 언론매체들도 편이 갈려있으니 같은 사안이라도 정반대도 있어 당혹스러울 때가 있다. 어느 글은 읽고 나면 편한 마음이 아니라 불안하고 걱정이 되기도 한다. 정신건강을 위해서도 선별해 읽어야 하겠다는 생각이 든다.

새벽잠이 별로 없는 아내는 벌써 아침상 차려놓고 한술 뜨자고 채근을 한다. 통과의례인지 아니면 아내로서 챙겨주어야 할 의무라고 생각해서인지는 아직도 잘 구분이 안 된다. 그래도 분명한 사실은 한결같이 챙겨주려는 모습이다. 이것이 남편 사랑이 아닌가 해 고마움이 다가온다.

아침 식사를 위해 마주 앉다 보면 대화가 끼어든다. 손자들 이야기가 주로 화제가 되지만, 유치원 이야기로 마무리된다. 아이들이 좋아 25년 전에 유치원을 시작해 오늘에 이르기까지, 매여 있는 아내가 이제는 힘도 부치는 것 같아 한마디 던진다. 아이들에게 맡겼으면 이제는 손 놓으라고 해보지만, 돌아오는 대답은 퉁명스러움을 넘어 자존심을 건드린다.

아내로서는 결혼 초기 남의 집 문간방 세 얻어 산다는 게 얼마나 서글펐으랴. 생활에 도움이 된다면 무엇인들 못 하랴 하며 시작한 것이 경리학원이었다. 타자기 등 현장 실무를 익히는 교육으로 주로 상업고등학교 학생이 대부분이었다. 붐비는 학생들을 잘 가르쳐 취업과 연결하면서 교육의 보람을 자랑스러워했다. 그리고 컴퓨터가 등장하면서 학원을 접고 유치원 운영을 시작했다. 사실 유치원 설립은 내 의견이었다. 아내로서는 학원을 접을 때 손을 놓아야 했는데 유치원 교육에 엮이어 지금까지 한결같은 마음으로 소홀함이 없이 운영을 하고 있다. 이제는 힘이 부친다며 가끔은 내 탓을 한다. 허허하며 웃음으로 넘기지만, 힘든 일임을 내 어찌 모르랴.

교사 이외에도 돌보아 주어야 할 손이 많을수록 유아들은 잘 배우고 안전한 하루가 된다. 25년간 교육경험과 노하우를 가진 아내가 빠진다는 것은 며느리나 교사들에는 너무 아쉬운 일이다.

한편 사랑스러운 눈망울들이 화사하게 웃는 모습은 피어나는 꽃망울보다 더 예쁘고 귀엽다. 그러니 내 탓 하면서 몸이 힘들어도, 귀여운 손자 같은 아이들 챙기려고 하루도 거르지 않고 출근한다.

오늘도 일찍부터 서두르는 이유가 있다. 빨리 출근해 해맑은 얼굴들과 눈 맞추려는 것이다. 덩달아 나도 함께 어울려 할아버지 소리도 듣고, 때로는 제자 학부모 만나면 더 젊어 보이신다고 추어주는 소리도 듣는다. 그래서 오늘도 기분 좋은 출발이 되는 것이다.

(2015. 4.)

망설임

변화의 두려움일까. 망설이다가 실기하는 일이 있어 나 자신도 실망을 한다. 매사에 치밀한 계획을 세워 실행하는 체질은 아니다. 그런데도 때로는 너무 집착하다 보면 제물에 지쳐 포기하고 없던 일이 되는 경우가 종종 있다. 나이가 드니 생각이 약해지는 것은 아닌지, 나약한 모습이 되는 것 같아 되레 우려되는 것도 사실이다.

중학교 일학년 때의 기억이 난다. 거의 이십 리 길을 걸어 다니는 산골 촌놈이 읍내에서 온 약삭빠른 놈들하고 학교생활을 하니 주눅이 들어 잘 어울리지를 못하던 때였다. 수업 중에도 질문이나 답변도 너무 잘들 하고 정말 실력이 있어 보이니, 나 자신이 더욱 초라해 보였다. 수업시간에 선생님이 질문을 던지면 심장이 콩닥거리고 손바닥에 땀만 흐르지, 손이 올라가지를 않았다. 틀리면 부끄럽다는 생각 때문에 망설이다가 기회를 놓치거나, 선점을 당하는 것이다.

용기 한번 못 내고 학년이 바뀌었다. 성적순으로 반 편성을 했다. 다섯 반 중의 일 반이 되었다. 같은 반이었던 친구가 옆자리에 앉게 되었다. 그 친구는 나보다도 더 집이 먼데도 통학을 했다. 같은 산골 촌놈이라서 이심전심이었을까. 서로 경쟁심이 생겼다. 수업 중 손은 잘 안 들어도 시험 성적은 둘이서 처지지는 않았다.

한번은 담임선생님이 우리 둘을 불러 상담을 했다. 성격이 너무 내성적이니 좀 활발하게 바꾸면 더욱 좋아진다는 충고였다. 그 말씀이 계기가 되어 손도 들고 발표에도 용기를 냈다. 수업시간이 기다려지고 친구들도 생겼다. 결국은 촌놈이라는 열등 콤플렉스에서 조금씩 벗어났다.

사람의 성격적인 특성은 대부분이 유아기에 형성된다고 한다. 물론 부모라는 환경이 절대적으로 영향을 준다. 어머니가 조용하시고 말이 별로 없으시다 보니 내 자아 형성에도 어머니의 특성이 영향을 주었으리라. 중·고등학교를 거치면서 외향적인 성격으로 바꾸어보려고 의도적으로 노력도 많이 해보았다. 별로 바뀌지 않은 것 같다.

물론 내성적인 성격의 장점도 많이 있다. 즉흥적이기보다는 신중한 면이 있어 살아오면서 그리 큰 실수는 하지 않은 것 같다. 어찌 보면 소극적이고, 좋게 보면 치밀함은 아닐까도 생각했다. 작은 잘못도 그냥 지나치지를 못해 때로는 잔소리꾼이 되기도 했다. 특히 손자들에게 그러다 보니 할아버지는 무섭다고 하는 소리를 듣는다.

칠십대 이상 된 분들이 사회봉사활동을 열심히 하는 기사를 읽을 때는 나도 해볼까 하다가도 슬며시 접을 때가 있다. 능력이나 힘이 부쳐서가 아니라 마음의 문제인 것 같다. 아직도 어머니의 조용하고 나서지 않는 그림자가 서성이나 보다. 나서기보다는 조용히 안주하려는 마음이 내면을 지배하는 것 같다. 무의식적 되돌림이 일어나는 것은 아닌지 두렵다.

남 앞에 서서 두드러진 일, 책임 있는 일을 하기란 쉽지 않다. 그러나 뒤에서 남이 알지도 보지도 못하는 일을 묵묵히 할 수는 있을 것이다. 오른손이 하는 것을 왼손이 모르게 할 때 더 값지고 복을 받는다고 한다.

주위에서 묵묵히 희생하고 봉사하는 사람을 보면 존경스럽다. 망설이지 말고 용기를 내야겠다는 마음이 일렁인다.

(2015. 5.)

다짐하는 삶

은퇴하기 한 해 전에 썼던 일기장을 뒤적여 보았다. 몇 군데를 넘겨도 후회하거나 아쉬워한 내용이 눈에 띈다. 정년의 끝자락이 다가오면서 지나온 삶에 대한 반성, 후회, 아니면 심리적 동요의 일단인지는 모르겠으나 흔들리고 있는 것만은 분명했다.

사회생활의 첫 출발은 공무원이었지만 가르치는 것이 좋아 교직으로 옮겨 35년 가까이 근무했다. 어찌 희비喜悲가 없으랴.

지나온 삶에 대해 만족하기보다는 좀 더 잘했더라면 하는 후회가 되는 것은 비단 나 혼자뿐일까. 잘한다는 기준이 어디 있으랴마는 선택한 일에 후회나 아쉬움이 적었다면 잘 살아온 삶이 아닐까. 가르치는 일에 좀 더 충실하지 못한 점이 늘 후회스러웠다. 전공과 관련한 책을 많이 읽지 못한 점에 대해서도 늘 반성하곤 해도 결단 없이 행정에 많은 시간을 보낸 것이 본질을 소홀히 한 원인이었다. 그러다 보니 일기장 곳곳에 본질에 대한 회의적인 글이 자주 보이는 것 같다.

교직은 사람을 사람답게 만드는 직업이다. 제대로 된 교수가 되기 위해서는 많이 읽고, 쓰고 연구한 내용을 바탕으로 학생들에게 가르쳐야 한다는 신념이 확고했다. 그러나 현실은 그렇지를 못하고 동떨어지다 보니 반성과 회의가 반복된 것이라고 생각된다.

하루를 엮어가는 모습이 이래서는 안 되는데 하는 생각을 되뇌면서도 벗어나지를 못하고 기득권에 안주해온 결과가 아니었을까. 무사안일하게 그날그날을 엮어온 것이 이 모양은 아니었는지! 생활의 내용을 좀 더 착실히 분석하고 계획적인 삶의 모습이었다면 더 나은 보람과 본질에 대한 성취를 이루지는 않았을까 하고 되뇌어 본다.

그간의 삶은 자기성찰의 부족이요, 무계획적인 삶의 전형은 아니었을까. 한두 번의 실수는 병가상사兵家常事라 이해된다 해도 반복이 되는 꼴이다 보니 나 자신의 능력이나 지혜를 의심하게 했다. 세상을 너무 쉽게 보는 것도 있었고 삶의 과정을 너무 긍정적으로만 대처했던 것도 정확성과 긴장감을 떨어뜨리는 요인이었다. 적당한 긴장과 초조함은 전진의 자극이요, 성취의 기폭이 되었을 텐데 하는 아쉬움이 남는 것도 사실이다. 지나온 과거는 그렇다 하더라도 앞으로의 생활에서는 그간의 경험과 성찰이 바탕이 되어 후회 없는 나날이 되기를 다짐해 본다.

이제는 새로운 일을 벌이거나 모험을 할 수야 없지만, 일상을 좀 더 계획적으로 행동하고 신중한 모습으로 임하리라. 마음의 평화를 위해서 욕구를 줄이고 가족 중심으로 세상을 대처하는 순수성을 보이리라. 독선적이었던 자만에서 벗어나 말을 아끼고 행동을 자제하는 모습으로 여백의 인생을 마무리하리라. 바쁘게만 달려왔던 직장생활 35년의 세월을 마감한 지도 어언 8년이 지나고 있다. 덤으로 주어지는 여생, 감사와 은총으로 받아들이며 살리라.

성찰과 성실을 바탕으로 여생, 주위에 짐 되지 않고 자발적 삶의 모습이 되도록 보내리라. 행복은 주어지는 것이 아니라 만들어간다는 사실을 명심하며 살리라.

(2015. 7.)

초조했던 가을의 캠퍼스

풍요로운 가을인데도 마음은 더욱 초조해지고 불안감을 떨쳐버릴 수가 없었다. 1960년대 대학재학시절 캠퍼스는 소박하고 서정적인 분위기가 다분했다. 교내가 흙길인 데다 숲속에 있으니 새소리, 바람 소리에 낙엽 구르는 소리는 가을이 깊어가고 있음을 알리는 신호였다. 캠퍼스를 오가는 학생들의 발걸음도 분주했다.

강의실을 향하는 내 발길은 오늘도 가볍지를 않았다. 지난밤에 학생들의 과제물 챙겨주느라 잠을 설친 이유도 있지만, 이 가을과 함께 대학 마지막 학기가 훌쩍 지나가 버리면 졸업이라는 마침표가 어떠한 변화를 몰고 올지 불안 그 자체로 다가오는 것 같아서였다.

물론 병역의무를 위해 학사 장교훈련[ROTC] 과정을 마친 상태이니 2년간 복무하는 여백의 기간은 있지만, 그 이후의 사회생활에 대한 비전이 보이지를 않았다. 교생실습도 했으니 교사자격증도 나오긴 하겠지만, 오라는 곳도 없고 그렇다고 기댈만한 배경도 없으니 홀로 도전하고 개척해야 한다는 생각이 들면 머리가 천근이었다.

지금도 청년취업이 부진하다지만, 그때는 산업시설도 별로 없고 나라도 가난해서 대학을 졸업해도 취업하기가 쉽지를 않았다. 서울서 기반이 있는 졸업 동료들은 군 복무 마치면 여러 이유로 외국으로 많이 나갔다. 그래서인지 당시에 졸업한 학과 동료 가운데 절반 가까이가 외국에 살고 있기도 하다.

큰 기대를 하고 출발했던 대학 생활이 아니던가. 그러나 시골 촌놈이 서울서 공부한다는 것이 얼마나 힘든지를 4년 내내 몸으로 때우면서 견디어 내는 중이었다. 힘겹게 졸업을 하게 된다는 사실이 다가오고 있는데도 반갑기는커녕 초조함만이 밀려들 뿐이었다.

더욱 나를 힘들게 했던 것은 제대로 책을 볼 수 없는 시간의 부족이었다. 도서관에서 몇 권씩 책을 대출받아도 낮에는 과제물 작성에 시간 보내고 저녁이면 밤늦도록 학생에게 매달리다 보니 강의 듣는 것으로 만족해야 했다. 졸업이 다가오기까지 전공이라고 제대로 준비하지 못하고, 학점 받기에만 급급했던 것도 불안의 한 요인이었다.

마음이 소심하고 꼼꼼한 성격에서 기인한다고도 보지만, 어려운 가정의 맏이로서 받는 중압감이 나를 짓누르는 것이었다. 서울서 공부했으면 어엿한 직장이라도 잡고 고생하시는 부모님에게 효도도 하고 줄줄이 커오는 동생들 뒷바라지에 도움이 되어야 한다는 생각에 이르면 그만 마음이 무거워지는 것이다.

그러나 타고난 운명인 것을 어찌하랴. 과거는 잊고 현실에 최선을 다하면 길이 보이겠지 하는 생각을 하면 마음이 조금은 가벼워지곤 했다. 함께하는 몇몇 친구들은 하나같이 걱정도 없고 쾌활해 보였다. 내일의 걱정은 내일 하자는 식이었다. 그래서일까, 내 얼굴은 늘 우울해 보이는데, 친구들은 항상 웃음이 붙어있다고 생각했다.

촌에서 올라와서일까. 순진해 보여 좋다는 여대생과 사귐도 몇 년간 지속하면서도 가정의 벅찬 중압감에 스스로 포기해버리는 졸자 짓을 하기도 했다. 동료들의 원성도 많이 들었다. 결혼도 장자로서 나 혼자만의 안일安逸이 되어서는 곤란하다는 생각 때문이었다.

단풍이 짙어지면서 캠퍼스가 형형색색으로 변해가는가 싶더니 신촌골짜기 골바람에 우수수 낙엽 지는 소리에 쓸쓸함이 배어났다. 혹독한 겨울 추위라는 모진 시련을 견디어 내기 위해 자기 분신을 과감하게 털어내는 나무의 결단이 부럽기만 했다. 왕성하고 당당하게 성장했던 봄, 여름이라는 시절의 영광을 형형색색으로 치장해 과시하며 내일의 기약을 위해 인정사정없이 분신을 떨쳐내는 나무들의 모습이 대견스럽다. 불필요한 것을 끌어안지 않고 과감하게 떨쳐내고 새로운 시대에 대한 대비를 가르치려는 것으로 보였다. 겨울이라는 시간이 지나면 모진 시련을 극복한 패기로 따듯한 봄과 더불어 찬란한 영광을 재현할 것이리라.

생각이 나에게로 미친다. 4년간의 대학 생활, 몇 분의 일만이 누리는 영광의 시기가 아니던가. 이제는 그 순간도 끝자락이 보이는데 나를 억누르고 있는 잡다한 생각일랑 모두 잊고 하루하루의 삶에 최선을 다하자. 우울함에 젖어서야 되겠는가. 자연의 순리에 따라 의젓하게 대처하면서 다음에 올 시간에 대비하는 나무들에서 배우듯이 세월의 흐름에 맡기는 유연한 태도로 세상을 보면 안 될까. 2년 동안의 초급장교로서 국가를 위해 최선을 다하다 보면 희망의 문이 열리리라.

강의실로 향하는 발걸음이 가볍다. "오늘 우리가 처해 있는 현실에서 더 귀하고 값있는 성장과 노력을 쌓아가야 하겠다. 그러한 삶의 과정 안에는 언제나 깊은 행복이 솟아오른다."라고 역설하시는 교수님의 강의가 마음속을 파고들었다. 깊어가는 캠퍼스의 가을 단풍이 초조한 내 마음을 달래주는 듯 더욱 아름다움으로 다가왔다.

(2015. 10.)

흔들리는 마음

요즈음 들어 더욱 심란함이 다가온다. 창 너머로 보이는 앞산 자락은 마음의 정원이며 휴식처였다. 사계절의 다채로운 변화는 나태하기 쉬운 나를 자극하고 충동하는 자연의 독려자였다. 이제는 콘크리트의 거대한 벽에 가리어 삭막감만 더한다. 어디 그뿐이랴. 이웃과의 소통도 건성건성 인사치레가 전부다.

내 어릴 적 고향 저녁 마당은 인정이 철철 넘치는 행복의 보금자리였다. 마당 한편에 놓은 모깃불의 매캐한 연기가 멍석 위로 흐른다. 악착같이 달려들던 모기는 얼씬도 못 한다. 저녁을 먹고 포만해진 배를 멍석 위에 붙이고 이리저리 뒹굴다 보면 동네 사람들이 한둘씩 모여든다. 추석으로 가을 맛을 보여준 지 며칠이 지났건만 더운 건 여전하다. 하늘에는 총총한 별들이 유난히도 빛을 발한다. 가끔 별똥별 소나기에 환성이 터진다. 별을 헤아려 보기도 하고 북두칠성이며 별자리를 따라 마음의 그림도 그리곤 한다. 햇것이라며 따끈한 고구마 한 바구니를 들고 오시는 아주머니의 넉넉한 마음에 훈훈한 정이 한가득이다.

울 밑에 핀 국화는 은은한 향기를 뽐내고, 담에 널브러진 호박꽃도 내일 맞을 꿀벌을 그리며 단장이 끝난 듯 황금 꽃잎을 피우는 중이다. 해바라기는 익을 대로 익은 분신의 안위를 걱정하는가. 깊은 사색에 잠긴 듯 고개를 떨구고 있다. 여름 한 철 손톱을 곱게 물들였던 봉선화 씨는 곧 터질 기세이다. 지붕 위에 둥근 박은 구를 듯해도 잘 버텨낸다. 하늘거리는 박꽃이 기우는 달빛에 더욱 순백을 자랑한다.

하루 내내 흙과 씨름하고도 고단한 기색 없어 보이는 동네 어른들. 멍석에 둘러앉아 필부필부의 사는 이야기를 나누고, 근심 걱정을 위로하며 내일의 힘을 충전하는 시간은 이렇게 해서 흘러갔다.

서로의 품앗이가 논의되고 가을걷이, 특히 벼 타작에 대한 날짜가 조율되는 것도 마당 멍석에서였다. 또한, 동네로 배정된 벼 수매에 대한 할당량도 민감한 사항이지만 서로 양보하며 쉽게 결정된다. 인정이 넘치고 배려하는 마음들이 고달픔을 녹인다. 마음의 벽은 느낄 수가 없다. 마당 한쪽에 배를 깔고 누워있는 순둥이 암소도 눈을 지그시 감고 여유롭게 되새김질을 한다.

오늘도 사다리차의 윙윙거리는 소리로 보아 이사가 있는가 보다. 누가 가고 새로 오는지는 관심 밖이다. 한때는 이사 오면 떡도 돌리면서 인사라도 나누었는데 언제부터인지 그마저도 사라졌다. 아파트 생활을 하며 이웃과는 인사 정도지, 마음을 터놓고 지낸 적이 별로 없다. 위층에서는 쿵쾅거리는 소음만이 없기를 바랄 뿐이다. 물론 나에게도 문제가 있다. 먼저 다가가 주면 달라질 법도 하건만 숙진 성격이다 보니 망설이다 만다. 도시 생활에 익숙한 습성일까. 내 울타리 안에 접근을 꺼리는 무의식적인 벽을 치고 있다. 나이 들어가면서 영역확보는 더욱 견고해지는 것 같은 생각이 든다. 창문을 열어도 벽이 시야를 가리고 문을 나서도 벽으로 싸인 미로를 걷다 보니 마음까지도 폐쇄화 된 것이 아닐까. 여기에는 이기주의도 한몫했으리라.

내가 자초한 벽에 나를 가둔 감이 든다. 한때는 담을 허물면 보조금까지 주던 시절, 단독주택에 살던 나는 가족들의 반대에도 이를 신청해 담을 허물었다. 돌로 경계를 짓고 마당에는 잔디를 심었다. 돌 주위로는 꽃과 관목을 심었다. 지나는 사람들이 들여다보며 호기심을 보이기도 했다. 그러나 아내에게는 힘든 고역이었다. 날아드는 쓰레기처리에 바쁘고 반갑지 않은 풀 뽑으랴. 물 주랴 저녁만 되면 하소연에 한쪽 귀로 듣고 두 귀로 흘렸다. 이웃과는 열린 마당에서 자주 만나면서 정이 쌓여갔다. 지금은 그 자리를 떠났어도 만남을 계속하고 있다. 담이라는 벽을 허물어 힘든 일도 있지만, 이웃과 만나 정을 나누는 좋은 시절이었다.

아내의 성화로 아파트 생활을 계속하고 있지만, 마음은 담장을 허물었던 그 집으로 달려가곤 한다. 아파트 생활이 마음의 벽을 키운 것은 아닐까. 마음의 벽이 이제는 깰 수 없는 화석화된 것 같은 생각에 빠지기도 한다. 이 폐쇄화 된 마음을 어떻게 깨부술 수 있을까. 물론 열린 마음일 것이며 이웃사랑이라는 명약일 것이다. 이를 알면서도 깨부수지를 못하는 내가 안쓰러울 뿐이다.

요즈음 들어 부쩍 고향의 정이 그립고 다정했던 이웃들이 보고 싶은 충동에 빠진다. 귀소본능일까. 내 본향은 태어나서 자라온 곳이라는 마음을 떨칠 수가 없다. 이제는 고향에도 옛사람들은 다 떠나고 낯선 이들이 둥지를 틀고 있다. 아버지, 어머니의 삶이 그대로 녹아있는 고향, 내 어릴 적 풍요로운 삶이 고스란히 배어있는 그곳에 그리움만 더해 간다. 아파트 벽에 갇힌 내 몰골이 오늘따라 더욱 흔들린다.

(2015. 10.)

혼자 즐기기

혼자 있어도 견딜만한 나이가 아닌가. 하지만 가끔은 허전함이 달라붙어 외로움을 느낄 때가 있다. 실존주의자들은 자신을 알아갈수록 외로움의 깊이가 더해진다고 했다. 그래서 피할 수 없는 외로움이라면 친구로 받아들이라는 명언을 남겼다. 자신을 안다는 게 쉬운 일인가. 하기야 최고 경지에 이른 지식인이요, 자기의 정체성과 가치관이 확립된 석학들이니 속인들과 대화가 되었겠나. 어쩔 수 없이 자기 내면과 대화를 할 수밖에 없지 않았을까. 어리석은 추측을 해보는 것이다.

때로는 혼자 있는 것이 훨씬 편하다는 느낌이 들 때가 있다. 친구 만나 수다를 떨거나 음료수 앞에 놓고 별로 할 이야기도 없으면서 세월아 네월아 하는 것도 식상이다. 차라리 책 한 권 들고 몰입하는 게 더 재미가 쏠쏠하다. 몇 그루 안 되는 화분이지만 어루만져주며 대화하는 것도 마음이 푸근해져 좋다.

평생을 물질에 가치를 두고 앞만 보고 달려오다 보니 너무 익숙해진 탓이었을까. 주위로부터 소외된 감이 들면 섭섭함이 다가오고 위축된 마음이 찾아들었다. 극복의 대상인지, 아니면 불치의 증세인지. 그래서 실존주의자들은 내면으로 마음을 돌려 자신을 탐구의 대상으로 여기며 홀로 심취하고 혼자 대화하며 즐기라고 했는가.

활동이 줄고 혼자 있을 시간이 많아짐은 필연이 아니랴. 신체가 따라주지 않으니 외부적인 만남을 줄여야 하고 일손을 놓아야 함은 피할 수 없는 현실이다. 지난날의 화려함과 바쁨의 즐거움에 집착하면 더욱 외롭고 쓸쓸해짐을 느끼게 된다.

은퇴하면 더 자유롭고 즐거운 생활이 되리라 기대했다. 생각했던 대로 살려고 노력도 했다. 그런데 어디 마음먹은 대로 되던가. 시간이 흐르고 종심從心을 넘으면서 변화의 조짐이 보였다. 마음이 너그러워진 탓일까. 분별심이 늘어서일까. 일상의 범위를 좁히고 관여함을 놓으니 편안함이 좋고 혼자 있음이 버겁지 않다. 때로는 명상에 시간을 보내기도 한다. 가끔은 성당 제대 앞에서 묵상한다. 그러면 나 자신의 성찰과 양심의 소리를 통해 지금까지 살아온 지난 시간을 돌아보면서 여생에 대한 각오나 대처도 살피는 귀중한 시간이 된다.

혼자 있어도 외롭지 않은 것은 늙은이의 전형임이 분명하다. 산수를 바라보는 나이, 마음을 비우고 가진 것을 내려놓을 때가 아닌가. 홀가분해야 심신의 부담이 적으리라. 가벼운 걸음으로 유산소 운동하고, 친구 만나 함께 나누며 즐겨야 노년의 행복이 배가 되는 것은 사실이다. 하지만 그런 사람을 만나기가 그리 쉬우랴. 이미 떠난 사람도 있고 나오지 못하는 사람이 더 많으니 대상 찾기도 버거운 나이가 되고 있다. 혼자라도 즐겨야 할 이유이다.

(2016. 11.)

나이 들고 보니

나이가 종심을 훌쩍 넘기고 보니 여러 정신적, 신체적 징후가 나타난다. 삶과 맞닥뜨리는 일에 대한 태도가 소극적이다. 좋게 보면 신중함이지만, 변화보다는 안정이 우선임을 앞세운다. 관절이 통증을 일으킨다. 병원 가기가 싫어 미루고 있다. 짝수마다 하는 건강검진에서 체중을 줄이라는 의사의 말이 지워지지를 않는다. 하루에도 몇 번씩 체중계를 오르내린다. 책을 통해 얻은 주옥같은 말은 잘도 잊으면서 의사가 던진 한마디는 머릿속을 맴돈다.

어쩌다 거울 앞에 서면 늘어나는 주름, 처진 눈매, 검버섯 하며 나잇값이 주는 선물을 확인할 뿐이다. 세월의 흔적이지만, 자랑스럽기보다는 서글픔이 앞서니 이 또한 지나친 반응일까. 주위에서는 검버섯이라도 빼라고 한다. 겉만 번드르르하다고 속까지 달라지겠나 하는 마음이 드니 용기가 나지 않는다.

답답함에 친구 만나려고 집을 나서려면 아내의 채근이 이어진다. 나이가 적어 보이려면 옷부터 신경을 써야 한다나. 하루는 큰아이가 장만했다며 새 양복을 내놓는다. 입던 옷이 훨씬 편하지만, 성의를 생각해 입어보니 바지는 홀태요, 상의는 타이트한 디자인이 거북스러워 밀치고 말았다. 마음에 들지 않으면 허전한 감이 먼저 온다. 그 많던 머리털은 밤낮없이 빠지기만 하는지 민둥산 직전이라니 기분이 안 좋다. 염색이라도 하면 덜 듬성듬성해 보인다는 성화에 못 이겨 매달 한 번씩 아내에게 머리를 맡긴다. 한술 더 떠서 곱슬머리 헤어스타일을 하면 숱도 많아 보이고 맨살 드러난 부분도 가려질 텐데 한다. 이제는 별소리를 다 한다고 받아넘기지만, 답답함은 나보다 더한 모양이다. 염색 후에 거울에 비치는 얼굴 모습이 젊어 보이니 웃음을 짓는다. 아내의 얼굴을 얼핏 훔쳐본다.

외형이라도 젊게 꾸미면 남 보기에도 좋으니 신경을 쓰라고 하지만 부질없는 짓인 듯해 한쪽 귀로 듣고 두 귀로 흘리는 것이 대부분이다.

오래전부터 매월 한 번씩 만나는 친구들이 모였다. 제일 안타까운 일은 거동이 불편해 참석을 포기한 분들이다. 영원히 떠난 사람이야 애석함이 더할 나위 없지만, 정신은 멀쩡한데 몸이 따라주지를 않으니 도움 없이는 아무것도 할 수 없는 경우이다. 병원이나 요양원 신세를 지는 이도 한둘이 아니다. 주로 화제가 건강 이야기로 시작해 어두운 이야기로 끝난다. 난들 장사일까. 언제 닥칠지 모르는 일이니 불안만 안고 돌아선다. 그래서 모임도 별로다.

바쁘게 사는 자식들에게 성가신 존재가 되지 않으려면 가는 날까지 심신이 제대로 움직여야 한다. 주위에서도 보는 일이지만, 누웠다 하면 짐이 되고 급기야는 요양원으로 이끌리는 신세가 된다. 부모를 생각하는 정성이 부족해서가 아니라 시대 상황이 변한 모습이다. 한 친구는 아내를 수년간 집에서 간호해오다가 힘이 부쳐 요양원에 입원시키고 하루 한 번씩 들른다. 자식들이야 멀리 있으니 자주 올 형편도 못 된다. 먹고살아야 하니 이해가 간다. 이 친구도 외롭고 세 끼 챙겨 먹는 것도 서글퍼 요양원에 들어가는 것을 생각 중이라고 한다.

앞만 보고 달려온 세월, 이제는 그 무게에 눌려 신음하는 모습이 너나 할 것 없이 측은해 보인다. 그렇다고 좌절할 수만은 없다. 세월이란 서글픔이 아니라 담담하고 의연하게 받아들이는 용기가 요구된다. 지나온 경험과 살아온 지혜는 더없는 자산이다. 오는 세월 느긋하게 관조하면서 이해와 긍정으로 주위를 대한다면 늙음으로 존경을 받지 않으랴 싶다.

세월은 어찌 그리도 빠를까. 달력 한 장이 달랑거린다. 또 한 해가 말없이 덧씌워질 것이다. 건강이 우선이라고 노래를 부른다. 아이들이 챙겨주는 건강보조식품도, 몸에 좋다는 약도 쌓여 가지만, 나 스스로 하는 운동이 최고 보약이라고 생각한다. 그래서 오늘도 운동화 끈 조이고 힘찬 발걸음을 옮긴다. 그간 소홀했던 사소한 것들에 눈길을 돌리고 여유와 느긋함을 즐기는 여생을 살아가면 좋겠다. 내 안의 또 다른 나를 만나 여유로운 생활을 즐기고 싶다. 곱게 늙어가는 것만큼 아름다운 것이 있을까.

(2015. 10.)

꿈같은 생각

책장을 정리하던 중에 원고지 뭉치가 눈에 들어왔다. 표지가 바랜 것으로 보아 꽤 오래된 듯했다. 한 권에는 "도서관 이용에 대한 당부"라는 내용의 글이 20여 매 정도에 쓰여 있었다. 행정업무로 눈코 뜰 새 없이 바쁜데 학보사에서 원고 부탁한다고 학생 기자가 찾아오면 "되네, 안 되네" 하던 일이 종종 있었다. 그뿐만 아니라 기사 마감일이 다가오면 원고지 제출로 밀당이 일어나곤 했다.

나 같은 기계치機械痴 도 원고지가 아닌 컴퓨터에 의존해 글을 쓴다고 하니 세상 참 좋아진 것을 실감하며 산다. 안타깝게도 글쓰기 과제 한다며 몇 줄 올려놓고는 생각이 따르지를 못해 덮어버린다. 생각이 나면 컴퓨터 당겨 몇 줄 올리고 밀쳐놓기를 반복한다. 겨우 과제물에 대한 윤곽이 드러나면 서툰 글이지만, 완성했다는 압박감에서 벗어나는 게 사실이다.

매주마다 지도교수의 주옥같은 강의를 듣고, 합평을 통해 수필가의 조언이나 지적을 받아도 글의 기법이나 내용, 깊이는 달라지지를 않으니 답답한 생각을 감출 수가 없다. 수필은 혹자는 '체험의 재구성'이라고 한다. 내가 지금까지 살아온 기간을 보면 결코 적은 체험은 아닐 것이다. 아마도 문학적 감각이 부족해 정교하게 조탁彫琢하는 능력이 떨어지는 게 아닌가 싶은 생각도 든다.

깊은 사색보다는 건성건성 사물을 보며 지나치는 경박함도 한몫할 것이다. 한편 올바른 이념이나 철학을 지닌 인격적 자질이 떨어지는 것은 아닌가 싶어 때로는 글쓰기에 회의적인 생각이 드는 것 또한 사실이다. 내가 남의 글을 읽어도, 감동이 없는 글은, 책장을 덮고 만다. 내 글을 써놓고 당겨 읽어보면 감동은커녕 일기 수준이나 다름없으니 자탄이 절로 나온다. 그러면 또 컴퓨터와 밀당이 반복된다.

원고 청탁이 오면 밀당을 했던 이유의 하나는 시간이 쫓김이지만, 속내는 글쓰기가 부담스러웠을 것이라는 생각이 드니 피식 웃음이 난다. 일찍이 글쓰기의 부족함을 알고 관심을 조금이라도 두었더라면, 노년의 이 좋은 글쓰기가 좀 더 수월하지 않았겠나 하는 생각도 든다.

이제 후회한들 무슨 소용이랴. 교수님 말씀이 "수필은 기교가 아니라 용기"라고 했는데 힘은 빠졌지만, 용기를 가지고 내 안의 낯선 타자를 만나기 위해 컴퓨터를 더욱 가까이하련다. 밀당은 인내를 해야 하는 것 같다. 힘들다고 포기하면 과제는 펑크다. 컴퓨터와 밀당을 통해 멋진 글 한 편이라도 건지면 용기백배 힘이 솟으리라. 꿈같은 생각이 아니기를 다짐한다.

(2016. 4.)

생각 없는 사람들

너나없이 바쁜 출근 시간이다. 승용차 문이 열리면서 검은 비닐봉지를 차 밑으로 던져 넣는다. 시동이 되는가 싶더니 쏜살같이 내닫는다. 뒷바퀴에 찢긴 검은 봉지의 쓰레기가 바람 따라 차도 위로 구른다. 차 꽁무니를 쳐다보는 내가 되레 부끄러워진다. 얼굴이라도 봐 둬야 하는 건데.

초등학교 학생들이 삼삼오오 재잘거리며 등교한다. 인사하는 귀여운 학생의 얼굴은 더없이 밝다. "그래, 착한 어린이네요. 책 많이 읽어요." 내가 건네는 말이다. 도로에 구르는 쓰레기에는 눈길도 주지 않는 학생들이 고맙기까지 하다.

나는 유치원 앞 도로를 비질하는 지가 이십 년이 넘는다. 그래서일까. 산책하거나 출근하는 사람들의 스침이 어색하지 않다. 웃음으로 또는 짧게 건네는 인사도 정겹다. 입학식, 졸업식에 참석해 한마디씩 하다 보니 학생은 물론 어른들도 일부는 기억하는 것 같다. 한편 매일 아침 빗자루 들고 아파트 입구까지 오르내리는 유치원의 환경미화원 노인쯤으로 알아주는 것도 흐뭇하다. 다행히도 해가 거듭될수록 어질러짐이 덜한 걸 보면 내 얼굴이 떠올라 자제하는 것은 아닌지 편하게 생각을 해보는 것도 즐거움의 하나에 보태고 싶다.

유치원과 초등학교 앞길이어서 어린 학생들이 많이 지나다닌다. 휴지라도 하나 보이면 줍는 게 산 교육이라고 생각한다. 어디선가 지켜보는 학생이 있고 또 깨끗해야 하니까. 그런데 개중에는 아직도 함부로 버리고 심지어 쓰레기봉투까지 놓고 가는 사람이 있어 씁쓸하다. 유치원이나 학교에서 잘하라고 가르쳐도 부모나 성인들이 한번 그르치는 걸 보면 허사가 되는 것이 사실이다. 월요일 등원하는 원아가 잘하던 인사며 정리정돈이 소홀해지는 경우가 있다. 주말 가정에서 무관심하거나 시키지를 않기 때문이라는 것쯤은 교사들은 잘 알고 있다. 아무리 인성교육을 강조해도 별로 나아지지 않는 것은 부모를 비롯해 주위의 성인들에게서 원인을 찾아야 한다고 본다.

인성교육이 따로 있는 게 아니다. 기본적인 생활습관만 잘 가르쳐도 된다. 의도성을 가지고 모범적인 행동을 보이고 소통을 제대로 해야 한다. 때로는 강하게 질책도 억압도 해야 한다. 기죽인다고 오냐오냐 하면서 추어주기만 하니 오만무도傲慢無道 고삐 풀린 망아지가 되는 것은 아닐까.

성인이 되어서도 양심과 도의는 간데없고 자기 편한 대로 행동하는 일탈자가 늘어나고 있다. 사회 모든 병리 현상의 실마리는 사람에게서부터 온다. 미꾸라지 한 마리가 온 도랑물을 흐리듯이 사회를 불안하게 하는 것도 사람의 잘못된 행동의 결과가 아니랴. 인사하는 교육 하나만 잘 가르쳐놓아도 먹고 살아가는데 문제없다는 이야기가 헛된 말이 아니다. 인사 잘하는 아이는 얼굴이 밝고 활기차다. 칭찬을 달고 자란다. 매사에 적극적으로 나서는 것은 불문가지不問可知이다.

등원 버스에서 내리는 원생들이 선생님과 나누는 인사가 귀엽고 깜찍스럽다. 활기찬 재잘거림과 웃음이 어우러져 하모니를 이룬다. 밝은 미래를 보는 것 같아 내 얼굴에도 미소가 흐른다. 미래의 주역들을 위해서라도 주위의 청결에 더 나서야겠다는 생각을 해본다. 쓰레기 함부로 버리는 사람이 없기를 바라면서.

(2016. 6.)

귀동냥에 쪽박

결혼 초기 아버지는 논 여덟 마지기 판 큰돈을 보내주셨다. 농사짓기가 힘들어 땅을 줄인다고 하셨지만, 장남인 내가 직장이라도 있으니 집을 마련해 막내 여동생 데려다 공부시키라는 뜻이기도 했다.

70년대 초 개발에 대한 분위기가 일면서 도시에서는 땅값이 상승하던 시기였다. 처음 만져보는 목돈이 아닌가. 투자해서 한 밑천 잡으려는 꿈에 밤잠도 설쳤다. 아직은 가족이 단출하다고 생각했다. 아이와 막내 여동생까지 넷이니 당분간은 셋집인들 어떠랴. 땅을 살까, 점포를 마련할까 고민의 나날이었다.

날씨도 더운데 퇴근하면서 맥주나 한잔하자는 친구의 전화가 왜 그리 반갑던지. 주거니 받거니 하며 왁자지껄 오가는 대화가 내뿜는 연기를 타고 홀을 채우고 있었다. 옆 테이블에 50대쯤의 부티 흐르는 서너 사람이 자리를 잡았다. 그들의 대화가 내 귀를 쫑긋하게 했다.

포정동에 짓고 있는 백화점이 대박 날 것 같다며 점포를 몇 개 사두라는 이야기를 자기들만의 비밀인 양 소곤소곤 나누는 게 아닌가. 나는 귀동냥 정보에 상기 된 마음을 달래느라 애를 먹었다. 그것도 나 혼자만 아는 비밀이 혹시라도 탄로 나지 않을까 하는 걱정을 하면서였다. 다음날 짓고 있는 백화점을 찾아갔다. 내부공사가 한참이었다. 분양사무실을 찾아 1층 에스컬레이터 옆 제일 좋은 자리 두 점포를 계약했다. 장사가 잘될 것 같은 예감이 들었다. 당장 부자가 되리라는 마음에 흥분을 감출 수 없었다.

추석을 앞두고 백화점이 문을 열었다. 서울 남대문 시장에서 공예품점을 하는 친구가 물건을 대주며 진열까지 지도해주었다. 점원으로 아가씨 두 명도 채용해 잘나갔다. 11월 말경부터 불길한 소문이 어디선가 나돌았다. 귀동냥으로 듣는 이야기인데 신경 쓰지 말라는 점포주들도 있어 개의치 않았다.

나는 직장에 근무하다 보니 귀동냥조차 어두웠다. 소문대로 12월 말이 되자 건축 대금 미지급으로 부도가 났다. 붉은 압류 딱지가 곳곳에 붙여지고 고객들은 외면했다. 결국은 부도 처리가 되고, 청산절차가 되면서 집 한 채가 고스란히 사라졌다. 아버지에게 큰 죄를 짓고 말았다. 용서를 빌 겸 사실대로 말씀드리니 "어찌 귀가 그리도 엷으냐."며 한마디 하시고는 끝이었다. 그 후로 집 마련하느라 무던히도 고생했다. 결국은 아내가 첫아이 키우면서 학원을 한다고 나서는 계기가 되었다.

의욕만 앞섰지 신중하지 못한 나의 처신을 많이도 원망했고 자책도 했다. 믿을 말이 따로 있지, 어찌 술집에서 귀동냥한 말을 철석같이 믿고 일을 저질렀을까. 짐작은 간다. 현금회전이 빠른 장사를 해서 집은 물론, 땅도 사고 큰 여동생 결혼도 시켜야 한다는 조바심을 떨칠 수가 없던 때였다.

뭔가를 소유해야 한다는 강박관념에 매몰되고 욕망에만 사로잡혀 분수도 모르고 설쳐왔던 삶이었다. 교단에 서면서도 수분지족守分知足을 얼마나 되뇌며 걸어왔는가. 위만 보고 걷다 보니 돌부리에도 차이고 걸려 넘어지기도 하면서 상처투성이로 살아온 내가 아니던가.

황혼 고지에서 돌아보는 삶, 얼마나 방황하고 흔들림을 받았던가. 이제야 어떤 길이 제 길인지 조금은 알 것 같은 생각이 든다. 이리저리 기웃거리며 귀동냥에 현혹되는 일은 없으리라.

(2016. 11.)

일기장 속의 추억

책을 정리하다 대학 입학하던 해의 일기장이 눈에 띄었다. 반세기가 훌쩍 넘다 보니 종이의 색은 변했어도 써놓은 글은 읽을 수 있었다. 당시의 상황이 적나라하게 되살아났다. 대학 시절 꾸준하게 일기를 써왔고, 사회 생활하면서도 삼십 때까지는 들쑥날쑥 써온 것을 남겼다. 그러나 결혼하고 아이들이 크면서 구차했던 모습 보이기가 싫어 눈에 띌 때마다 버리고 마지막 남은 것이었다.

장래 진로에 따른 학과 및 대학선택에 대한 고민, 4・19 후의 사회 혼란, 가정교사 생활의 잡다한 내용, 5·16쿠데타에 따른 불안과 학생들의 반발, 어머니의 병환 걱정, 졸업 후의 취업 문제, 남녀 친구의 사귐 등, 촌놈이 서울서 힘들게 공부하던 대학 초기의 모습들이 생생하게 재현되어 다가왔다.

교수의 강의 촌평도 가끔 눈에 띈다. 자기 자랑만 일삼는 교수도 있고, 열성을 다해 가르치던 교수도 있다. 안 보이는 교수에 대해 아쉬움을 써놓은 글도 보인다. 2학기 강의 신청 중 내가 존경하던 교수의 강좌가 보이지를 않았다. 학생들 나도는 소문에 의하면 오월의 메이퀸이었던 영문과 학생과 영국으로 날랐다고 했다. 영국 유학파 교수로 열정적으로 해박한 지식을 전달하고자 강의하는 모습을 더는 볼 수 없었다.

객지 생활에서 도움을 받았던 사람들도 보였다. 반세기를 넘게 달음질쳐오다 보니, 모두가 유명을 달리하고 있다. 세월의 무상함을 되새기게 한다. 당시만 해도 대학생이 된다는 것은 희망의 날개를 단 것과 같았다. 먼 꿈을 향해 훨훨 날아야 할 때이건만, 가당치도 않은 생활 형편에 서울서의 대학 생활은 하나같이 힘든 나날이었다.

사람이 고생을 많이 하거나 고민이 쌓이면 철학자가 된다던가, 고독, 혼돈, 방황 등의 흔적이 생생했다. 한때는 실존주의, 허무주의Nihilism에 빠져 결강을 하면서까지 도서관에 앉아 니체, 쇼펜하우어, 사르트르 등 책을 읽었다. 생활이 힘들다 보니 세상을 보려는 마음에 위안을 얻고자 내용 파악도 잘 안 되는 그러한 서적을 뒤진 것 같았다. 쇼펜하우어의 책을 읽으면서 마음에 와닿는다고 일기장 한편에 휘갈겨 적어놓은 글이 있어 옮겨본다.

'모든 위대한 사람들의 발자취를 보라. 그들이 걸어온 길은 하나같이 괴로움의 길이었고 자기희생의 길이었다. 자기를 희생할 줄 아는 사람만이 위대할 수 있다. 젊은이여, 돈에 대하여 결코 욕심을 가져서는 안 된다. 꿈을 돈과 관련시키지 말라. 돈은 어딘지 부도덕한 데가 있다. 돈은 사람의 성품을 낮은 곳으로 끌어내릴 뿐이다. 눈에서 눈물을 흘리지 않고서는 진리의 골짜기를 찾지 못할 것이다. 슬픔과 괴로움 속에서 기쁨을 발견하지 못하면 인생의 지혜에 도달하지 못할 것이다.'

그 당시 실존주의, 허무주의 철학이 서구 유학파 교수들의 강의를 통해서 우리나라에 소개되던 초기였다. 정신적으로 방황하던 나에게는 일종의 카타르시스Catharsis였다. 지금의 눈으로 다시 보니 내용이 하나같이 불안 그 자체의 표현이며 미래를 염려하는 낙서였던 것들이다. 쓴웃음이 나옴을 어찌하랴.

그래도 끝장에는 붉은 글씨로 '아픔을 이기지 못하면 아무것도 얻을 수 없다.'고 크게 써놓은 것으로 보아 현실을 극복하려는 몸부림이 엿보이기도 했다. 이제는 이 일기장도 치워야 할 것 같다. 훌훌 털고 갈 몸인데, 아이들이 본들 이해나 하겠는가. 짐으로 남겨주기는 용기가 나지 않는다.

다행인 것은 날개 꺾이지 않고 교직에 몸담으면서 부끄럽지 않은 삶을 살아온 것이다. 그러나 남은 삶, 어떻게 살아야 현명한 것인지는 아직도 방황 중이다.

(2016. 5.)

푸근한 미소

장미꽃으로 둘러싸인 성모님의 인자한 모습이 푸근히 다가온다. 거동이 불편한 할머니가 묵주를 들고 성모님 상 앞으로 조용히 다가와 앉는다. 성모님과 눈을 마주하며 묵주 알을 굴린다. 얼굴이 밝아 보이는 것으로 보아 감사의 기도를 드린다는 생각이 든다. 몸은 불편해도 맑은 정신에 행복한 삶을 주셔서 감사하다는 기도 같다. 가족들 건강 주시고 가정의 안녕과 평화를 주심에 감사하는 기도일 듯하다. 늘 좋은 마음으로 사람을 대하게 하고 웃음을 주셔서 고맙다는 내용인지도 모른다. 실매듭 묵주를 한 올씩 따라 성모님과 대화하는 할머니의 모습이 한 송이 장미꽃이다.

묵주는 예수님의 생애를 성모님과 묵상하면서 바치는 기도할 때의 소품이다. 기도의 순번과 수를 알려주는 성물(聖物)이다.

전쟁의 매연이 채 가시지 않던 휴전 되던 해였다. 읍내에 성당이 미국 신자들의 도움으로 세워졌다. 축성식이 있던 날 어머니는 불편한 몸을 마다하지 않고 성당으로 달려가셨다. 빨간 모자를 쓰신 주교님과 신부님들을 맞이하기 위해 많은 신자가 모였다. 주교님의 선물이라며 전 신자에게 실로 만든 매듭 묵주를 나누어 주었다.

어머니는 하느님의 특별하신 선물이라며 매듭 묵주를 소중하게 다루셨다. 갓 세례를 받으셔서 묵주기도 하는 방법을 잘 모르셨다. 어머니는 어떻게 배우셨는지 그날부터 십자고상 앞에 앉아 묵주기도를 하기 시작하셨다. 5단으로 구분된 묵주는 단마다 10번의 기도문을 바치도록 실매듭이 되어있다. 각 단마다 지향하는 기도를 바치기도 하는데 어머니도 많은 사연을 엮어 바쳤다. 마치 매듭처럼 응어리진 상처를 풀어달라는 듯이 말이다.

몸이 불편한데도 당신을 위한 기도보다는 자식들을 위해서 하셨다. 홍역으로 갓 태어난 나의 여동생이 영원히 갔다. 어린 영혼이 불쌍하다며 묵주를 잡고 하늘나라로 보내 달라고 성모님께 매달리셨다. 두 돌이 된 재롱 덩어리 자식을 보내고 한(恨)이 되셨는지 몸이 더욱 여위어갔다. 그래도 살림은 하셔야 했다. 어머니에게는 많은 힘에 부치는 일이었다. 십자가에 못 박혀 돌아가신 예수님 고통에야 비기랴 하시며 억지로라도 해내시곤 했다. 아드님의 고통을 지켜본 성모님의 마음을 헤아리시며 기도를 하시는 어머니셨다.

삼촌과의 불협화음은 어제오늘이 아니었다. 삼촌이 안살림에 대해 참견을 했다. 할아버지와 삼촌의 충돌이 심했다. 할아버지는 늘 며느리를 딱하게 여기고 이해해 주셨다. 성하지 못한 자식이 집안의 분위기를 흐린다며 애석해하셨다. 평생을 함께한다는 부담감이 어깨를 누른다고도 하셨다.

묵주를 잡으시면 삼촌이 불쌍하다며 성모님이 어머니 노릇 해주시기를 바라는 기도를 하셨다. 태어나서 장애가 된 것은 어머니 없이 커온 결과라고 생각하신 것 같았다. 어머니에 대한 그리움이 일그러져 형수를 질시嫉視하거나 지나친 애증의 반증은 아니냐고 생각한 사람도 있었다.

묵주 매듭을 한 올 한 올 굴릴 때마다 간절히 드리는 기도를 성모님이 들어주신다고 믿었다. 몸은 아파도 웃으시며 가정을 꾸릴 수 있는 것은 성모님의 돌보심이라고 했다. 상처를 받지 않으려면 자신을 사랑하고 존중하면서 살아가야 한다고도 하셨다. 아마도 어려서부터 연약한 심신이 조금의 자극에도 때로는 상처가 되는 자신의 회한悔恨인 듯했다. 연약한 몸으로 다섯 자식 낳아 기르기가 기쁘기만 했을까, 자고 나면 걱정이 앞을 가리고 불투명한 미래에 대한 걱정이 스트레스였을 것이다. 강인하게 키우는 게 세상을 사는 방법임을 믿으신 어머니였다.

그래서인지 자식들에게는 자신감을 키우기 위해 스스로 하도록 했다. 도와주는 일이 없었다. 자식들 서로의 도움은 허용했다. 하느님이 만들어 주신 몸이니 소중히 다루며 자랑스러워해야 한다고 늘 강조하셨다. 하다가 안 되면 하느님에게 매달리라는 말씀도 하셨다. 매듭 묵주 들고 십자고상이나 성모님 상 앞에서 기도하시던 어머니의 모습이 처연하게 다가온다. 어리벙벙한 자식들의 뒷바라지에 정신적 균형을 잃으셨는가. 혼미한 정신을 극복하지 못하고 주님 품으로 일찍 가셨다.

묵주의 59개 매듭 가운데 과연 몇 마디나 풀고 떠나셨을까. 나머지는 자식들의 몫으로 남겨주신 것이리라. 어머니의 바람도 저버리고 옹졸하게 사는 현실에 송구스러움만 밀려든다.

성모님 바라보며 매듭 묵주 굴리시는 할머니의 얼굴에 미소가 넘친다. 성모님도 밝게 웃으시며 다가오신다. 싱그럽고 아름다운 초여름의 정경이 신비감을 더한다. 온 누리에 평화가 넘쳐나는 오전의 햇살이 푸근하다.

(2017. 5.)

여행원과 통장

내 통장은 나의 현금을 쌓아두는 유일한 곳간이다. 일정액의 연금이 매월 들어오고, 필요한 생활비와 용돈을 꺼내 쓸 수 있는 곳이다. 그리고 남는 돈이 있으면 통장은 정직하게 많지 않은 액수지만 덤으로 불려주는 고마움도 할 줄 안다.

친구하고 점심 약속이 있어 지갑을 열어보니 어느새 빠져나갔는지 잔챙이 몇 장만이 다소곳이 누워있지 않은가. 통장을 챙겨 늘 하는 대로 집 근처 대구은행 모 지점을 찾았다. 젊은이들은 현금 인출기에서 쑥쑥 잘도 뽑아내는데 난 무엇이 못 미더운지 해볼 엄두도 내지 않는다. 잘못될까 두려워 아예 기계 근처에도 가지 않는 내 모습이 초라해 보인다.

번호표를 들고 은행 창구로 다가가니 여행원의 친절한 태도, 아름다운 미소로 반겨준다. 통장을 받아든 여행원의 손놀림이 재빠르게 움직인다. 그러면서 통장 나이가 자기 나이보다도 훨씬 오래되었다며 대구은행을 사랑해주셔서 감사하다고 고마움을 표시하지 않는가. 어리둥절해 하는 나에게 여행원은 환한 웃음을 지으며 통장 최초 발행일이 한 세대를 넘었다는 말을 듣고서야 서로 보며 박장대소를 했다.

여행원의 예기치 않은 친절한 말 한마디에 지난날의 통장에 대한 애증이랄까 고마움이 아스라이 다가왔다. 나야 지금까지 통장이 있으니 내 편리한 대로 이용해왔다. 현재의 통장이 최초로 언제 발급되었는지는 생각해보지도 않았다. 통장기록이 차면 새 통장을 받을 줄만 알았지 앞 통장과 연계된다는 사실은 몰랐다.

현금으로 월급을 받던 시절에는 봉투를 아내에게 넘겨주었다. 한 달 동안의 생활비, 곗돈, 아이들의 교육비 등을 지출하고 나면 남는 돈이 없었다. 월급을 미리 당겨서 쓰는, 이를테면 '가불假拂'까지 해야 했다. 여윳돈이 없으니 은행에 갈 일도 없었다. 시대가 좋아져 월급 받을 계좌 개설을 위해 처음으로 대구은행 모 지점에서 통장을 만들었다. 통장으로 월급이 들어오면서는 자투리가 쌓이고 큰돈은 아니지만, 목돈이 만들어지고 이자까지 주어져 통장의 고마움을 실감하기도 했다. 솔직히 통장 잔액 숫자를 높이기 위해 최소한의 지출을 생활화했다.

때로는 억지로 조마조마해가며 부어오던 곗돈을 타면 통장에 넣고 아내와 함께 수없이 열어보며 불어난 숫자에 흐뭇해 미소 짓던 일도 통장은 알고 있으리라. 아이들이 커오며 전세방을 늘릴 때는 물론, 처음으로 조그마한 내 집을 마련했을 때에도 통장은 말없이 응원해주었다. 한번은 어렵게 마련한 집 막 대금을 지불해야 하는데 돈이 모자랐다. 돈을 융통하기가 쉽지 않아 고민하던 중에 통장을 발급받은 대구은행 모 지점을 찾아갔다. 여행원에게 대출 상담을 요청하니 담당 행원을 안내해주었다. 담당자는 이야기를 듣더니 많은 돈은 아니니 통장을 이용해 잔액 없이 기천만 원까지 수시로 쓸 수 있는 '마이너스 통장' 대출방법을 안내해 주었다. 필요할 때 찾고 기한 내에 채워 넣으면 되는 방법이었다. 구세주를 만난 듯, 그때의 고마움은 수십 년이 지난 지금도 생생하게 다가온다. 삶의 강을 건너오면서 등대와 같았던 통장이 고마울 뿐이다.

내가 대구은행을 꾸준히 거래하는 이유는 우리 고장의 중심 금융기관이기도 하지만, 오랜 세월 이용하면서 확실한 신뢰와 좋은 인상을 받아가며 도움이 되었기 때문이다. 유일한 수입원인 직장에서 받는 월급을 절약해 쓰면 통장이라는 곳간이 늘어난다는 생각은 여전했다. 지금도 그 생각에는 변함이 없다. 평생을 그렇게 살아왔으니까. 그래도 후회 없는 삶을 살고 있다고 생각하니 이보다 더 큰 행복이 있으랴.

언제 들러도 상냥한 미소, 친절한 태도로 대해주는 여행원이 있어 짧은 시간의 볼일이지만, 사람대접을 받는 기분에 행복감을 느낀다. 그런데 들리는 말로는 은행 점포가 없어지고 무인점포로 바뀔 것이라고 한다. 앞으로 얼마나 통장 들고 은행을 찾을는지는 몰라도 나에게는 끔찍한 말로 들린다. 하기야 변화의 물결이 은행이라고 비껴가랴. 벌써 무인 은행, 무인 통장시대가 보편화하고 있다지 않는가. 시대변화를 따라잡지 못하는 나 자신이 부끄럽기만 하다.

머지않아 여행원의 친절이 아니라 기계에 실수 없이 잘하도록 부탁하며 볼일 볼 생각을 하니 서운함이 다가온다. 지금도 은행 현금 인출기가 곳곳에 설치되어있다. 나와는 관계없는 젊은이들을 위한 것인 줄 알았다. 이제는 나도 배워서 활용해야겠다. 누구한테 배우랴. 만만한 게 피붙이 아니랴. 주말에 오는 아들 앞세우고 아파트 은행 현금 인출기 앞에 서리라. 그래서 연습도 해가며 둔한 손가락 놀림부터 연습을 해보리라.

그래도 미련은 남으리라. 여행원의 상냥한 미소, 친절한 태도. 고운 말씨의 여운이 쉽사리 사라지랴. 많은 사람을 상대하는 일에 피곤도 하겠지만, 늘 웃음을 잃지 않는 여행원의 미소는 여전히 밝다. 호감지수가 올라서일까, 은행을 나서는 발걸음도 가볍다.

(2017. 7. 대구은행 50주년 감성스토리 동백상)

나의 허물

풍성함을 자랑하던 나무도 잎을 떨치고 나면 여러 흠이 드러난다. 비바람에 꺾인 가지도 보이고 덕지덕지 붙은 표피는 흉물스럽기만 하다. 그간 풍성한 잎이 감추고 있었을 뿐이다. 남에게 자신의 초라하고 볼품없는 꺾인 가지 같은 허물을 보이고 싶어 하는 사람은 없을 것이다.

결혼하고서도 아내에게 허물을 감추려고 했다. 남자의 알량한 자존심이었다. 아내는 도시의 있는 집에서 성장했고, 나는 촌에서 어렵게 생활해서일까. 소소한 일에도 삐걱거렸다. 나는 쪼잔한 편인데 아내는 덩치보다 배통이 크고 결단력이 나를 능가했다. 아마도 사회활동을 왕성하게 하신 장인어른을 닮은 듯했다. 결국은 성격과 생활의 차이가 허물이 되었다.

아내로 봐서는 자기를 대하는 내 처신이나 행동이 허물로 보였고 이를 이해하지 못하면 힘들겠다는 생각을 한 것 같았다. 적은 월급에 아이들은 커오고 시누이들 뒷바라지며, 셋방은 언제 접으랴 난감했을 것이다. 거기다 맏이로서 모두 치산治産하려니 얼마나 부담이 되었으랴. 잔소리 심해지는 남편만을 바라보며 살기는 아니다 싶었던지 돈 버는 일에 나서겠다며 팔을 걷어붙였다.

아내는 결혼하기 전 학교를 졸업하고 집에서 운영하는 주유소와 연탄공장에서 회계를 잠시 했었다. 그런 경험이 용기를 주었던 것 같았다. 여상 고등학교 입구에 타자 경리학원을 열었다. 서로 바쁘다 보니 말 그대로 저녁에나 보는 사이가 되고 모든 허물은 바쁨과 긴장으로 빨려드는 것 같았다.

그동안은 생활이 팍팍하니 서로의 허물만 보였다. 힘들어도 희망이 보이는지 나에게 보내던 애처로움이 웃음으로 바뀌는 것 같았다. 서로가 하는 일을 이해하고 격려해주는 분위기로 바뀌어 갔다. 어린 셋 아이 키우며 경쟁대열에 뛰어들었으니 얼마나 힘들었겠나. 그래도 피곤하다는 기색이 없이 안으로 삭였다. 나에게는 자기가 하고 싶은 일이니 염려하지 말라며 오히려 위로해 주었다.

살다 보면 서로의 허물이 자꾸 드러나고 또 생기기도 한다. 아내와 결혼할 때 조건이 있었다. 내가 맏이의 역할을 소홀할 수 없다고. 우리 가정을 잘 들여다보고 결혼 결정을 하라며 통보를 했다. 장모님이 반대했지만, 본인 의지와 장인어른의 결정으로 결혼은 성사가 되어 고생이 시작되었다. 도시 단칸 셋방에 살림을 꾸리면서 막내 시누이 5살짜리 병원 데리고 다니는 일부터 시작한 생활이었다. 폐렴으로 사경을 헤매던 때었다. 잘 참아주고 동생들 다 치성해가며 가정을 이끌어주는 마음이 고마워 허물이 보여도 이해가 앞서려 하고, 참다 보니 여기까지 달려왔다. 아내의 입장에서도 남편을 보면 허물이 어디 한둘이었겠나. 아이들에게 틈도 없이 해대는 잔소리 하며, 신중하지 못한 금전관리는 지금도 이야기하면 움츠리고 만다.

부부간이라도 허물을 탓하면 싫어진다. 가장 약점이라고 생각하는 곳을 꼬집기 때문이다. 옛말에 "상대에게 과히 아름답지 못한 것들을 보았을 때는 그 허물의 변두리에서 서성이되 정곡을 찌르는 것은 좋지 않다."고 했다. 그래서 사람은 자신에게 솔직해야 하고, 마음을 열어야 하며, 허물이라고 생각되는 것을 이야기할 수 있는 용기가 있어야 한다.

결혼 초기에는 많이 다투고 돌아서려고도 했다. 그러나 나의 허물 때문이라는 생각에 이르면 마음이 달라지곤 했다. 결국은 나의 허물을 인정하고 다가가는 것만이 최선이었다. 감추려 해도 저기 서 있는 나목의 흠결이 드러나듯, 보이는 게 약점이며 허물이다. 나목도 따듯한 햇살과 더불어 잎과 꽃이 피어나면 풍성하고 아름다운 나무로 바뀌지 않는가.

(2017. 1.)

자족하는 마음

강변 넓은 잔디 구장에 영롱한 옥구슬이 깔렸다. 구르는 공 따라 햇살을 받은 잔디에 매친 이슬이 반짝반짝 빛을 발한다. 구장 옆 자전거 길은 붉은색으로 포장이 되어 운치를 더한다. 자전거 동호인들이 삼삼오오 무리를 지어 앞서거니 뒤서거니 아침 공기를 가르고 있다. 알록달록 가을의 정취와 어울리는 복장에 날렵한 모습이 부러움으로 다가온다. 솔솔 불어오는 가을바람과 햇빛이 어울려 만드는 은빛 물결에 눈이 부신다.

공 치는 일행을 빠져나온 나는 자전거 길을 뚜벅뚜벅 걷는다. 생각이 오래전으로 달려가고 있다. 같은 학교 교감 선생님과 한 동네에서 살았다. 버스로 출퇴근을 했는데 거의 한 시간이 걸렸다. 십 리 남짓한 거리를 빙빙 돌아가는 버스가 때로는 불만이었다. 그래서 교감 선생님과 자전거로 출퇴근을 하자며 의기투합이 되었다. 교감 선생님은 시골학교에서 자전거로 출퇴근을 했다며 적지 않은 연세에도 자신을 보이셨다. 나는 별로 타본 경험도 없으면서 오직 젊음 하나로 달려들었다.

그 당시 수성 뜰은 기름진 들판이었다. 포장 안 된 농로를 따라 풀벌레 소리 들으며 자전거로 달리는 기분이란 환상 그 자체였다. 황금벌판의 고개 숙인 벼는 마음을 푸근하게 했다. 시원한 하늬바람에 일렁이는 벼는 가을의 정취를 만끽하는 듯했다. 잠시 자전거를 세우고 알 슬은 메뚜기를 살펴보는 여유도 부렸다. 그러면 마음은 고향 논으로 달려가곤 했다. 허리 두드리며 벼 베실 아버지 생각이 나서였다.

하루는 퇴근길에 반갑지 않은 비를 만났다. 추적추적 내리던 비가 바람을 동반하면서 세찬 비로 바뀌었다. 농로는 질퍽거리고 자전거 바퀴는 힘이 부치는지 더 밟으라며 투정을 부렸다. 빗물에 콧물까지 범벅이 되어 몸으로 스며드니 한기와 온기가 반복되면서 기진맥진 몸이 천근은 되었다. 얼굴을 후려치는 빗줄기는 준비 없이 다니는 나를 원망하는 듯 더 세차게 달라붙었다. 교감 선생님은 우비를 짐받이에 항상 준비해 둔다고 하셨다. 감기에 몸살이 나 십여 일을 고생했다. 병원까지 드나들며 입원 직전까지 가는 곤욕을 치렀다. 자전거와는 영 이별을 했다.

40년 만에 지나가는 자전거를 유심히 들여다보았다. 같은 게 별로 없다, 그만큼 다양한 자전거가 보급되는 것이 아닐까. 자전거를 갖고 싶은 생각이 스멀스멀 일었다. 유선형 헬멧에 다양한 색깔의 안경을 낀 여성들의 날렵한 모습에 눈이 얼마나 호강을 하는지. 대열에 끼고 싶은 마음이 불같이 일어났다. 그때 또 다른 생각이 일렁였다. 나이 가늠도 못 하며 주책없는 생각만 한다고 나무라는 소리가 조용히 파고들었다.

한 가지나 옳게 할 일이지 여기저기 기웃거리는 삶을 살지 말라는 어려서의 어머니 말씀도 떠올랐다. 어머니는 한 가지 일도 매끄럽게 처리하지 못하는 나의 허튼 구석을 그냥 넘어가지 않으셨다. 이제는 적지 않은 나이에 자전거 끌고 나가면 얼마나 걱정이 되랴. 가족들 애먹이지 말고 하는 일이나 제대로 하라는 소리가 더 크게 다가왔다.

산수를 바라보는 주제에 마음이 푸르다고 우기는 것도 주책이 아니랴. 늙어가면서 무슨 새로운 것에 욕심을 부리겠는가. 뜨끈한 아랫목에 발 뻗고 등 따듯하게 누울 형편은 되지 않는가. 주위에 폐나 안 되게 남은 삶 보내라는 생각이 다가온다. 더 바람이 있다면 남이 읽어주는 글을 써서 기쁨을 함께 나눌 수 있었으면 좋겠다. 자전거 욕심 버리고 잔디 구장에서 공이나 가끔 굴리며 자족하는 것으로 만족해야겠다. 시나브로 단순하게 비워가기도 바쁜 몰골이 아닌가.

(2017. 10.)

내 인생에게

산수를 바라보며 뒤돌아보는 장구한 세월, 여기까지 무사히 옴에 감사하네. 지난 세월 속의 어려웠던 일, 즐거웠던 것들이 바탕이 되어 오늘의 행복이 있으니 어찌 미련인들 떨칠 수가 있으랴. 그러나 과거는 추억으로 묻어두고 현실을 직시하기로 함세.

어제는 정말 즐거운 날이었네. 대학 동기 2명이 서울서 와주어 소주 한잔했네. 내 결혼할 때 함函진 친구들이네. 원래 4명인데 2명은 천국에 가거나 아파서 오지를 못해 빈자리가 너무 허전했지. 부부 모임이지만 이제는 그것도 접어야 했네. 못 오는 핑계댈 일만 줄줄 있으니, 삶의 재미가 줄어드는 듯해 서글프기 한이 없었네.

아들 많은 부모는 서로 모시지 않으려고 해서 길을 헤매다가 죽고, 딸 많은 부모는 살림해주다 주방에서 죽는다며 너스레를 떠는 친구는 딸이 넷이네. 아내가 외국에 나가 외손자 봐 주느라 혼자 사는 지가 몇 년째라며 소침해하네. 한 친구는 아들 둘이 외국에서 생활하고 있어 가끔 손자를 만나도 타인 같아 어색해 한다며 씁쓸해하네. 내 아이들은 중간 정도의 성적 밖에는 되지 않았네. 그래서 본바닥에서 공부했지만, 성실함이 있었던지 공무원과 교직에 있어 주말마다 만나고 있으니 이 어찌 복이 아니랴.

가깝다는 친구 오랜만에 만나 기껏 한다는 이야기가 가족 아니면 건강 이야기이다 보니 아이들 이야기를 한 것 같네. 낡은 유성기 돌리듯 과거 이야기에 매몰되어서야 하겠나. 이제는 만남이 더 어려워질 것 같은데 앞으로 남은 삶, 어떻게 보낼까를 진지하게 이야기했지. 한 친구는 음악 재능을 살려 무용을 전공한 아내와 함께 노인정, 요양원에 재능 봉사로 바쁜 나날을 보내고 있다네. 또 한 친구는 배낭 메고 우리나라 방방곡곡 유서 깊은 지역 답사를 계속할 예정이라며 나름의 노후대비를 잘하고들 있네.

나는 문단의 말석에 엉덩이라도 걸친 부담도 있고, 한편 마음 힐링을 위해서 컴퓨터 자판기 두드려가며 시간을 보낼 것일세. 파크골프도 신체에 활력을 주니 한 주에 2번씩은 참여하기로 클럽 동료들과 약속을 하고 실천 중이네. 그리고 신앙의 끈은 쥐고 있어야 당당한 죽음을 맞이할 것이 아니랴. 매주 한 번씩 신앙모임도 계속할 것이네. 이러한 시간 속에 묻혀가다 보면 하루하루가 즐겁고 분주하니 웬만한 괴로움이나 아픔은 저절로 달아나지 않으랴. "인생 후반의 삶에 대한 열정이 없으면, 인생 전반의 열정은 실패한 것이다"라는 말이 귓전에 와 닿기는 하지만, 열정 부리다 엎어져 부서지면 누가 보상해주랴. 집안에 죽쳐있지 말고 사람 만나며 시간을 보내라는 메시지로 들리네.

복지시설에 가끔 나가 봉사하는 일은 접었네. 대신 아내의 권유에 따라 유엔난민기구(UNHCR)에 월 기만 원씩 보내고 있다네. 6·25 동란 때 구호물자로 헌 털외투 받아 뒤집어쓰고 공부하던 고마움의 보답이랄까. 적은 돈이라서 부끄럽기는 하네.

추운 겨울이 성큼 다가오네. '잔액 없는 생애의 결산이 코앞이라 그런지 가슴의 온기는 식어가는데' 따듯한 사람이 되라는 소리가 들리네. 인생은 단 한 번의 투기라는데……. 어찌 살아야 유종지미有終之美가 될까나.

(2017. 11.)

살갑게 대하는 남자

벽창호는 '고집이 세고 무뚝뚝한 사람의 비유'를 이르는 말이다.(엣센스, 국어사전) 내 모습이 아닌가. 사춘기시절 어머니는 "벽창호 같으니" 하며 나무라셨다. 어머니 말씀을 귀담아들었더라면 좀 더 나은 사람이 되지 않았을까.

나는 중고등학교를 거치면서 발랄한 성격이나 솔직하게 자기를 털어놓는 친구의 모습을 부러워했다. 성격이 활발하고 항상 웃음을 달고 있는 친구는 선생님에게도 칭찬을 받았다. 벌 받을 일이 있어도 선생님은 웃고 넘기는 경우도 있었다. 한 친구는 성적은 중간 정도였지만 성격이 호탕하고 소통능력이 뛰어나 반의 대표를 도맡아 했다. 나는 고심해가며 연출을 해도 서툴고 어색한데 그 친구는 자연스럽게 척척 해내는 것을 보면서 부럽기도 하고 시기심도 들었다.

한 친구는 누나가 6명이 되는 막내이다. 얼마나 귀엽게 사랑

받으며 자랐겠나. 그래서인지 얼굴에는 웃음이며 근심·걱정 없는 낙천성이 드러나고 일을 대하는 모습이 긍정적이다. 그 친구만 보면 세상은 성격대로 사는 것 같다는 생각이 든다. 하는 일마다 잘 풀리고 행복한 가정을 이루며 노후를 즐기는 것을 보면서 지금도 부러워한다.

나는 아직도 유소년시절의 위축되었던 자아가 꿈틀대는 것 같아 씁쓸할 때가 있다. 어려서부터 어머니의 힘들어하시는 삶을 보면서 웃음보다는 걱정을 더 많이 했다. 명절은 기쁨이며 즐거움이었지만, 나는 명절 돌아오는 게 싫었다. 어머니의 힘들어하시는 것이 너무 안타까워서였다. 몸은 쇠약한데 빨래해 풀 먹이고 방망이질해 다리고 바느질을 밤낮 없이 해내셔야 했다. 여자 일을 할 사람은 어머니뿐이었다. 툭하면 아파서 누워야 하는 어머니가 남자만 득실대는 가정의 명절을 준비하는 것은 고통이었다. 어떤 때는 설날 아침까지도 내가 나서서 다리미질하고 저고리 동정을 달아야 했다. 어찌 얼굴에 웃음이 돌며 명절이 즐거웠겠나.

성격은 어려서 경험하는 것이 어떻게 각인되느냐에 좌우된다고 한다. 그래서 조기교육, 유아교육이 강조된다. 나는 이 나이가 되어도 좋다 나쁘다 하는 일에 내 감정이 팔팔하거나 쉽게 휩싸이지를 않는다. 그저 평범하게 받아들이고 조용히 삭인다. 어려서의 영향이라고 생각한다. 그래서 때로는 저 사람은 감정을 드러내지 않는다는 말을 가끔 듣기도 했다.

반세기가 다 되도록 잔정 없이 살아오는 남편으로서 아내에게는 고집불통에 멋대가리 없는 남자 소리를 왜 안 들었겠나. 배운 부모 슬하에서 남부럽지 않게 성장한 여자가 아무것도 없는 집으로 시집와 오직 남편 하나에 의지했건만, 무뚝뚝하고 잔정 없는 벽창호를 만났으니 실망이 얼마나 컸으랴. 꼴랑 월급봉투 내밀며 아껴 쓰라는 데에 질려 돈벌이에 발 벗고 나섰다는 아내는 지금도 돈 이야기는 입도 벙긋 않는다.

곧 산수가 다가온다. 무슨 욕심을 더 내랴. 벽창호로 점철된 과거는 추억으로 묻어놓고 이제부터라도 좀 더 살갑게 다가가야 한다. 많지 않은 여생, 해로偕老하고 싶은 마음은 굴뚝같다. 모든 풍파 다 겪고 여기까지 왔다. 늙은이의 고집같이 추한 것이 없다지 않은가. 살갑게 대하고 웃는 낯으로 얼굴 마주하며 가련다.

(2018. 4.)

조태영 수필집

행복 부메랑

인쇄| 2019년 1월 25일
발행| 2019년 1월 30일

글쓴이| 조태영
펴낸이| 장호병
펴낸곳| 북랜드
06252 서울 강남구 강남대로 320, 1108호(황화빌딩)
대표전화 (02) 732-4574 | (053) 252-9114
팩시밀리 (02) 734-4574 | (053) 252-9334

등 록 일| 1999년 11월 11일
등록번호| 제13-615호
홈페이지| www.bookland.co.kr
이-메 일| bookland@hanmail.net

책임편집| 김인옥
교　　열| 배성숙 전은경

ISBN 978-89-7787-828-0 03810

값 12,000 원